Tack,

Genom att välja en pocket från Bonnierförlagen bidrar du till vårt arbete för ett bättre klimat.

Vi på Bonnierförlagen arbetar långsiktigt för att minska vårt klimatavtryck och förbättrar löpande alla delar av vår verksamhet ur ett miljömässigt perspektiv. Fram till 2025 har vi som mål att minska våra CO_2e-utsläpp med 25 procent. De utsläpp vi inte kan undvika klimatkompenserar vi för i certifierade projekt. Utöver det investerar vi ytterligare 20 procent i kompensationsprojekt.

Alla våra böcker trycks på FSC®-certifierat papper, vilket garanterar ett miljöanpassat och ansvarsfullt skogsbruk. Tillsammans med våra leverantörer sätter vi stort fokus på klimatfrågan och samarbetar för att minska våra avtryck. Vi överväger alltid den grönare leverantören och det grönare materialvalet. Det är en nödvändig investering för framtiden. Vår framtid.

STINA JACKSON

ÖDESMARK

ALBERT BONNIERS FÖRLAG

Till mamma och pappa

Where you come from is gone,
where you thought you were going to never was there,
and where you are is no good unless you can get away
from it.

Flannery O'Connor, *Wise Blood*

DEL I

VÅRVINTERN 1998

Flickan rör sig genom natten. Månen ler blekt mot henne när hon sicksackar mellan pölarna som snön lämnat efter sig. Den nattöppna macken kastar sitt neonljus över ödsligheten. Hon går in och köper en burk Cola och ett paket röda Marlboro. Nattbiträdet har snälla ögon som får henne att vika undan. Hon går ut och ställer sig vid den upplysta biltvätten och tänder en cigarett, blåser röken mot natthimlen och fastnar med blicken på långtradaren som står parkerad bortom bensinpumparna. Det sitter en man och sover i förarsätet. Han har en mörk keps på sig och hakan hänger mot bröstet. Hon släpper den halvrökta cigaretten på marken och trampar på den. Vattenpölarna blänker som olja i skenet från gatlamporna när hon rör sig över asfalten. Bruset från några ensamma bilar hörs i fjärran, men annars ingenting. Anspänningen kittlar längs ryggraden. När hon når lastbilen tar hon tag om backspegeln och häver sig upp på trappsteget så att hennes ansikte hamnar i höjd med den sovande mannens. På nära håll ser hon att han är yngre än hon trott, med kinderna skuggade av ett snålväxt skägg och ett glänsande örhänge i ena örat.

Hon ser hur de egna knogarna närmar sig glaset. En försynt knackning bara men mannen vaknar ändå med ett våldsamt ryck, slår av sig kepsen av bara farten och blottar en kalnande hjässa. Han blinkar mot henne, det tar ett tag innan han finner sig och vevar ner rutan.

– Vad är det om?

Adrenalinet gör det svårt att le. Handen som kramar backspegeln har redan börjat värka.

– Jag undrar bara om du vill ha sällskap?

Han stirrar och gapar. Först ser det ut som om han ska protestera men sedan nickar han mot passagerardörren.

– Kom in då.

Hon går runt lastbilen med förväntan blommande i magen, vrider på huvudet för att se om det finns ögon i skuggorna, men den enda människan hon ser är nattbiträdet och han tittar inte ut. Klockan är nästan två och där finns inga andra bilar. Om något skulle hända finns det inga vittnen.

Mannen andas tungt genom munnen när hon sätter sig bredvid honom.

– Jaha, och vem är du då?

– En tjej bara.

Kabinen luktar varm andedräkt.

– Ja, det ser jag ju.

Han verkar tafatt, gnider ögonen med handflatorna och sneglar på henne från sidan som om hon vore ett främmande djur han inte vill reta upp.

– Och hur kommer det sig att du vill sitta här, med mig?

– Du verkar ensam bara.

Hon utmanar honom med ögonen, tycker att han ser rädd ut och det gör henne modig. Han skrattar lite och fingrarna leker nervöst i skägget när han sneglar på henne.

– Så du är inte en sån som ska ha betalt?

Hon lägger en hand över hans. Silverringarna blänker som tårar i mörkret mellan dem och hon hoppas att han inte känner hur blodet vibrerar genom henne.

– Nej, jag är inte sån.

Det finns gott om utrymme i den bakre kabinen. Han lutar henne över en smal brits, vilar händerna tungt på hennes höfter när han tränger in. De klär inte av sig, byxorna får stanna vid anklarna, nästan som om de förväntar sig att bli påkomna. Hon höjer blicken och ser ett barn le mot henne från ett foto. Barnet har sina trinda armar lindade runt halsen på en chokladfärgad labrador och det ser ut som om de ler ikapp. Flickan sänker blicken mot de skrynklade sängkläderna istället. Det dröjer inte länge innan han brölar till och drar sig ur – kvickt, så att allt kladd hamnar på golvet. Hon böjer sig ner och drar upp trosorna. Gråten är med ens farligt nära och hon sväljer och sväljer för att kväva den.

Mannen verkar upplivad. Händerna har fått nytt självförtroende när han knäpper bältet, som en tonårsgrabb som fått ligga för första gången. Hon förundras över det. Hur lika de är. Männen.

De sätter sig i den främre kabinen och röker. Utanför de stora rutorna ligger världen mörk och fuktig. Det svider i underlivet men känslan av att behöva gråta har gått över.

– Vart ska du köra härnäst?

– Haparanda.

Hans dialekt låter lustig, nästan som att han sjunger orden.

– Ska du med, eller? lägger han till.

Hon vrider bort huvudet för att blåsa ut röken.

– Jag ska längre bort än Haparanda.

Hans tänder lyser i mörkret. Det här är inget som han har gjort förut. Hon kan redan se det dåliga samvetet sätta sig på honom. Hans röst försöker släta över det som nyss har hänt, han nickar mot macken.

– Jag tänkte gå och köpa mig nåt att äta, vill du ha nåt?

– Jag kan ta en kanelbulle.

– Okej, det fixar jag.

Han tar nycklarna ur tändningen och ler försynt mot henne innan han öppnar dörren och kliver ut. Han är lite kobent där han går och verkar inte bry sig om vattnet som plaskar från pölarna. Flickan ser efter honom tills han försvinner in i butiken, hon överväger att åka med trots allt. Kanske kan hon hoppa av i Luleå. Hon har hört att det är en ganska stor stad, och städer kan man försvinna i.

Skymningen var värst. Insikten om att ännu en dag gått förlorad. En dag som alla andra. Hon stod på sin plats bakom kassan och försökte att inte låtsas om mörkret som sänkte sig utanför butiksfönstren. Att stå under lysrörens skärpa var som att befinna sig på en scen. Människorna som stannade för att tanka kunde se henne där i ljuset, hennes trötta rörelser och undflyende blick. Det tunna håret som inte längre orkade sig nerför axlarna och falskleendet som värkte i kinderna. De kunde se henne, medan hon bara kunde ana dem.

Bensinmacken låg mitt i samhället och hon kunde namnet på nästan alla som kom genom dörrarna, men hon kände dem inte. Kanske trodde de sig känna henne. Hon visste i alla fall hur det viskades. Om Björnlunds dotter som haft världen för sina fötter men som aldrig fått tummen ur. Och nu var det för sent, både skönheten och livskraften hade börjat rinna ifrån henne. Sången hade tystnat. Det enda hon hade åstadkommit var barnet, en pojke, men hur det hade gått till var det ingen som visste, för någon karl hade hon aldrig haft. Inte som de kände till. Pojken hade fötts ur tomma intet, och trots alla rykten som hopat sig under åren hade det aldrig framkommit vem som var hans far. Det var en obekväm angelägenhet som fortfarande ledde till dispyter. Det enda man kunde enas om i byarna var att Liv Björnlund aldrig skulle bli som folk. Kanske hade de till och med tyckt synd om henne, om det inte vore för pengarna. Det var svårt att tycka synd om någon som satt på en förmögenhet.

Hon drack kallt automatkaffe och sneglade i mjugg på klockan. Sekunderna hamrade innanför tinningarna. Prick klockan nio skulle hon kliva av scenen för den här gången. Fick hon inte det skulle hjärnan explodera. Men klockan hann bli fem över innan nattbiträdet dök upp. Om han märkte hur det kokade i henne gjorde han ingen sak av det.

– Din pappa sitter därute och väntar, sa han bara.

Vidar Björnlund hade parkerat på sin vanliga plats vid dieselpumpen. Han satt i sin slitna Volvo med de kloliknande nävarna plågsamt virade runt ratten. I sätet bakom honom, som en skugga, satt Simon med ansiktet i mobilen. Hon snuddade vid hans knä innan hon spände fast sig och för en kort sekund lyfte han blicken och mötte hennes. De log mot varandra.

Vidar vred om nyckeln och bilen hostade sig till liv. Den gamla plåtburken var född på tidigt nittiotal och mer lämpad för skroten än de spruckna inlandsvägarna, men när hon påpekade det för honom slog han bara ifrån sig.

– Den spinner inte som en katt, men den spinner.

– Du tycker inte det är dags att vi biter i det sura och köper en ny?

– I helvete heller. Att köpa ny bil är som att torka sig i skitan med pengarna.

Liv vände sig mot Simon igen, han tycktes fylla hela baksätet med de långa benen och armarna som svällde under jackan. Förvandlingen hade smugit sig på utan att hon hade märkt det, en dag hade han bara suttit där, som en vuxen man. Hullet i kinderna hade ersatts av vassa linjer och ett rödlätt fjun som tätnade för varje dag. Av hennes mjuka runda pojke fanns inte ett spår. Hon pockade på hans uppmärksamhet, men han tycktes inget märka, knappade bara frenetiskt med tummarna på telefonen, djupt försjunken i en annan värld dit hon inte hade tillträde.

– Hur var skolan?

– Bra.

– Skolan, fnyste Vidar. Det är bara slöseri med tid.

– Börja inte nu, sa Liv.

– I skolan lär man sig bara tre saker: supa, slåss och jaga kjoltyg.

Vidar vred backspegeln så att han kunde se på sitt barnbarn.

– Har jag fel?

Simon gömde munnen under kragen men Liv kunde se att han log. Han roades mer av den gamle än hon gjorde, han hade förmågan att skratta bort sådant som fick ilskan att sjuda i henne.

– Så säger du bara för att du inte har nån utbildning, sa hon.

– Vad skulle jag med utbildning till? Jag visste redan hur man söp och slogs. Och fruntimmer rådde det ingen brist på. Inte när jag var ung.

Liv skakade på huvudet och vände blicken mot skogen. Hon undvek de ådrade händerna som kramade ratten och den gamles andedräkt som brände luften mellan dem. Snart förbyttes asfalten till grus och träden drog sig närmre. De mötte inga bilar och bortom helljusen fanns bara mörker. Hon knäppte upp de översta knapparna i arbetsskjortan och rev naglarna över bröstet och nacken. Klådan blev alltid värre på vägen hem, som om kroppen förtvivlat försökte bryta sig loss ur sitt eget skinn. Tusen myror i hårbottnen och längs armarna som fick henne att riva huden tills den blödde. Om Vidar eller Simon märkte det, sa de ingenting, alltför vana vid hennes beteende för att fästa sig vid det. Pojkens mobiltelefon vibrerade med jämna mellanrum, krävde ständigt hans uppmärksamhet. Den gamle satt med blicken på vägen och malde med käkarna. Han tuggade hellre på orden än delade med sig av dem.

När de nådde Ödesmark rann de vanliga minnena igenom henne, alla gånger som hon hoppat ur bilen och sprungit. Rakt in i granfamnen hade hon flytt, som om den kunde skydda henne. Byn låg som en sista utpost längs en väg som inte längre ledde någonstans. Några mil västerut slukades den upp av snårskogen och ruinerna av det som en gång varit. Körde man ett varv runt byn fick man snart känslan av att skogen stod på tur att svälja den också. Husen låg på betryggande avstånd från varandra, åtskilda av tallskog och myrmark och den svartögda sjön som bredde ut sig mitt i alltihop och speglade ödsligheten. Det var fjorton gårdar allt som allt, men bara fem var bebodda. Resten stod på lut med sina igenspikade fönster och väderbitna kroppar, på god väg att begravas.

Liv kände dessa marker bättre än sitt eget inre. Hennes fötter hade trampat upp stigarna som vindlade genom skogen och hon visste var varje kallkälla och hjortrongömma och bortglömd brunn låg och slumrade därute. Människorna kände hon också, trots att hon undvek dem. Hon kunde identifiera skratten och lukterna som följde med vinden, och hon behövde inte titta ut för att veta vems bil det var som smög över gruset eller vems motorsåg som klöv tystnaden. Hon hörde skallen från deras hundar. Bjällrorna från deras kor. De både kvävde henne och gav henne liv. Marken och människorna.

Björngården, hennes barndomshem, låg på en höjd, tryggt omgärdad av skog och från sitt rum på andra våningen kunde hon skymta sjöns svarta öga nere i dalen. Vidar hade byggt huset innan hon föddes och här hade hon blivit kvar, långt in i vuxen ålder, trots att hon redan som barn svurit på att aldrig stanna. Och inte nog med att hon hade blivit kvar, hon hade även låtit Simon växa upp på samma gudsförgätna plats. Tre generationer under samma tak, så som man levde förr i tiden när nöden krävde. Men nu fanns ingen nöd, annat än den som människorna skapade för att hålla fast i varandra. Och ju längre tiden gick, desto svårare blev det att höja blicken över grantopparna och tänka sig någon annanstans. Då var det enklare att långsamt låta sig slukas tillsammans med resten av byn.

Vidar svängde in framför vägbommen och harklade loss stämbanden.

– Hem ljuva hem, sa han och bligade mot det förfallna huset uppe på krönet.

Motorn gick på tomgång medan Simon klev ut och böjde sig över hänglåset. Bakifrån kände hon knappt igen honom, med den breda ryggen och oxnacken. När Simon lyft vägbommen lät Vidar bilen sakta glida in och så snart de passerat sänkte Simon bommen igen och låste den på nytt. Liv rev naglarna över den svidande halsen medan de rullade upp mot gården.

– Han är inget barn längre, sa hon.

– Nä, och tur är väl det.

Hon sneglade på sin far och konstaterade att tiden satt sig på honom också. Vidar hade krympt med åldern, det fårade skinnet hängde löst över benknotorna och gav intrycket av att han sakta tynade bort inifrån. Men än brann livskraften stark i ögonen på honom, två obevekliga lågor när han betraktade henne. Hon vred bort huvudet och mötte sin egen tomma blick i bilrutan. Skymningen hade för längesedan brunnit ut, kvar fanns bara mörkret.

*

Liam Lilja betraktade sig själv i den trasiga spegeln. En lång spricka i glaset löpte som ett ärr tvärs över ansiktet, förvrängde näsan och kindbenen. Den undre halvan grimaserade. Vita

17

tänder i den mörka skäggstubben. Den övre halvan log inte. Bara ögonen som stirrade tillbaka på honom. Uppkäftigt, som om de ville starta bråk. Hade det inte varit hans egna ögon så hade han aldrig tolererat att någon stirrade så. Utan att vika undan.

– Fan, står du och sminkar dig, eller? kom Gabriels röst från andra sidan dörren.

– Jag kommer snart.

Liam slog på vattnet, stack händerna under de kalla strålarna och sköljde ansiktet. Det sved i ett sår på kinden och en tand i underkäken ilade till. Men han välkomnade smärtan, den gav världen mer skärpa.

Ute i den upplysta butiken hade han biträdets blick på sig. En äldre flintskallig man som blinkade nervöst. Liam kände irritationen stegra sig i bröstet när han såg på mannen, kände hur ansiktet låste sig och stelnade. Hur tiden saktade ner. Gabriel pressade en chipspåse mot hans bröst, vårdslöst så att det knastrade.

– Här har du frulle, sa han. Jag köpte cigg också.

De satt i bilen och åt chips och drack iskall Cola. Himlen hade börjat ljusna men solen hade inte orkat sig över träden. Gabriel tryckte i sig chipsen på mindre än tio minuter och övergick sedan till att rulla en joint med flottiga fingrar.

– Jag kollade till odlingen igår, sa han. Två lampor har dött, vi måste fixa nya.

Liam knölade ihop chipspåsen och drog igång motorn.

– Det där är din grej nu, sa han. Jag är inte med längre.

– Plantorna är jävligt fina, sa Gabriel som om han inte hörde, de bästa vi haft hittills. Jag tänker dra upp priset på dem.

Liam sneglade på bilen som stod parkerad intill deras. En kvinna satt i passagerarsätet och målade läpparna och gäspade sedan stort. Munnen blev en farlig röd cirkel. Han undrade vad hon jobbade med, om hon hade barn. Kanske ett hus med trädgård och gungor. Föraren, förmodligen hennes man, återvände från macken och sjönk ner bakom ratten, han hade tråkiga glasögon och vattenkammat hår. Liam höjde en hand och plattade till sin egen kalufs, men de sträva testarna lät sig inte tämjas. Det spelade ingen roll hur mycket han försökte, han skulle ändå aldrig se ut som dem, som vanligt folk.

De lämnade Arvidsjaur bakom sig, följde små vägar som slingrade sig bort från människorna, djupare in i de orörda markerna. Stora vattenspeglar på båda sidor om vägen rodnade ikapp med himlen. Gabriel rökte sin joint med slutna ögon, bröt bara tystnaden med sin skallriga hosta. Det lät som om revbenen hade lossnat och rumlade runt i bröstet på honom. Han hade ett ärr på underläppen som fick vänstra mungipan att hänga, det var sviterna av en fiskekrok som fastnat i barndomen. Fast Gabriel brukade hävda att han blivit skuren med kniv. Den historien passade honom bättre.

Vid sjöarnas slut fanns bara skogen, den ruvade tät och mörk intill den spruckna asfalten och Liam kände obehaget röra sig i magen.

– Vet han om att vi kommer?

Gabriel hostade, lukten av oborstade tänder och röka fyllde bilen.

– Han vet.

Ett övervuxet järnvägsspår dök upp från ingenstans och följde dem en bit innan det åter begravdes under skogsmattan. De körde förbi en övergiven tågstation som omfamnats av slumrande grönska. Rostiga vagnar stod fyllda med skotthål där sly och annat liv trängde sig ut. En bit längre fram vilade resterna av en bondgård, omgiven av tomma hagar där obetat gräs och döda blommor väntade på solens befallning att resa sig.

Asfalten blev grus och Liam vek in på en mindre väg och sedan ännu en. I början hade han alltid tagit fel, på den tiden han inte hade körkort och bilen de satt i var tjuvkopplad. Då hade vägen till Juhas hus tett sig som en labyrint av ödemark, och det var väl det som var poängen. Det var inte meningen att någon skulle hitta dit.

Bredvid en svart sjungande bäck stack en omålad timmerstuga fram mellan träden. Där fanns varken el eller indraget vatten. Liam parkerade på behörigt avstånd och de blev sittande ett tag i tystnaden för att samla sig. En rökslinga pyrde ur skorstenen och lade sig som en filt över skogen. Det kunde ha sett fridfullt ut, om det inte vore för de döda djuren. Två kroppar hängde från träden, flådda och huvudlösa. Enorma köttstycken som glänste i ljuset.

När de öppnade bildörrarna möttes de av gransuset och bäckens porlande. Liam tog plastpåsen med kaffet och gräset, undvek att titta på det upphängda köttet. För en ilande sekund fick han för sig att det i själva verket var människor som Juha hade styckat och hängt upp.

Juha Bjerke, ensamvargen som valt bort människorna och sällan vågade sig in i samhället. Det ryktades att det var en jaktolycka på nittiotalet som låg bakom det hela, Juha hade råkat skjuta ihjäl sin egen bror under älgjakten. Det blev ingen polissak, men modern hade aldrig lyckats förlåta honom, och det var många som hävdade att han hade gjort det med flit, att det var avundsjukan som tagit överhanden. Det hade skett innan Liam föddes och det enda han visste med säkerhet var att Juha skydde människorna lika mycket som de skydde honom.

En hund kom sättande ur snåren och de stod alldeles stilla medan den nosade och reste ragg. En morrande sång steg ur strupen trots att den kände igen dem vid det här laget. Gabriel spottade i gräset.

– Jag önskar jag kunde skjuta den jävla besten.

Hunden skyndade före dem när de rörde sig mot huset.

– Gå före du, sa Gabriel, han tycker bättre om dig.

Liam kände kroppen stelna när han närmade sig huset. Besöken hos Juha gjorde honom alltid nojig, även om de sällan behövde se honom. Oftast stack han bara ut handen länge nog för att räcka över pengarna och ta grejerna. Han var inte mycket för att dösnacka. Men ändå drog musklerna ihop sig varje gång den ensliga byggnaden reste sig framför Liam.

Det var samma sak med Gabriel. Han hade blivit alldeles tyst, släntrade flera steg efter Liam. Kanske var det ödsligheten som gjorde det, och att de befann sig på Juhas revir. Eller så var det tragedin som hängde över den ensamme mannen som ett ovädersmoln. Trots att åren hopat sig sedan olyckan satt sorgen djupt ristad i ansiktet på honom. Det var något skrämmande med en människa som förlorat allt.

Ett rådjurskranium satt slarvigt uppspikat på ytterdörren och vibrerade häftigt när Liam knackade på. Hunden flåsade vid deras fötter och inifrån stugan hördes ett raspande ljud, fötter som hasade över slitna golvplankor. Dörren gled upp en liten bit bara, blottade en mager skugga i springan. En eld brann därinne och lågornas skuggor rörde sig i dunklet. Juha stack ut huvudet och grimaserade mot gryningen. Han var gammal nog att vara deras farsa, någonstans mellan fyrtio och femtio, men hans kropp var hård och senig som en ynglings. Det långa håret hängde i en svans över ryggen och ansiktet hade fårats av väder och missöden.

Utan ett ord tog han påsen från Liam, lutade sig fram och satte näsan i gräset för att försäkra sig om äktheten innan han räckte över kontanterna. Liam behövde bara svepa blicken över pengarna för att se att det inte var tillräckligt. Det förvånade honom. Juha Bjerke hade aldrig varit den som försökte mygla med betalningen.

– Det är bara hälften.

Juhas ögon fylldes av ett underligt ljus.

– Va?

– Du måste betala hela summan, det här är bara hälften.

Juha gled tillbaka in i skuggorna med en snabb kattliknande rörelse. Han höll ena handen bakom ryggen som om han gömde någonting där, kanske ett vapen. Liam kände hjärtat dra igång.

– Kom in en stund, sa Juha från mörkret, så får vi prata.

Liam lade sedelbunten i fickan och sneglade på Gabriel. Han såg blek och stirrig ut. Det här var något nytt, Juha hade aldrig någonsin bjudit in dem. När han fått det han ville ha brukade han bara sjasa bort dem som om de vore herrelösa hundar han inte hade råd att mata. Det här var första gången han bett dem kliva över tröskeln. Elden brann därinne, Liam kunde skymta jaktgevären i skenet, de hängde i prydliga rader intill den öppna spisen. På spiselhällen satt en rad små djurkranium och gapade hjälplöst mot dem.

– Kom igen nu, sa Juha, jag bits inte.

Under ett par andlösa sekunder stod allting stilla, det var bara elden som sprakade och vinden i träden. Juhas gäckande leende manade på dem inifrån stugan. Liam fyllde lungorna med den friska luften innan han klev in. Värmen i det lilla utrymmet slöt sig omkring honom, näsan fylldes av främmande lukter och ögonen kämpade för att urskilja allt det som gömde sig i dunklet. Det var som att kliva rakt ner i en grop. En mörk skälvande fälla.

*

Liv var ensam med gryningen. Ljuset sipprade fram mellan de nakna björkarna och lade sig som en glödande sårskorpa över svartskogen. Hon hade gården i ryggen och undvek att vända sig om. Andedräkten stod som en sköld mot världen. Hon såg inte att lamporna tändes, hörde inte att någon ropade hennes namn. Inte förrän en mager lapphund kom sättande ur snåret och dansade cirklar runt henne högg hon fast yxan i vedkubben och vände sig om.

Vidar stod på altanen, hans ögon var svarta springor.

– Kom och ät, skrek han med den trasiga rösten.

Sedan var han borta. Liv borstade av jackan och började motvilligt röra sig mot huset, hennes fotsteg som trumslag i tystnaden.

Den gamle och pojken satt i köket och kaffedoften. Vidars händer hade knutit sig under natten och när morgonen kom var fingrarna stela klor som knappt kunde föra kaffekoppen till munnen. Det var Simon som skar limpan och smörade brödet åt honom, med en koncentrerad noggrannhet.

– Har du tagit dina mediciner, morfar?

Vidar bara fortsatte tugga. Medicinerna var ingenting han ville kännas vid och hade det inte varit för Simon som radade upp pillren i en prydlig regnbåge framför honom varje morgon hade han aldrig tagit dem.

– Svälj dem inte med kaffet, då får du halsbränna.

– Du är värre än en kärring, som du tjatar!

Men Vidar svalde tabletterna, en efter en, och när han var färdig gav han Simon en försynt klapp på handen som växt sig större än hans egen och pojken log ner i bordet. Liv vred bort blicken, undrade var pojken fått sin godhet ifrån, sitt ljus. Det var inte från henne.

Hon gick upp till sitt för att byta om. Dörren till Simons rum stod på glänt och hennes ögon drogs till skumrasket därinne. Täcket hade glidit ner från sängen och låg i ett bylte på golvet intill öar av smutstvätt och böcker som inte rymdes på hyllorna. Mörkläggningsgardinen var nerdragen och allt ljus i rummet kom från den gamla datorn som stod och surrade på skrivbordet. Hon hade köpt den åt honom trots Vidars protester och datorn hade blivit något av en vän åt den ensamme pojken. Där pågick ett helt liv som hon inte visste någonting om.

Hon stod med ansiktet i glipan, andades in tonårslukten, svettiga strumpor och ångest. Hon lyssnade efter deras röster nere i köket innan hon sköt upp dörren och klev in. Det knäppte i knäna när hon plockade upp täcket från golvet, dammet yrde över rummet. Någonting blänkte till under sängen och när hon böjde sig ner såg hon att det var en glasflaska utan etikett. Spritlukten så stark att hon inte behövde skruva av korken för att veta vad som gömde sig däri. Hembränt av något slag, starkt och tårframkallande, kanske Vidars.

– Vad fan gör du? Varför rotar du bland mina grejer?

Simon stod i dörren, ansiktet mörkt av ilska. Liv rätade på sig, höll flaskan med båda händer, det svala glaset kändes glatt mot huden.

– Jag skulle bädda din säng, sa hon. Och hittade den här.

– Den är inte min. Jag förvarar den bara åt en kompis.

De visste båda två att det var en lögn, det fanns inga kompisar. Men det kunde hon inte säga. Liv dammade av flaskan och ställde den varsamt på skrivbordet intill datorn. Tankarna rusade ikapp med blodet, han var sjutton år gammal, det var ingen idé att bråka om det. Kanske var det ett gott tecken, att han sysslade med sådant som hörde tonåren till.

– Vilken kompis? frågade hon.

– Ska du skita i.

De såg på varandra en lång stund, en rynka hade växt fram mellan hans ögonbryn. Det fick honom att likna Vidar. Ändå var det sig själv hon såg i sin pojkes ansikte. Trotset och hungern efter något annat, efter friheten. Hade det inte varit för hans skull hade hon inte stått där nu, i huset där hon föddes. Då hade hon varit någonstans långt borta. Kanske visste han det, att allting bottnade i honom, kanske var det därför avståndet vuxit mellan dem. Hon undrade om han äntligen skaffat sig vänner, kanske av den sämre sorten, som söp och slogs. Eller om han satt ensam framför datorns blå sken och drack om kvällarna. Båda alternativen gjorde henne tung i kroppen.

Simon sträckte sig efter ryggsäcken, den ilskna färgen i hans kinder hade runnit av honom.

– Jag kommer bli sen till skolan.

Hon nickade.

– Vi får prata mer ikväll.

– Jag vill inte att du är i mitt rum när jag är borta.

– Jag ska gå nu.

Han väntade tills hon lämnat rummet och gjorde sak av att både stänga och låsa dörren innan han gick nerför trapporna. Liv följde efter, såg på den fjuniga pojknacken och tänkte på alla gånger hon vilat ansiktet där och fyllt lungorna med hans doft. Alla nätter som hon virat sin kropp beskyddande runt hans och vilat en hand mellan de späda skulderbladen bara för att försäkra sig om att han andades, att han inte skulle dö ifrån henne. Det var så längesedan nu, en annan tid.

De stod i köksfönstret och såg efter honom när han gick till bussen, Liv och den gamle. De följde den gänglige gestalten med blicken ända tills skogen svalde honom.

– Jag tror han har ett fruntimmer, sa Vidar.

– Jaså?

– Mm. Jag känner det på lukten, han luktar annorlunda.

– Det har inte jag märkt.

Vidar satte en sockerbit mellan tänderna och drack kaffet på fat, sköt henne en menande blick.

– Han brås på mor sin, sanna mina ord. Snart kommer han inte komma hem på nätterna längre.

*

Det var svårt att andas i Juha Bjerkes hus. Liam och Gabriel satt vid ett rangligt bord medan den magre mannen vankade i cirklar framför dem. Små pustar av damm och granris yrde runt kängorna på honom och den röktunga luften sved i ögonen. Hans blick flackade mellan dem, lät sig inte fångas.

– Ni får förlåta mig, sa han, men jag är inte van vid folk.

Liam försökte dölja olusten som kröp i honom. Han sneglade på Gabriel, brodern verkade road, ett leende lekte i mungiporna och blicken gled förundrat runt i stugan, sög i sig den underliga inredningen och jakttroféerna. En kniv satt fasthuggen i bordsskivan och resterna av torkat blod hade lämnat en mörk skugga över den repade ytan. En djurhud hängde som en gardin för det enda fönstret och det var kvavt och varmt i det trånga utrymmet. Juha ställde sig i skuggan av vedspisen och hans ögon tycktes brinna i mörkret när han såg på dem. Hans röst var hes, som om stämbanden börjat rosta i halsen på honom. Det blev väl så, när man aldrig hade någon att tala med.

– Ni är såna där dårar som jagar räv med skoter, sa han, det ser jag på er.

– Jag vet inte vad du snackar om, sa Liam. Ser vi ut som några jävla jägare?

– Men ni jagar pengar, eller hur? Det är det ert liv går ut på: knark och snabba pengar.

Liam kände vibrationerna från Gabriels ben som trummade mot golvet. Ingen av dem sa någonting.

– Ni kommer inte med kaffe och röka till en gammal man bara för att vara snälla, eller hur? Ni ska ha betalt för mödan.

– Vi sysslar inte med välgörenhet, om det är det du undrar, sa Gabriel. Rätt ska vara rätt.

Juha skrockade gällt. Liam såg den fasthuggna kniven i ögonvrån, han behövde bara sträcka ut handen så var den hans. Det lugnade honom.

Juha hängde kaffepannan över elden.

– Ni är hungriga, sa han, och det gillar jag. Jag var också hungrig en gång i tiden. Men har man fått svälta tillräckligt länge hör man inte längre hur magen skriker. Då blir det knäpptyst.

Trots hesheten hade han en melodi i rösten, som om han helst ville sjunga orden.

– Jag kände eran farsa i ungdomen, fortsatte han. Vi gick skolan ihop. Han var en helvetes karl. Humör som en grävling, det gick aldrig veta vars man hade han, men hamnade man i trubbel ställde han alltid upp.

– Farsan är död, sa Gabriel.

– Nog vet jag det. Kräftan kan ingen gömma sig från, om den sätter klorna i en är det bara att fälla in årorna och tacka för sig.

Han hade nämnt vänskapen med deras pappa förut, första gången han skulle köpa gräs, i ett försök att vinna deras tillit. Liam fick en känsla av att samma sak pågick nu, att Juha använde deras bortgångne far för att vinna deras förtroende.

Juha rev sig över det insjunkna bröstet, han hade blicken i lågorna medan kaffedoften spred sig i rummet. Liam och Gabriel såg på varandra, väntade.

– Jag har ett jobb åt er, sa Juha till sist, om ni är intresserade.

– Vadå för jobb? frågade Gabriel.

Juha log och hällde upp kaffet, ställde varsamt fram ett par rykande muggar framför dem på bordet. En enorm yxa tronade intill eldstaden. Bladet blänkte i skenet från lågorna. Det började gräva i magen på Liam, den kvävande värmen och lukten av djurhudar fick honom att må illa.

Juha ställde sig vid bordsänden och vägde på tårna, gav ifrån sig ett visslande läte när han blåste på den heta drycken.

– Det finns en ogrävd guldgruva inte långt härifrån. Den bara ligger där och väntar på såna utsvultna stackare som er.

Hans tröja vilade som ett sladdrigt skinn på överkroppen och var missfärgad av tid och svett. Byxorna hade långa revor i tyget och blek hud skymtade därunder. En lukt av granbarr och fuktig mylla ångade från honom. Med en plötslig rörelse slet han kniven ur bordsskivan och började pilla sig under naglarna med bladet. Liam sneglade mot dörren. Tre steg bara, så skulle han vara ute i friska luften igen.

– Vi ska ha våra pengar, sa han. Du har fått ditt röka och som brorsan säger så bedriver vi ingen välgörenhet.

– Jag hade också en bror en gång, sa Juha. Vi var precis som ni två, alltid tillsammans. Oövervinnliga var vi, brorsan och jag, med hela världen för våra fötter. Men sen gick han och dog den jäveln, och det var då jag insåg att det inte finns nån rättvisa i den här världen. Ödet bara skrattar åt en.

Han skrynklade ansiktet, som av smärta, sa ingenting på en lång stund, allt var stilla förutom elden som levde sitt eget liv bakom ryggen på honom, flammade och sprakade. Det var svårt att läsa hans ansikte i det skumma ljuset, svårt att ligga steget före. Gabriels fot hittade Liams under bordet, gav honom en spark.

– Berätta mer om den där guldgruvan, sa han. Var ligger den?

Juha grimaserade ett leende.

– Känner ni till en Vidar Björnlund från Ödesmark?

– Alla känner väl till den snåljåpen.

– Han må leva som en kyrkråtta, men pengar har han, så det räcker och blir över. Han har samlat dem på hög under alla dessa år, den gnidne fan. Och banken litar han inte på, en stor del av slantarna förvarar han i ett kassaskåp i kammarn. Han är gammal och sliten och att råna honom vore lika lätt som att stjäla godis från småbarn.

Gabriel höjde på ögonbrynen.

– Hur vet du allt det här?

– Jag vet, därför att vi hade affärer ihop för längesen. På den tiden när jag fortfarande var för dum för att fatta vad han gick för. Han lurade marken av hederligt folk för att sälja den vidare till skogsbolagen. En riktigt girig jävel är han, Vidar. Och det är ingen som vill göra affärer med honom längre. Allt han har är dottern, Liv heter hon, fast Livegen skulle passat henne bättre, för nåt eget liv har hon aldrig haft, stackarn. Hon bor kvar med farsan sin därute i Ödesmark, trots att hon har en egen unge att ta hand om, eller kanske just därför.

Juha vred huvudet och spottade in i elden, färgen hade stigit på hans kinder och rösten blev ostadig när han fortsatte:

– Det är bara Vidar som har koden till kassaskåpet – när det gäller förmögenheten litar han inte ens på sina egna. Dottern och barnbarnet dansar efter hans pipa, båda två. De har inget att säga till om så länge han är i livet, och de kommer inte stå i vägen för er, det kan jag lova. Så dem låter ni bli, hör ni det? Det finns ingen anledning att ge sig på vare sig dottern eller barnbarnet. Allt ni behöver göra är att överrumpla gubben, så har ni slantarna.

Liam kastade en blick på Gabriel, det hade börjat rycka kring näsvingarna på honom, den dimmiga blicken hade fått en ny lyster.

– Varför åker du inte dit själv, om det nu är så lätt?

Ett plågat uttryck drog över Juhas ansikte, fick honom att se gammal ut.

– Jag kan knappt ta mig in till samhället längre, klarar inte av att se folk, än mindre åka och plocka slantar. Då är det bättre att jag ger chansen till dugligare förmågor som er. Jag vet att ni kan få det gjort.

– Du har slut på pengar, eller hur?

– Nej, för fan. Det går ingen nöd på mig. Jag är bara förbannat trött på Vidar Björnlund, den dåren har fått härja länge nog. Det är hög tid att han får lära sig en läxa eller två.

Juha spände svartblicken i Liam och låtsades dra kniven över sin egen strupe. Det såg komiskt ut, ändå kände Liam en ilning längs ryggraden. Han såg på Gabriel, såg den nya lystern i hans ansikte och visste att han redan hade bestämt sig, det krävdes inte mycket för att väcka hans hunger till liv. Den ständiga drömmen om de snabba pengarna. Själv var han inte lika övertygad. Han såg Vanja för sitt inre öga, alla drömmar han vävt åt henne redan innan hon föddes. Drömmar om ett vanligt liv, ett hus med flera rum, rena ytor utan skam. Han tänkte på kuvösen hon legat i dagarna efter att hon föddes, ett oseende knyte med slangar fästa i varje öppning medan drogerna rusade runt i hennes lilla kropp. Han hade inte fått röra vid henne, fick bara se hur hon låg där och kämpade. Det var den bilden som för alltid skulle mana på honom.

– Vad vill du ha av oss? frågade Liam.

– Vad menar du?

– Du berättar det här för att du vill ha nåt i gengäld, eller hur?

– Jag vill inte ha ett skit av er två. Det enda jag vill är att se Vidar Björnlund på knä, en gång för alla. Jag vill se honom förlora förmögenheten som aldrig borde ha varit hans till att börja med.

Liam sköt tillbaka stolen och reste sig. Juha stod och bligade på honom, vägde kniven i handen.

– Och du är säker på att det finns ett kassaskåp?

– Lika säker som jag är på att solen far upp på morgonen och ner på kvällen. Vänta får ni se.

Juha försvann in i dunklet, ställde sig med ryggen mot dem och började rota i en kista som stod på golvet. Vita dammslöjor stod som rök omkring honom, kittlade näsan. Till sist gav han ifrån sig en liten grymtning och höll upp någonting i luften, ett gulnat papper, märkt av tid och flottiga fingrar. Med en triumferande rörelse lade han ner det på bordet mellan dem.

– Vad är det här?

– Ni har väl ögon att se med? Det är en karta.

Det såg ut som en slarvig planritning – hall, kök och kammare fångade med darrigt bläck. Dörrar och fönster noggrant markerade, svarta pilar som ledde in till kammaren. Där, i ett av hörnen, hade någon gjort ett tjockt svart kryss. Juha lutade sig över bordet och högg fast kniven mitt i krysset så att skaftet vibrerade.

– Där har ni henne, sa han. Svaret på era drömmar.

*

Liv drack kaffet stående vid diskbänken för att slippa sätta sig intill sin far. Vidar satt med blicken ut genom fönstret och spanade efter livstecken längs den ödsliga grusvägen. Han var klädd i rejäla kläder och hade kniven i bältet, trots att hans händer sällan lät honom använda den numera. Han tittade aldrig på teve, läste inga böcker, löste varken korsord eller spelade på hästar. Hans dagar gick ut på att dricka kaffe och hålla koll på byn. Även om han vägrade att befatta sig med grannarna så måste han veta vad de hade för sig. Han höll dem under samma skoningslösa uppsikt som sin egen familj. Ingenting undgick den gamle, de igendimmade ögonen såg fortfarande allting.

Liv sa ingenting om spritflaskan hon hittat i Simons rum, Vidar skulle upptäcka den tids nog ändå.

En bil körde förbi nere på vägen, Vidar reste sig så hastigt att lederna knakade, sträckte hungrigt på nacken.

– Ser du, nu är Karl-Erik ute och flänger igen. Att de inte plockar körkortet från den jäveln.

– Sätt dig ner och sluta glo.

– Han är aldrig nykter länge nog för att köra bil, det kommer sluta med att han kör ihjäl nån stackare.

Liv såg på den leriga grusvägen, solen som speglade sig i smältvattnet. Hörde Karl-Eriks bil försvinna ut på stora vägen. Hon visste att Vidars avsky för grannarna hade med ensamheten att göra, han visste inte längre hur han skulle närma sig människorna, närhet skrämde honom, gjorde honom giftig.

– Motorsågen är dålig, sa hon.

– Jaha?

– Jag har inte tänkt hugga all ved för hand.

– Pojken kan hjälpa dig. Nåt måste han väl göra med alla musklerna han byggt.

Vidar tuggade limpan långsamt. Han använde bara smör om morgnarna, pålägget fick vänta till lunchen. Liv hällde upp mer kaffe och betraktade den sorgliga vedhögen därute. Yxans blodröda skaft som ett illtjut i allt det grå. Motorsågen tillhörde onödigheterna, ville hon ha en ny fick hon köpa den själv. En man som inte unnade sig en ostskiva skulle inte heller unna sig en ny motorsåg.

Vidar smekte tidningen som låg framför honom med valkig hand, husannonserna hon ringat in med rödpenna stirrade tillbaka på honom. Det var för hans skull hon ringade in husen, så att han skulle se att de var på väg därifrån, hon och pojken. I början, för många år sedan, hade det upprört honom, men nu var det bara något han gjorde sig lustig över.

– Inte vill du bo inne i stan heller. Bara avgaser och skräp och hålögda människor – härute kan man i alla fall se stjärnorna om kvällen.

När han reste sig för att hämta mer kaffe tog hon sin tillflykt till badrummet. Hon pinkade i den rostiga toaletten och efteråt vilade hon händerna på det spruckna handfatet en lång stund. Spegeln var också trasig, ett spindelnät av sprickor i vänstra hörnet. Hon undvek att möta sitt eget ansikte, den trötta munnen och de ledsna ögonen gjorde henne ännu mer trött och ledsen. Det var inte bara huset som var på väg att förfalla, hennes ansikte var också fullt av revor. Hon hörde Vidar nynna inifrån köket. Det var han som var gammal, han som borde tänka på döden, ändå var det bara hon som gjorde det. Varje dag tänkte hon att det inte var långt kvar, hon måste bara stå ut några år till. Sedan skulle livet börja.

När hon återvände till köket satt Vidar på sin stol igen. Det var som en tyst överenskommelse de hade, att de hela tiden skulle dansa förbi varandra. Om en satt vid bordet stod den andra vid diskbänken, om en rörde sig över golvet stod den andra still, nästan som om huset inte tålde för många rörelser på en och samma gång. Trots att de bott under samma tak sedan dagen hon föddes hade avståndet mellan dem bara vuxit.

En fyrhjuling körde förbi nere på vägen och Vidar duckade bakom gardinen. En glesbygdskavaj lyste mellan granarna.

– Se på fan, sa han, nu har Modig köpt en ny leksak igen. Karln har inte ett korvöre på fickan, men nya prylar ska han minsann ha.

– Hur vet du att den är ny?

– Jag har väl ögon att se med! Den gamla var svart, den här är röd.

Liv gick fram till fönstret. Douglas Modig hade stannat till vid vägbommen och nu höjde han handen. Hon vinkade tillbaka.

– Jag kanske kan låna hans motorsåg, sa hon, tills vi skaffat en ny.

Vidar började hosta, slemmet rosslade i lungorna.

– Så fan heller, sa han när han hämtat sig, det där fanskapet vill jag inte ha på min tomt. Då hugger jag hellre veden själv.

Snart stod hon vid huggkubben igen. Vårsolen så skarp att hon fick blunda när hon höjde yxan, och när den föll var det faderns huvud hon klöv.

SOMMAREN 1998

Flickan går längs den spruckna vägen. Solen bränner och tallarna doftar starkt i värmen. Bromsarna har jagat renarna ur skogen och de betraktar henne där hon går vägen fram, nyfiket tycks det. Deras kronor vajar stolt mot himlen och hon känner sig trygg i deras närhet. Låtsas att hon tillhör dem. Hon har en vit klänning på sig, den böljar som en blomma i vinden, smeker skönt längs benen. När en bil närmar sig gömmer hon sig i diket och hukar där tills hon kan urskilja färgen och märket. Först då reser hon sig och sträcker upp en hand.

En gammal Merca tjuter sig stilla i tystnaden. Renarna rör sig oberörda över mittlinjen, kanske är det för dem han stannat. Men mannen bakom ratten nickar åt henne att hon ska komma närmre. Hon borstar skogen ur klänningen och går fram till den nervevade rutan. Hans ögon döljer sig bakom stora solglasögon och allt hon ser är sin egen spegelbild – det rufsiga håret och munnen som försöker le.

– Vart ska du? frågar han.

Hon rycker på axlarna.

– Vart som helst.

Han skrattar lite när hon sätter sig. En snus blänker under läppen på honom. Bilen luktar tobak och svett och sätet bränner under de bara benen. Männen gillar när hon inte ger några raka svar, de tycker att det är spännande. Hon kan nästan se hur det pirrar i honom när han sneglar på henne.

Han drar igång motorn och manövrerar varsamt mellan renarna. Det blåser skönt ur fläktarna och hon låter en hand segla ut genom fönstret, fingrarna sträcker ut sig i vinddraget. Hon håller hela tiden en blick i backspegeln för att försäkra sig om att ingen följer efter dem.

– Så du ska inte in till samhället och träffa nån kille?

Hon skakar på huvudet. Samhället ligger alldeles för nära, hon ska längre bort än så. Mannen andas tungt.

– Du är ju så satans grann, säger han. Ska du på dans?

– Nä.

– Det var längesen jag hade en sån fin dam i kärran, det ska du veta.

– Har du en cigarett?

Men han har bara snus. Hon tar dosan som han räcker henne och knådar en rejäl prilla som hon trycker upp under läppen. Han skrattar igen, det där nervösa skrattet som de oftast har. Det är just det hon gillar mest med männen, att hon skrämmer dem lite. Att de ser på henne som ett vilt djur som är kapabelt till vad som helst. Någonting farligt.

Sedan kommer frågorna. Han vill veta vad hon heter, var hon bor, vilka hennes föräldrar är.

– Det spelar ingen roll, säger hon bara.

Hans leende dör bort. När de kör genom samhället sjunker hon djupt ner i sätet, allting prunkar och grönskar, solen glittrar i sjön och människornas skratt tränger in genom de smutsiga glasen. Hon undrar om han ska stanna, men det gör han inte, han fortsätter förbi de skimrande björkarna och butikerna.

– Ska du ha en luring? frågar han och nickar mot handskfacket.

En etikettlös flaska gömmer sig där. Hon skruvar av korken och spritångan är så stark att ögonen tåras. Hon tar ett par rejäla klunkar och nu skrattar han på nytt. Men själv ska han ingenting ha, han kör ju. De stöter på renar igen och den här gången lägger han en arm runt hennes säte medan de väntar på att djuren ska skingra sig. Han varken svär eller tutar åt dem.

– Visst är de förbannat vackra ändå? säger han.

Det avgör saken. Hon sträcker ut en hand och stryker den över hans kind. Han har slarvat med rakhyveln och ensamma skäggstrån river handflatan. Först rycker han till under hennes beröring, som om den skrämmer honom, men ögonen har blivit alldeles glansiga när han ser på henne. Mörka svettfläckar blommar fram över hans skjorta.

– Vem är du egentligen?

– Bara en tjej.

Det är så hon alltid svarar. *Bara en tjej.* För att det är så skönt att få vara ingen alls, att få sudda ut allt som ligger och tynger i maggropen och börja om. Det funkar inte alltid, men just nu – när hon ser oron glimra till i mannens ögon – så känner hon hur kroppen liksom lyfter ur sätet. Spriten gör också sitt till, gör henne lätt och svävande. Mannen vilar sin sträva hand på hennes lår och fingrarna klättrar hela tiden längre upp under klänningen. Hon gräver ut snusen och särar lite på benen. Det är alltid det här de vill, männen. Det finns en trygghet i det, att de aldrig överraskar.

De har parkerat vid en rastplats när en bil kör upp från ingenstans. Dammet yr om däcken när den tvärnitar och gruset sprätter som ett kulregn mot plåten på Mercan. Mannen intill henne svär och fumlar med jeansen. Själv hittar hon inte klänningen. Den har förvillat sig till baksätet, bland renfällar och fiskelådor. Hon sitter i bara trosorna när fadern sliter upp dörren och drar henne ur bilen.

– Ser du inte att hon bara är barnet? skriker han åt mannen. Hon har inte åldern inne, jag skulle kunna sätta dig i fängelse för det här!

Mannen klipper med ögonen, hans ansikte är tjutande illrött bakom ratten. Som ett lingon ser han ut när fadern drar iväg med henne. Faderns fingrar svider mot skinnet när han släpar henne över gruset och in i sin egen bil. Han skriker åt henne, hon ser hur läpparna rör sig och känner salivstänket på kinderna, men orden når inte fram. Det har slagit lock för öronen. I samma stund som dörren slår igen börjar hela kroppen klia.

Liv snörde löparskorna och kedjade fast hunden så att den inte skulle följa henne in i skogen. Luften smakade smältvatten och marken gyttjade sig och stänkte upp på byxorna. När hon nådde byaskolan uppe på krönet stannade hon och vilade händerna mot låren. Lungorna brann och hon hade en sur smak i munnen. Nere i dalen skymtade sjön, svart vatten där isen dragit sig undan. Hon blickade tillbaka på den övergivna skolan. En fönsterruta hade spruckit och ett gulnat gardinstyg letade sig ut mellan skärvorna. Byggnaden borde rivas men det var ingen som ville betala för det. Tomten hade legat ute på Blocket i omgångar utan att någon nappade. Det skulle väl sluta med att skogen själv tog tillbaka timret. Hon fortsatte springa, förbi granngårdarna tills det bara var granarna kvar, en tät gammelskog som sent skulle släppa ifrån sig snön. Inte förrän hon skymtade huset stannade hon, den sista gården i Ödesmark låg så långt utanför byn att den knappast var en del av den. Hon blev stående i snåren, tvekade. Husväggarna såg överjordiskt vita ut mot gråskogen, fjolårslöven var räfsade i prydliga högar och två hundar låg utsträckta som mörka pölar i gräset. Om de märkte att hon stod där gav de inte sken av det, inte förrän hon började röra sig mot huset hade de energi nog att lyfta på sina huvuden. Svansarna slog mot marken i takt med hennes eget hjärta och hon hukade sig och strök de sträva pälsarna innan hon klev upp på altanen. I början hade de alltid skällt åt henne, hundarna, men nu hade de vant sig, nu visste de att hon inte ville något illa.

Hon brydde sig inte om att knacka, lämnade bara skorna på farstubron och vek upp byxbenen innan hon klev in. Svetten kittlade nerför ryggen medan hon smög genom de dunkla rummen. Huset hade tillhört en gammal änka och allt däri vittnade om svunna tider: mörka träslag, fusksammet och virkade dukar. Sängen i sovrummet hade en brokig kjol där dammet samlades och det enda som verkade malplacerat i huset var mannen som låg i den. Hon kunde ana kroppens konturer under täcket och skuggan av hår som rann ut över kudden. Luften i rummet var tung av sömn och varm kropp. Liv drog av sig tröjan och träningsbyxorna, tog av sig allt innan hon kröp ner intill den sovande mannen.

Hans händer vaknade först och började treva över hennes hud, som om han förlorat synen under natten och måste försäkra sig om att det var hon. Han luktade starkt av trä och tjära och änkans gamla säng gnisslade oroväckande när deras kroppar rörde sig mot varandra.

Efteråt, medan han tände sin cigarett, låg hon och stirrade på älghuvudet som sköt ut från den bortre väggen. Hon tyckte sig skymta förebråelse i de blanka porslinsögonen.

– Visste du att hon dog i sängen?

– Vem då?

– Änkan Johansson, hon som bodde här.

Han räckte henne cigaretten.

– Jag har faktiskt bytt lakan.

De skrattade vit rök upp mot det fläckade taket, skrattade tills ögonen rann och hundarna började tjuta utanför fönstret.

– Är du hungrig? Ska jag fixa käk?

– Har maten också stått sen 2008?

– Nä, den är ny.

Sängen gnisslade sina protester när han reste sig upp. Egentligen var det väl ett under att den orkade bära honom, att den inte brakade ihop under hans tyngd. Hon låg kvar i stillheten och rökte medan han började skramla med bestick och porslin på andra sidan väggen.

Första gången hon såg honom hade norrskenet sprakat över byn. Han hade kört en hel dag och det syntes på honom att han kom söderifrån, han hade inte ordentliga kläder. I bara munktröja och gympaskor stod han där och sträckte fram handen. Liv hade kokat kaffe och Vidar hade gett honom nyckeln till änkan Johanssons hus, huset som Vidar hade snappat upp för en billig peng innan änkan ens haft tid att kallna i sin grav. Liv anade att det var hans kontrollbehov som fått honom att köpa rucklet, snarare än ett intresse av att faktiskt äga det, för det hade stått tomt i närapå ett decennium.

Ingen hade velat ha med huset att göra förrän Johnny Westberg dök upp. Det var så han hette, mannen hon nu låg med. Han var fyrtiotvå år gammal och hade fått jobb på sågen i grannbyn. Den där första gången de träffades hade han svarat svävande på alla frågor. När Liv undrade om han levde ensam hade han bara nickat mot bilen där två svarta bestar satt och flåsade ut i vinternatten.

– Jag har hundarna.

Kanske hade hon vetat redan då att hon skulle komma att hamna i änkan Johanssons säng bara några veckor senare. Kanske hade Vidar anat samma sak, för när Johnny kört iväg och lämnat efter sig ett moln av snörök hade han vänt sig mot Liv med ansiktet fullt av allvar.

– Den där ska du hålla dig borta ifrån.

– Varför det?

– För han är inte att lita på, det ser jag med blotta ögat. Han döljer nåt.

Liv fimpade cigaretten och reste sig ur sängen. Hon vände ryggen åt älghuvudet medan hon klädde sig. I köket fladdrade ljuslågorna över änkans vaxduk och Johnny hade dukat fram två öl och ett fat med ost och korv. Ändå kunde hon inte sätta sig vid bordet.

– Jag ska inget ha.

– Men du kan väl stanna en stund?

– Det är sent, jag måste hem.

Hans ansikte såg sorgset ut i skenet från stearinljusen, fick henne att skämmas och svära inombords att det här var sista gången. Innan de blev upptäckta och hela grannskapet började prata. Innan Vidar fick nys om det hela och jagade honom ur byn. Hon drog sig mot hallen och hundarna som ylade därute. Medan hon knöt skorna kände hon hans blick bränna huden och när hon rätade på sig och försökte sig på ett leende fick hon inget tillbaka. Hon undrade vad som skulle hända om hon tog hem honom till Vidar, om hon höll honom i handen och presenterade honom som sin karl. Försökte föreställa sig Vidars reaktion, vad han skulle säga. Men det gick inte, det var omöjligt.

*

Natten svepte sin kalla hinna omkring henne medan hon smög fram till Björngården. Hon önskade sig redan tillbaka till mannen och värmen. På tysta fötter gled hon in och ut mellan skuggorna som omgav ladan och vedboden. Vid garageporten hejdade hon sig. På klädstrecket fladdrade en klänning som hon inte hade burit på många år, det vita tyget som en vålnad. Synen fick mörkret att bulta omkring henne. Hon sprang fram och slet ner klänningen med en häftig rörelse så att hela strecket svajade och klädnyporna flög i marken, rev det skira tyget i remsor som hon lät regna ner i soptunnan, grävde sedan om med handen för att försäkra sig om att den var bortom all räddning.

Han satt i mörkret när hon klev in genom dörren. Hon kände lukten innan hon såg honom, linimentet och ångorna från hans hembrända. Ett stearinljus brann på bordet, men han höll sig utanför dess sken, kurade som en vålnad bland skuggorna.

– Varför sitter du här?

– Jag sitter och väntar på dig.

– Det är mitt i natten.

– Jag sitter här tillsammans med din mor och tänker på hur förbannat lika ni är varandra.

Liv tog ett par steg in i rummet. Blicken föll på fotografiet som stod på bordet, hon skymtade sin mors leende i det flimrande ljuset, kände yrseln rusa genom henne, benen så ostadiga att hon blev tvungen att sätta sig ner. Hon sjönk ner mitt emot Vidar i mörkret, de höll sina ansikten utanför ljuset, så att de inte riktigt kunde se varandra. Det var bara när han drack som han pratade om mamma Kristina, i berusningen blev hon levande igen. Då kunde han både se och höra henne, spriten fick honom att ge röst åt allt hon skulle ha sagt om hon hade stannat. Om hon hade levt.

– Mamma är död, sa Liv.

Men orden bara fladdrade förbi honom, stumma vingslag som försvann ut i natten, alltför lätta att slå ifrån sig. Vidar hällde upp mer av det brända, sköt glaset över bordet och manade henne att ta en klunk. Hans ögon som varma stenar i skenet från lågan.

– Vet du vad hon sa till mig innan vi gifte oss?

– Prata inte så högt, du väcker Simon.

– Låt inte mörkret ta mig, sa hon. Se till att jag alltid har huvudet ovanför ytan. Låt mig inte sjunka, vad du än gör.

Spriten hade lenat rösten, orden flöt i en mjuk sång som sände vågor av rysningar genom kroppen på henne. Liv lyfte glaset till munnen, höll andan och drack alltihop i ett svep. En eldslåga genom svalget som satte magen i brand.

– Det var jag som gjorde henne på smällen, fortsatte Vidar, det var jag som absolut skulle ha barn, trots att jag borde ha förstått vad det skulle göra med henne.

Hakan darrade, det rann ur näsan på honom. Liv stirrade rakt in i ljuslågan, önskade sig någon annanstans, vart som helst, bara inte här. Håll käften, ville hon säga, jag vill inte höra mer. Men hon bara satt där och kände hur han räckte den svarta skulden över bordet och satte den till rätta på hennes axlar. Det var en ofattbar tyngd att bära.

– Den dagen du föddes var hon förlorad. Hon försvann in i sig själv, ville inte veta av nån av oss. Läkarna sa att jag måste ha tålamod, att det skulle bli bättre, men det blev inte bättre. Hon var redan borta. Hon kunde lika gärna ha dött i barnsäng.

Orden föll som stenar ur munnen på honom, ekade sig kvar i henne. Hon hade hört dem så många gånger, sanningarna som slapp ur honom när han drack, ändå förlorade de aldrig sin kraft. Vetskapen om att det var hennes fel att modern var död. Självmord till följd av förlossningspsykos stod det i journalen. Förlossning var ledordet, det var där skulden låg. Det var den hon måste bära, trots att hon bara varit månader gammal.

Vidar sträckte sig efter pipan, fyllde rummet med sitt smackande läte. Gråten hade övergett honom för ett slags lugn, nästan en belåtenhet, nu när han fått påminna henne om sakernas tillstånd. Om livet som de bar på sitt samvete.

44

Hon kramade handen runt flaskhalsen, fyllde glaset till hälften och drack så att det rann nerför hakan, försökte stilla de skälvande händerna.

– Du ser det inte själv, sa Vidar, men du bär på samma mörker som mor din. Jag ser hur det sliter och drar i dig, hur det försöker lura bort dig från den här världen.

– Jag vet inte vad du pratar om.

– Jag kan inte tvinga dig att stanna kvar längre, du är för gammal för det. Men jag har inte tänkt ta ögonen ifrån dig, det ska du veta. Inte så länge jag lever. Jag har inte tänkt låta dig försvinna i famnen på nåt av de där odjuren som du springer till om nätterna. Då dör jag hellre.

Han lutade sig över bordet så att hon kunde se honom bättre, den åldrade kroppens sladdriga konturer. Ensamheten i blicken som sträckte sig djupt in i henne och rörde om bland allt hon helst ville förtränga. Hon vred ansiktet mot fönstret, mot natten utanför. När hon var yngre hade mörkret därutanför kvävt henne, men nu kunde hon försvinna i det, ta skydd. Hon såg sitt eget ansikte i glaset, det olyckliga barnet som gömde sig där, som vädjade till henne.

Ljuslågan fladdrade ikapp med hennes rörelser när hon reste sig. Alkoholen hade redan hittat ut i blodet och gjorde stegen osäkra. Först när hon vänt honom ryggen vågade hon protestera.

– Jag är inte Kristina.

Hon hann bara till tröskeln innan något krossades bakom henne. När hon vände sig om låg glaset i skärvor på golvet. Vidars utsträckta hand famlade i luften, sträckte sig efter henne.

– Lämnar du mig vet jag inte vad jag gör.

*

Hon låg mellan de kalla lakanen och hörde hans tunga steg i trappan. Hans andetag väste och visslade på andra sidan dörren. Hon höll andan och väntade, lät en hand smyga sig in under madrassen i jakt på kniven. Hans skugga skymtade i springan under dörren, de rastlösa fötterna som ville in till henne. Varje muskel i hennes kropp drog ihop sig. Hon såg hur han kände på handtaget, försiktigt först, men sedan ryckte han till så att dörren riste i sina fästen. Huden klibbade när hon kramade kniven mot bröstet, båda händerna hårt runt skaftet. Men låset gav inte vika och hon hörde hur han släppte handtaget med ett utdraget jämmer. Han blev stående utanför dörren, ensam och rastlös i natten. Det dröjde länge innan han lämnade henne ifred. Innan hon vågade blunda.

*

Vanja bredde hjortronsylt över plättan med noggrann precision. Sedan samma sak med grädden, innan hon omsorgsfullt rullade den frasiga plättan så att ingenting blödde ut på sidorna. Hon stoppade en stor tugga i munnen och grimaserade åt honom.

– Farmor säger att du måste skaffa ett eget hus. Hon säger att man inte kan bo i ett garage.

Liam lade en smörklick i stekpannan och skopade ny plättsmet.

– Farmor har rätt, sa han, i garaget ska bara bilar bo. Men jag ska bygga ett helt nytt hus åt dig och mig, vänta bara.

Vanjas läppar glänste av sylten.

– Kan vi måla det grönt? frågade hon.

– Grönt?

– Ja, som norrskenet.

Liam vände plättan i en snabb rörelse och log mot henne.

– Klart vi ska. Vårt hus ska bli norrskensgrönt.

Hon log sitt tandlösa leende, det där leendet som fick allting att spritta och sjunga i honom. Som midvinterns isar, eller våren. Han hade bott ovanpå traktorgaraget sedan han var sjutton år. Mest för att komma ifrån morsan och hundarna. Bäddsoffan stod inkilad i ena änden, när den var utvikt tog sängen upp större delen av ytan. I andra änden hade han en kokplatta, kyl och ett köksbord för två. Det enda fönstret var dragigt och vette mot hundgården. Skallen och ylningarna slet honom ur sömnen nästan varje gryning. Och så bensinlukten som ångade in mellan golvplankorna. Det var inte en plats för ett barn att växa upp på. Vanja behövde sin egen säng, sitt eget rum. Och det var han som skulle ge henne det. Det var egentligen allt han tänkte på. Att bygga ett hem åt henne.

De hade precis ätit upp den sista plättan när dörren slogs upp och Gabriel tumlade in. Han hade tryckt tillbaka de spretiga lockarna med en keps och ansiktet under skärmen var fullt av mörka skuggor. Vanja rusade honom till mötes och han svepte hennes fjäderkropp från golvet och satte henne till rätta på axlarna. Hon höll fast i hans öron och skrattade. Taket var så lågt att det såg ut som om hon när som helst skulle slå i huvudet. Liam vände sig bort, lyssnade till deras kärlekstjatter.

– Hur mår snorvalpen idag?

– Jag är ingen snorvalp!

– Det är du visst det. Hela du är ju snorgrön!

Vanja skrattade så högt att hundarna började skälla ute på gården. Gabriel behövde bara öppna munnen så skrattade hon. Han behövde bara titta på henne.

Liam höjde telefonen och tog en bild, fångade deras leenden utan att de märkte. Det var alltid då det blev bäst. Sedan tog han en Cola ur kylen och ställde fram åt brodern. Gabriel

47

slog sig ner på en av pinnstolarna med Vanja i knät, kammade hennes långa flygiga hår med klumpiga fingrar.

– Du har ingen öl?

– Klockan är inte ens tio.

– Men det är ju lördag, då får man väl dricka öl? Han lutade ansiktet nära Vanjas. Eller vad säger du, snorvalpen, visst får man unna sig på helgen?

Vanja nickade. Det fick man. Liam ställde tillbaka Colan och tog fram en Norrlands istället. Han lutade ländryggen mot kylen och såg på medan Gabriel sprättade upp ölen och erbjöd Vanja en klunk som hon rynkade på näsan åt. Liam knöt händerna i armhålorna, pressade naglarna mot handflatorna så att det sved i skinnet. Han visste inte var ilskan kom ifrån, visste bara att den hade med Vanja att göra. Vanja och brodern. Han ville inte att Gabriels förvridna syn på världen skulle färga av sig på henne. Skitsnacket om att människohjärnan behövde dövas med substanser för annars tappade man vettet till slut. Människor har alltid knarkat, brukade Gabriel säga, annars hade vi inte överlevt.

Gabriel drack ett par rediga klunkar och kvävde en rap. Han fingrade på en cigarett men visste bättre än att tända den. Liam lade fram ritpapper och pennor åt Vanja. Bad henne rita huset som de skulle bygga, norrskenshuset. Ovanför hennes huvud mötte han broderns blick.

– Varför är du här?

– Måste det vara nåt speciellt, eller? Jag ville bara se min brorsdotter en stund.

– Jag ser ju att du vill nåt.

Gabriel flinade, lyfte kepsen av huvudet och drog en hand över håret innan han satte tillbaka den igen. Huden i hans ansikte såg sjuklig ut under lysrören, som om han aldrig fick se solen.

– Jag kan inte sluta tänka på gubben.

– Vilken gubbe?

– Han nere i Ödesmark.

Liam såg på Vanja där hon satt lutad över ritpapperet. Hon växlade mellan en blå och en grön penna, slickade på tummen och vätte papperet för att blanda de två färgerna. Precis som han hade lärt henne.

– Vi får prata om det sen.

Det ryckte kring Gabriels ögon.

– Jag vet att du behöver pengar, sa han, så att du kan ta dig bort från det här råtthålet en gång för alla.

– Jag litar inte på Juha.

– Inte jag heller, men det kan inte skada att åka och kolla.

Liam stod tyst i hörnet. Det var sant att han behövde pengar, odlingen hade aldrig genererat mycket, och inte den andra skiten heller. Det var det som var problemet med snabba pengar, de försvann lika fort som de kommit. En stark vårvind klöste längs väggarna och fick tyst på hundarna. Han hällde upp kaffe och såg ut genom fönstret. Skogen kämpade i blåsten. En av hundarna, en tik, stod och vädrade med nosen. Pälsen rörde sig i vågor i vinden. De andra låg och tryckte i sina kojor, bara tiken verkade oberörd av den annalkande stormen.

– Vad säger du, envisades Gabriel, ska vi ta en sväng?

Liam sög i sig kallkaffet, grimaserade åt den bittra smaken. Han lät blicken följa den drottninglika tiken ute i stormen, hon stod stilla och obeveklig, som om ingenting kunde rå på henne. Vinden sjöng genom honom, förde med sig ett varningsrop som fick håret att resa sig på armarna. Han såg på Gabriel, såg på sin dotters böjda nacke.

– Okej, sa han till sist. Vi kan reka lite.

Gabriels leende skickade ilningar längs ryggen på honom. Han såg hur brodern lyfte Vanja ur knät och reste sig. Den tomma ölburken vickade på bordsskivan.

– Ge mig en puss, snorvalpen, för nu ska jag gå.

Vanja snörpte på läpparna och satte dem mot hans.

– Jag hör av mig när det är dags, sa han med en lång blick på Liam.

När dörren slog igen sjönk Liam ner vid bordet, med ens utmattad. Blicken föll på Vanjas teckning. I ena hörnet hade hon ritat en sol som sträckte sina långa strålar mot ett stort blågrönt hus. Utanför dörren stod två leende figurer och höll varandra i handen. Vanja följde hans blick och pekade.

– Det är du och jag, pappa. Och det här är vårt hus.

*

Simons dörr var alltid stängd. Bara det blå skenet från datorn sipprade ut till henne. Liv tyckte om att lägga örat mot det svala träet och lyssna efter honom där på andra sidan. Hans fingrar som knappade på tangentbordet, de dova snarkningarna när han sov, eller den där gungande rapmusiken som Vidar avskydde. Ibland skrattade han därbakom dörren, skrattade så att det smittade av sig. Hon visste inte åt vad, om det var en film eller någon av hans hemliga vänner på andra sidan skärmen. De bodde överallt, de där vännerna, långt ute i världen. Tanken hisnade. Hon förstod att det var hans sätt att komma bort, han kunde färdas långt utan att någonsin lämna rummet.

När hon knackade blev det tvärtyst. Hon väntade med andan i halsen tills han ropade att hon fick komma in. En kallsup från det öppna fönstret sköljde över henne när hon gläntade på dörren.

– Fryser du inte?

– Nä.

En japansk tecknad film var pausad på datorn. Simon hade

alltid drömt om att åka till Japan, han hade pratat om det ända sedan grundskolan. Hur han ville se körsbärsblommorna slå ut och äta riktig sushi. Jag ska inte bli som du, brukade han säga, jag ska inte bo i Ödesmark hela livet. *Så fort jag fyller arton sticker jag.*

Hans ögon på henne var uppfordrande.

– Vad vill du?

Liv vägde på tröskeln. Packa väskorna, ville hon säga. Nu gör vi det – nu sticker vi till Japan.

Men allt hon åstadkom var en axelryckning, hon svepte blicken under sängen där spritflaskan legat, men det var för mörkt för att se om den var där. Simon följde hennes blick.

– Du behöver inte tjata, jag har gett tillbaka flaskan till min kompis.

– Vem är din kompis?

– En tjej, bara.

– En tjej?

– Mm.

Hon kunde se färgen stiga i hans ansikte. Det slog henne att Vidar hade haft rätt i sina gissningar, som vanligt var det ingenting som undgick den gamle.

– Är det nån jag känner?

– Kanske det.

Ett finurligt leende drog över hans läppar, fick det att spritta i henne. Glädjen och oron som elektriska vågor under huden. Sjutton år hade rusat förbi, snart skulle han inte sitta här längre, snart skulle han lämna henne. För Tokyo och Lofoten och alla de där platserna han pratade om. Hon gick in i rummet och drog igen fönstret, snuddade vid hans hjässa på vägen tillbaka.

– Säg inget till morfar, sa han.

– Klart jag inte gör. Men kan du inte berätta vem det är?

Han skakade på huvudet, ville inte säga. Liv hade aldrig sett honom med en tjej tidigare, inte sedan lågstadiet då det bara var flickorna som bjöd honom på sina kalas. Han hade varit som en docka i deras händer, tyst och medgörlig, låtit dem borsta hans hår och klä honom i klänningar. Allt för att få vara med. Pojkarna hade varit skoningslösa efteråt.

Hon dröjde i dörren, vädjade med ögonen. En gång i tiden hade han berättat allt för henne, hon hade suttit i hans säng och lyssnat på den klara pojkrösten med alla frågorna och funderingarna om världen och det hade inte funnits några murar eller avstånd mellan dem. Hon undrade när de hade kommit till, avstånden och hindren. Plötsligt hade de bara funnits där.

– Varför är du så hemlighetsfull?

– Ska du säga.

Plötsligt hade han fått Vidars hånfullhet i rösten.

– Det är inte jag som smyger omkring i byn på nätterna.

*

Dimman letade sig ut mellan träden och förvandlade vägen till en dödsfälla. Liam lät bilen krypa fram. Renarna hade återvänt från vinterbetet och han skymtade deras skuggor mellan tallarna, magra och blåskinnade med ömsande pälsar. Gabriel satt intill honom med blicken i mobilen där en bild av kartan som Juha gett dem bredde ut sig, hans smutsiga nagel svävade över skärmen.

– Var tror du han har fått ritningen ifrån? frågade Liam.

– Det är väl han själv som knåpat ihop den. Han säger ju att han kände gubben, back in the day.

– Skulle inte förvåna mig om det är skitsnack alltihop.

– Det är möjligt, men alla vet att Vidar sitter på deg. Den detaljen har han inte hittat på.

Det var sant, alla kände till Vidar Björnlunds historia, men det var ingen som verkligen kände honom. Liam försökte minnas när han hade sett gamlingen senast, i minnet var han bara ett suddigt ansikte bakom en bilruta, en nästan mytisk figur som alla talade om men som väldigt sällan visade sig i samhället. Han var folkskygg, på gränsen till galen, det ryktades att han brukade vifta med hagelgeväret så fort någon råkade kliva in på hans tomt. Men det hade inte alltid varit så, i ungdomen hade han varit hungrig på livet, gjort en massa smarta markaffärer och tjänat sig en rejäl hacka. Men allt hade förändrats när frun dog. Det var då han sålde skogen och drog sig undan, slutade göra affärer. Den officiella förklaringen var att hon hade hängt sig i ett träd på gården, men det var många som sa att det var Vidar själv som snarat upp henne. Att det hade slagit slint.

Gabriel räckte över jointen.

– Ska du ha?

– Nä.

– Varför inte?

– För att jag har lovat Vanja.

Gabriel fnissade till som om han sagt något roligt.

– Vanja vet väl ändå ingen skillnad.

– Det gör hon visst det.

– Jag vet inte vem du försöker lura? I fem års tid har du tjatat om att du ska lägga ner, men det har inte hänt ett skit. Bara för att du blivit farsa tror du att du är bättre än mig, men du är precis lika oduglig som du alltid har varit. Du kommer *aldrig* att sluta, och ju snabbare du bankar in det i din skalle desto bättre.

Gabriel hytte med jointen i luften. Liam orkade inte käfta emot, han vevade ner rutan och lutade sig ut. Den söta marijuanan blandade sig med surt smältvatten. De passerade ett par bondgårdar där hästar stod i sina leriga hagar och piskade med svansarna. Liam sneglade längtansfullt på de rödmålade boningshusen med sina vita knutar och altanräcken som lyste i allt det grå. Små fruktträd med knotiga grenar där ensamma gungor rörde sig i vinden. Han kunde se Vanja där, på en av gungorna med det tandlösa leendet mot skyn. *Mera faaart,* skulle hon skrika. *Mera fart, pappaaa!*

– Där är det, Gabriel knuffade till honom med armen.

– Var då?

– Ödesmark, fem kilometer, såg du inte skylten?

Liam sneglade i backspegeln.

– Jag såg ingenting.

– Du är för upptagen med ditt jävla drömmande, det ser jag på dig.

De fick köra nästan två kilometer innan de nådde en avtags-väg där de kunde vända tillbaka. Två korpar satt uppflugna på skylten som pekade mot Ödesmark, de vred sina huvuden efter dem när de passerade. Liam kände olusten vrida sig i magen. Vägen var i uselt skick, vattenfyllda gropar och leriga hjulspår som sög åt sig däcken. På vänster sida skymtade en sorgsen sjö, dimman vilade i tunna stråk över den stilla ytan. Det första huset de passerade stod övergivet med ryggen mot vattnet. En filt av mossa växte på taket och skorstenens tegel låg i svarta ruiner.

– Varför skulle en miljonär bo i den här sketna hålan?

– För att han är för snål för att flytta nån annanstans, sa Gabriel.

Vägen kantades av gran och vinternakna björkar. Envisa snösjok kikade fram under grankjolarna och skogen ångade och blänkte i gryningsljuset. Det var en årstid som tjänade deras syften, större chans att spåren de lämnade efter sig antingen skulle snöa över eller smälta bort. Ingen dag var den andra lik när vintern och våren låg i strid med varandra.

Ännu ett obebott hus på vänster sida blev synligt genom granarna. Vita skynken hängde för fönstren och brun sly klängde längs väggarna. Den gropiga grusvägen fick skallen att värka.

– Med hans pengar kan han ju bo var som helst, sa Liam.

– Folk växer fast. När pengarna äntligen trillar in så kan det redan vara för sent, då sitter man där man sitter.

– Ibland kan jag svära på att du blir smartare när du rökt.

Gabriel flinade.

– Därframme är det. Ser du bommen?

Liam saktade ner. På höger sida höjde sig marken och uppe på krönet tronade ett rödmålat hus. En gul vägbom blockerade infartsvägen och höll obehöriga på avstånd. En brevlåda i plåt satt på en stolpe, strimmor av fågelskit täckte namnskylten, men det rådde inga tvivel om att de hamnat rätt. Det var här skatten gömde sig, om det fanns någon.

– Vad gör vi nu? frågade Liam.

– Se om vi kan parkera nere vid sjön, sen får vi närma oss till fots.

De kröp förbi två stora gårdar innan de hittade två hjulspår som ledde ner till vattnet. Skogen växte ända fram till strandkanten och träden hängde över sjön och rev den blanka ytan med grenarna. Några envisa issjok bildade öar längre ut på vattnet. Liam körde bilen så långt in han kunde i ett försök att kamouflera sig mellan granarna.

– Tänk om de ser bilen?

– Vem ska se den? Det bor ju inte en jävel här. Gubben är omgiven av spökhus.

Gabriel tog kikaren ur handskfacket och klev ur bilen, Liam följde motvilligt efter. De gick i en vid cirkel och närmade sig huset från nordsidan. De hade fel kläder, snön var fuktig och tung och gympadojorna fylldes snabbt av isande vatten som fick fötterna att domna. Liam ville protestera men Gabriel var långt före honom nu, lika envis och oberörd som en jakthund i terrängen. Några hundra meter från huset kröp han in mellan granarna och lyfte kikaren. Liam smög upp bakom honom och väntade på sin tur. Vidar Björnlunds hus hade sett sina glansdagar för längesedan. Bleka strimmor rann nerför väggarna där årstiderna skalat bort rödfärgen och på uppfarten stod en Volvo från ett svunnet decennium. På skuggsidan stod en skoter nersjunken i en smutsig snödriva och klamrade sig fast vid vintern.

Liam kisade mot de mörka fönstren men såg inga tecken på liv.

– Kan han inte unna sig en ny bil åtminstone, om han nu är så rik som alla säger?

– Det är därför han är rik, för att han inte unnar sig nåt.

Gabriel räckte honom kikaren. Liam riktade siktet mot gården, försökte ta in detaljerna. Ett torkställ vid husets kortsida där blekta jeans och ett blåställ fladdrade i vinden, tecken på att någon faktiskt uppehöll sig där, trots det sorgliga skicket som huset befann sig i. Han gled över den spruckna fasaden, och där, i ett av fönstren på nedervåningen, skymtade han ett mansansikte. Trots avståndet kunde han se att mannen var gammal, det vita fjuniga håret och den krökta överkroppen.

– Jag ser han, Vidar.

– Var då?

– I fönstret, på nedervåningen. Det är nån annan i rummet också, jag tror det är barnbarnet.

– Fan, vad de är uppe tidigt.

Det såg ut som om de satt och åt, Liam kunde se hur käkarna arbetade, kaffekopparna som blänkte i ljuset när de förde dem mot sina ansikten. Pojken var större än gubben, mer en man än ett barn. Det oroade honom.

– Du vet att han satte på sin egen dotter, va? väste Gabriel. Det var så grabben kom till.

– Det där är bara snack.

– Kanske det, men jag har hört från säker källa att det är nåt fel med grabben. Hissen går inte ända upp, om man säger så. Liam betraktade de ätande människorna, de såg så vanliga ut, vardagliga till och med. Där fanns ingenting som vittnade om att något inte stod rätt till. De bodde i ett ruckel, men vem fan gjorde inte det? Själv hade han bara ett sketet garage att erbjuda sin dotter, och han visste hur folk snackade. Blickarna de gav honom som antydde att han var en dålig pappa. Att han inte var värd uppgiften. Folk tyckte om att dra slutsatser, det betydde inte att det hade någonting med sanningen att göra.

– Om han är dum i huvet så syns det i alla fall inte på han, sa Liam, men han är större än jag trodde. Huvudet högre än gubben, och minst tio kilo tyngre.

– Det spelar ingen roll, sa Gabriel snabbt. Vi ska överraska dem när de sover, han kommer inte ha en chans.

Tre mot två, varav den ene var en tonårsgrabb, det kändes inte bra. Det blev så uppenbart när de stod där och tryckte, att det inte skulle bli så enkelt som Juha sagt. Liam räckte kikaren till Gabriel, halade fram mobiltelefonen ur fickan och tog några bilder på huset och bråten och skogen som omringade alltihop. Det fanns flera öppningar mellan träden, stigar som löpte från alla väderstreck och sammanstrålade vid boningshuset. Flyktvägarna var många, om de skulle behövas. Han fotade för att slippa lägga alltihop på minnet. Vattnet droppade och glänste från de knotiga grenarna där solen klädde av vintern. Han kände svetten under jackan, som om han också börjat smälta.

– Ska vi kolla andra sidan också?

– Inte nu. Det är bättre att vi kommer tillbaka på natten. När alla sover.

Gabriel vände tillbaka mot sjön. Liam kastade en sista blick på huset. Han kunde inte se deras ansikten utan kikaren, men han visste att de satt därinne, Vidar Björnlund och hans barnbarn.

Invaggade i sin falska trygghet.

*

De satt i köket när hon kom ner, deras ljusa huvuden böjda som i bön över bordsskivan. Burken med liniment trängdes bland frukostmaten. De samtalade med låga förtroliga röster och för ett ögonblick kände hon sig utanför.

– Det är så dags nu, sa Vidar. Andra har gjort ett helt dagsverke innan du behagar stiga upp.

Han drog ut stolen åt henne, men Liv ville inte sätta sig. Hon drack kaffet stående vid diskbänken, den fräna lukten av liniment lade sig emellan och förstörde smaken. Vidars klor låg tafatt på bordet medan pojken masserade nytt liv i dem. Det såg både ömsint och våldsamt ut, den gamla fläckiga huden under den unga mjuka. Smärtrynkorna i Vidars ansikte medan han bet ihop. Kaffet smakade sjukdom, men hon drack det ändå. Drack och önskade sig bort.

Simon ställde sig intill henne och tvättade händerna, men linimentlukten gick inte att få ur, den skulle följa med honom till skolan. Deras ögon möttes ovanför smutsdisken och han blinkade åt henne, som om de delade en hemlighet, och plötsligt sjöng blodet i henne igen. Hennes pojke var förälskad och det var henne han anförtrott sig åt, inte Vidar. Avståndet mellan dem var kortare än hon trodde. Och en dag skulle hon berätta allt för honom, precis som det var. Bara hon kunde hitta orden.

– Vad är det? frågade han. Du ser så konstig ut.

– Inget. Jag bara tittar på dig.

Hon såg att hon gjorde honom generad, men hon kunde inte låta bli. Ögonen ville hela tiden vila sig på honom. Det fuktiga håret och skrattgroparna kring munnen, trots att han sällan skrattade högt numera kunde hon skönja groparna. Ljuset som följde honom vart han än gick, gav liv och färg åt de trista rummen.

– Du är jobbig när du glor, sa han och sträckte sig efter ryggsäcken.

Men han lät inte arg. När han gick mot hallen kände hon klådan flamma upp över ryggen. Hon stod andlös och lyssnade efter honom när han drog på sig jackan och skorna.

– Hejdå! ropade han innan dörren smällde igen.

Hejdå, ekade deras röster. De följde honom med blicken när han försvann under vägbommen och ut mot stora vägen och busshållplatsen. Vidars vattniga andetag fyllde tystnaden. Klådan spred sig mellan skulderbladen. Byn låg uppsvälld och döende därute, hon kunde se röken från grannarnas skorstenar höja sig över träden, eller om det var dimman. Skogen glodde tillbaka på henne, grå och dyster.

En dag skulle hon förklara för sin pojke varför hon hade blivit kvar. Att det inte bara var Vidars grepp om henne, utan att det var själva marken, allt det som hade begravts under åren och som hon kände sig manad att vaka över. Hon betraktade rönnen som stod och sträckte sina kala grenar mot himlen, vissa dagar kunde hon se modern där, trots att hon omöjligt kunde minnas. I fantasin bar Kristina samma vita klänning som på bröllopsfotot, den skira spetsen fladdrade i vinden och håret föll tjockt och glänsande kring den förvridna nacken. Det var Vidar som skurit ner henne, det stod i rapporten, när ambulansen kom hade hon legat på kökssoffan. Först hade de inte förstått vad som hade hänt, de hade trott att han hade strypt henne. Och barnet hade han glömt bort i chocken, det var en polisman som hittat Liv på övervåningen, som hade hört hennes skrik. Det hade tagit många år att pussla ihop händelsen, inte förrän i vuxen ålder, när hon fick tillgång till journalerna och rapporterna, hade hon förstått hur det hade gått till.

*

Huden ömmade när de satt i bilen. Hon hade knäppt arbetsskjortan ända till sista knappen så att ingen skulle se spåren av naglarnas framfart därunder. Vidar satt framåtlutad över ratten. Glasögonen räckte inte till, synen svek honom ändå, en mjölkig slöja hade lagt sig mellan honom och världen, gjorde det olustigt att möta hans blick. Han körde för fort och för nära diket, hon slöt ögonen för att slippa se. Vägen var inpräntad i hennes skalle, hon behövde inte ögonen för att veta när de närmade sig.

Hon hade fått jobbet på macken vintern efter att Simon föddes, ett första vacklande steg mot någonting eget. Vidar hade inte protesterat – någon försörjning måste hon ju ha – men han insisterade på att skjutsa henne varje dag. I sexton års tid hade han hämtat och lämnat henne som om hon vore ett förskolebarn. Ska du ta ifrån mig det enda nöjet, brukade han säga om hon protesterade. Att skjutsa henne till jobbet var ju allt han hade. Dessutom ägde de bara en bil och att köpa en till var det inte tal om. Sådant slöseri kunde han inte leva med, inte ens om hon använde sina egna pengar.

Hon visste inte hur mycket han hade fått för skogen, men det sades att det var många miljoner. Hon hade sett pengarna i kassaskåpet när hon var liten, tjocka sedelbuntar som hölls ihop med gummiband. Nu öppnade han inte kassaskåpet framför henne längre. Hon såg aldrig skymten av någon förmögenhet. Några tusenlappar i månaden var allt han tillät sig leva på. Tillräckligt för att täcka förnödenheterna, men aldrig nog för att verkligen leva. Förmögenheten var som en avlägsen släkting, någon hon hört namnet på men aldrig träffat.

Många hade frågat varför hon överhuvudtaget ville jobba på macken. Du är ju rik, brukade de säga och glittra med ögonen. Men Liv slog alltid ifrån sig. Det är inte jag som är rik, det är pappa.

Vidar svängde in vid kyrkan och parkerade. Det betydde att han ville säga något. Det gula träet lyste mot himlen. Som liten hade hon tyckt att det var den vackraste byggnaden i världen, som ett slott ur en saga, men nu skavde den i ögonen. Hon vilade en hand på dörren, macken låg bara ett stenkast därifrån, om hon öppnade dörren och sprang skulle han inte hinna ifatt henne.

– Jag börjar om tio minuter.

Vidar såg ut genom vindrutan, betraktade de nakna björkarna.

– Jag tror vi måste göra oss av med vår hyresgäst.

– Vad menar du?

– Johnny Westberg. Det är nåt som inte stämmer med den karln.

Rädslan som ett hugg i magen. Liv spanade mot macken, en skör imma spreds över fönstret när hon andades.

– Han har väl inte gjort nåt väsen av sig.

– Jag borde ha vetat bättre än att hyra ut till en främling från söder. Jag är rädd att han inte har rent mjöl i påsen.

– Vad pratar du om?

– Ett brev addresserat till Johnny Westberg hamnade i vår låda häromdan. Det kom från Kronofogden.

Små vita spottloskor landade på instrumentbrädan, han grimaserade som om blotta ordet äcklade honom. Kronofogden, den mest fruktade myndigheten av dem alla. Liv försökte avgöra om han ljög, om det var ett hittepå för att jävlas, men han halade fram brevet, viftade med det framför hennes ansikte. Höll en skitig pekfingernagel mot bokstäverna så att hon inte skulle missa dem. Kronofogden Stockholm, stod det, klart och tydligt. Liv ryckte på axlarna, försökte se oberörd ut. Hon såg Johnny framför sig, hans ansikte i cigarettglöden, de sträva händerna mot hennes hud. Hon gläntade på dörren, lutade sig ut i kylan.

– Det behöver inte betyda så mycket, så länge han betalar hyran har vi väl inget att anmärka på.

Himlen hängde så nära, små vassa flingor yrde i luften innan de slog i marken och försvann. Vidar lutade sig nära, nära nog för att hon skulle känna stanken från hans munhåla.

– Jag ska hålla ett öga på honom, minsta snedsteg och han ryker. Folk som står i skuld går inte att lita på. Och jag har dig och pojken att tänka på.

– Jag tycker du överdriver.

Han knöt en hand runt hennes handled och höll henne tillbaka med förvånansvärd kraft.

– Det är väl inte honom du springer till om nätterna?

– Släpp mig.

– För i så fall vräker jag honom redan idag, hör du det? Då är han borta innan du kommer hem.

Flingorna virvlade därute, genom det flimrande vita skymtade macken som en trygg hamn. Liv tog sats och slet sig loss, rusade blint genom vårsnön. Hon kunde höra hur han ylade efter henne, men hon vände sig inte om, inte en enda gång.

HÖSTEN 1998

Faderns blick kittlar i nacken när hon går nerför vägen. Två gevärsskott ljuder över byn. Jakten har börjat i dalen, tanken på att en vilseledd kula ska träffa henne svindlar. När bussen kommer står hon fortfarande upprätt. Som varje morgon är det bara chauffören som hälsar på henne, han märker inte att hon har fel kläder, att hon gör fel saker. Hon gömmer sig långt bak i den sömniga tystnaden och ser tallarna flimra förbi därute. När de glider in i samhället är bussen full, men ingen har satt sig bredvid henne. De står hellre i mittgången.

Hon stannar till utanför skoldörrarna och tjuvar ett par bloss från två killar som trycker i skuggorna. De har svarta kläder och smink runt ögonen. Den ene är så kort att han knappt når henne till axeln, men han försöker kompensera för längden genom att spreja håret så att det står rakt upp. Den andre är klädd i lång rock och har alltid en sladdrig pocketbok med någon tråkig titel i handen. På rasterna, när han inte röker, brukar han sitta med boken som en utslagen fjäril framför ansiktet och gömma sig från ensamheten. De bryr sig inte om att hon klär sig i samma jeans varje dag och stickade tröjor som tillhört hennes mamma. De antar bara att hon är som dem, att hon vill markera att hon inte hör till.

Inne i byggnaden går hon med blicken mot det blanka golvet medan rösterna och skratten klyver luften omkring henne. Hon har ingen bokfjäril att gömma sig bakom. Ljuset från lysrören svider i ögonen och hon går på tå för att de grova arbetskängorna inte ska dra uppmärksamheten till sig. De är minst två storlekar för stora så att de ska räcka i flera år, ifall fötterna inte är färdigväxta. Tunga sulor som gör det omöjligt att smyga obemärkt fram. Hennes ensamhet ekar genom korridorerna.

På lunchrasten möts de på toaletten. Han säger aldrig något, trycker bara upp henne mot den klottrade väggen och kramar händerna runt hennes bröst och slickar tungan över hennes läppar och kinder och in i örat. Mustaschen kittlar som ett djur där han far fram. Han kysser aldrig på riktigt. Allting ska gå fort, så fort. Ett finger i henne som han vill lukta på medan hon har handen i hans byxor. Han tar stöd mot väggen och juckar snabbt och hårt med höfterna tills det är över, då räcker hon honom toapapperet och väntar medan han andas imma på glasögonen och sätter dem till rätta igen. Han vill inte se på henne, nickar bara tyst mot dörren och viskar: *Gå före du.*

Efteråt, när han står i klassrummet och pratar sin klingande tyska, ser han aldrig åt hennes håll. Inte ens när hon räcker upp handen.

Vanja såg på teve medan han packade grejerna. Rånarluvan och Glocken och en rulle silvertejp. De slitna läderhandskarna som ströp åt om fingrarna. Vanjas klingande skratt fyllde rummet och fick bröstet att värka. Liam blev sittande på knä intill ryggsäcken en stund, böjde huvudet som i bön medan tankarna och blodet rusade ikapp. Han borde ringa Gabriel och säga att det inte skulle bli något, att risken var för stor.

– Vad gör du, pappa?

– Ingenting. Jag vilar lite bara.

– Varför har du handskarna på dig?

– För att vi ska gå nu.

Han hoppades att hon skulle protestera, men Vanja stängde bara av teven och sträckte sig efter sina ytterkläder. Hennes hår var så långt att det snuddade golvet när hon böjde sig över skorna för att knyta dem. Hon behövde inte hans hjälp längre, varken med skosnörena eller dragkedjan. Innan han visste ordet av skulle hon inte behöva honom alls.

Liam hängde ryggsäcken över ena armen och tog hennes hand i sin medan de gick över gårdsplanen. Hundarna flämtade och tjöt bakom gallret, deras ögon lyste gula i månskenet, suktade efter dem när de rörde sig mot det stora huset. Det här med hundarna hade börjat efter att farsan dog. Först en ny valp och sedan ännu en. Äldre hundar från Blocket som behövde nya hem och räddningsprojekt från Grekland och Danmark.

Kamphundar som egentligen borde avlivas vaggade runt med munkorgar och gnydde efter uppmärksamhet. Farsan skulle haft ihjäl dem allihop om han levat, ändå var Liam ganska säker på att det var hans fel att det blivit så här. Det var något tomrum som skulle fyllas – i en värld fylld av opålitliga människor hade hundarna blivit hennes trygghet. Hade det inte varit för morsan hade han förlorat vårdnaden om Vanja för längesedan. Morsan fanns alltid där, stadig som en av de gamla tallarna han brukade luta sin panna mot, alla de gånger han gjort bort sig och svikit hade hon funnits där och räddat dem båda två.

Hon satt i köket när de klev in, bordsskivan framför henne gnistrade av stenar och kristaller i alla regnbågens färger. Vanja fick bråttom att släppa hans hand. Hon älskade de där dumma stenarna, farmors läkande stenar, som hon kallade dem. Liam stod på tröskeln och såg hur Vanja klättrade upp på en av de rangliga stolarna, fortfarande med jackan och mössan på, och började husera om bland det färggranna skräpet.

– Jag satt just och hoppades att ni skulle komma förbi, jag behöver nån som kan hjälpa mig att fördela energierna.

Hon var klädd i en blodröd kaftan som släpade i golvet och i det burriga håret gömde sig en rovfågelsfjäder som hon hittat ute i markerna. Det högra ögonlocket hängde när hon såg på honom, en kvarleva från livet med farsan.

– Ska du inte komma in? frågade hon.

– Jag måste dra iväg en sväng. Jag tänkte höra om Vanja kan vara hos dig.

– Vart ska du?

– Jag ska hjälpa Gabriel med en grej bara.

En orolig gnista i hennes ögon, tätt följt av det där sneda leendet som betydde att hon inte alls trodde honom. Hon reste sig från bordet och gick fram till honom, hennes tunna armband rasslade när hon rörde sig. En lukt av timjan och våta hundpälsar följde henne genom rummet. Liam backade tillbaka in i hallen, kramade ryggsäckens axelremmar. Hon ställde sig alldeles nära och betraktade hans ansikte ingående, som om hon förväntade sig att hitta något viktigt mellan kvisslorna och revorna. Han stod alldeles stilla och lät henne hållas, Glocken och rånarluvan blev till bly i väskan medan hon granskade honom.

– Det är inte värt det, viskade hon. Vad du än tänkt göra så är det inte värt det.

– Lägg av.

Hon höjde händerna och förde dem mot hans ansikte, vilade dem försiktigt över hans öron, som om hon försökte stänga ute allt världens brus. Hennes ögon, lika grå och levande som smältvattnet därute, såg rakt in i honom.

– Du är inte så svag som du tror, sa hon, du behöver inte hålla på och böja dig för vinden. Du kan gå i vilken riktning du vill.

Han grep om hennes handleder och föste bort henne, med mer kraft än han egentligen ville. Hon föll mot väggen, tog emot sig med en hand, en skiftning i hennes ansikte blottade rädslan som låg och skvalpade i henne, den uppspärrade vita. Liam såg det och skämdes, han vände ryggen till och tog ett steg ut i natten. Någonting var farligt nära att välla upp inom honom, något han visste att han inte skulle kunna kontrollera.

– Ta hand om Vanja, sa han, och lura inte i henne dina förbannade trollkonster.

*

Liv lade örat mot Simons dörr och höll andan för att höra bättre. Det svaga blå skenet rann ut över hennes tår men hon hörde inga ljud. Ingenting som skvallrade om ifall han sov eller var vaken.

Det hände att han kom på henne när hon stod där och lyssnade efter honom. Ibland flög dörren upp så plötsligt att de ramlade in i varandra. Han blev så lik Vidar när han var arg, ful och förvriden, ändå kunde hon inte låta bli. Hon måste försäkra sig om att han var hemma, att han var trygg. Och att han inte låg där på andra sidan och hörde hur hon smög iväg.

Klockan var efter midnatt när hon gick på tå nerför trappan och förbi Vidars kammare. Hunden dunkade svansen i golvet när hon passerade, men annars var det ingen som märkte att hon försvann ut i natten. Vidars snarkningar vibrerade genom bottenvåningen, ändå skakade händerna när hon drog på sig skorna och sträckte sig efter jackan.

Därute penslade månen silver över skogen och lyste upp den våta stigen åt henne medan hon sprang genom byn. Ett frihetsrus drog genom henne när hon kände kylan i kinderna och hon log rakt ut i mörkret som om det var det hon längtat efter.

Änkan Johanssons hus tog sig bättre ut om natten, när förfallet inte gick att urskilja. Inte en lampa var tänd därinne, men de dystra rummen badade i månljuset som gav en obehaglig glans åt de gamla möblerna. Liv tog av sig både skorna och byxorna i hallen och fortsatte att klä av sig medan hon letade sig fram till sovrummet och mannen. Lämnade ett spår av kläder efter sig på vägen.

Han låg på rygg i den döda änkans säng och andades med öppen mun. Hon stod en stund vid sänggaveln och betraktade honom. De orakade kinderna och ärret som ett vitt leende över halsen. Det började bulta i underlivet när hon såg honom ligga så, försvarslös och ovetande. En oväntad våg av osäkerhet sköljde genom henne när hon närmade sig, egentligen visste hon ju ingenting om honom, om hans liv innan detta. Hon inbillade sig att det var bäst att inte veta, bäst att inte komma för nära.

Hon drog undan täcket och grenslade honom. Hans kropp

vaknade till liv före honom, som om den legat där och väntat på henne. Hans ögonlock fladdrade till när hon förde in honom i sig och snart grep hans händer om hennes höfter. De älskade tyst och ursinnigt, det var bara den slitna sängen som gnisslade under dem, och när han öppnade munnen för att säga något lade hon en hand över hans läppar och knep ihop ögonen tills det gick för henne.

Efteråt låg de på var sin sida av sängen medan han rökte sin cigarett. De hade fortfarande inte sagt någonting till varandra, men hon hörde på hans andetag att det fanns något han ville säga. Flera gånger tog han sats utan att komma till skott och hon höll blicken på älghuvudet som hängde på väggen för att undvika att se på honom.

– Jag såg din grabb idag, sa han till sist.

Det hade hon inte väntat sig. Hjärtat började slå så hårt i bröstet att hon kunde se täcket röra sig.

– Jaså?

– Han är större än jag väntat mig, ser nästan vuxen ut.

– Han är sjutton.

– Han ser äldre ut.

Johnny fimpade cigaretten och lade en hand över hennes.

– Var är hans pappa?

– Jag vet inte.

Han vred huvudet och såg på henne.

– Du vet inte?

– Han är inte härifrån. Simon har aldrig träffat honom.

– Fan, vad trist. Alla behöver en farsa.

– Han har ju Vidar.

Det kändes som om han dömde henne, för hon började dra historien om tysken. Tysken med det stora lockiga håret som körde cirklar runt henne på isen första gången de träffades.

Bilen var överdragen med ett mörkt tyg för att dölja märket och han körde alldeles för fort och för nära. För att imponera på henne. Han var testförare åt Audi, hade fästmö hemma i Dresden, men det berättade han förstås inte förrän det var för sent.

Hon hade suttit på isen och pimplat när han cirklat runt henne, som ett rovdjur kring ett byte. Januarisolen var så skarp att hon bara kunde skönja hans leende bakom ratten, men hon hade förstått redan då vad det leendet skulle leda till. De hade kört upp på toppen av ett berg och hon hade krånglat sig ur skoteroverallen och han hade hävt sig över henne inuti den hemliga bilen och det hade varit så mörkt och kallt att hon varken såg eller kände någonting. När våren kom och hon insåg att hon var gravid hade han redan åkt hem för säsongen.

Johnny vilade askkoppen på bröstet medan han lyssnade. Den höjde och sänkte sig med andetagen.

– Det kan inte vara svårt att leta rätt på honom, sa han, du vet ju var han jobbade.

– Men vad ska vi med honom till?

– Nej, det förstås, han sneglade på henne. Och jag har hört att farsgubben din har det gott ställt, så jag antar att det inte går nån nöd på dig och grabben?

Luften blev sittande i lungorna, hon undvek hans blick.

– Var har du hört det?

– Vadå?

– Att vi har det gott ställt?

Han fimpade cigaretten, ett finurligt leende spelade i mungiporna.

– Alla snackar om det, de säger att Vidar har pengar men att han inte vet hur man sätter sprätt på dem. Men dig tar han väl hand om, hoppas jag? Sin egen dotter.

Liv försvann under täcket, knep ihop ögonen.

– Folk pratar så mycket, sa hon. Jag skulle stänga öronen om jag var du.

Hon väntade tills han somnat innan hon sträckte sig efter kläderna. Sedan lämnade hon änkans hus och sprang genom skogen utan att se var hon satte fötterna. Hunden mötte henne i hallen och hon höll andan medan hon smög genom rummen. Vidars kammardörr stod på glänt och hon skyndade uppför trappan och in till sitt. Kröp ner under det kalla täcket och höll blicken på dörren en lång stund innan hon vågade sluta ögonen. Vinden skrapade mot huset och när hon låg där med kropp och sinnen på helspänn tyckte hon sig höra röster där utanför. Hon reste sig ur sängen och gick fram till fönstret. Natten rörde sig, månen gled in och ut ur molnen och skogen stod och darrade i blåsten. Gjorde det svårt att fästa blicken. Hon lyssnade efter människor men hörde bara vindens jämmer. Det lät nästan mänskligt, som ett varningsrop.

*

– Vad ska du jobba med när du blir en Svensson? frågade Gabriel.

– Jag vet inte. Vad som helst.

– Det är inte lätt att tjäna pengar på laglig väg.

– Jag vet det.

– Det är ingenting man blir rik på.

– Man blir inte rik på den här skiten heller.

– Inte än, kanske. Men det kommer.

Gabriel hade ett rökt renhjärta i handen som han skar i tunna skivor och lade på tungan. Det spelade ingen roll vad de stod i färd med att göra, aptiten svek honom aldrig. Liam parkerade vid sjön och slog av motorn. I månskenet kunde de skymta sjöröken som steg från vattnet som frusna andetag. De blev sittande en stund, tvekade lite inför mörkret därutanför. Gabriel lade två tabletter på tungan innan han drog på sig handskarna.

– Är du redo? frågade han.

– Mm.

– Du är lite blek om nosen.

Gabriel höll fram tablettpåsen, men Liam skakade på huvudet. Han skulle inte bedöva sig trots att rädslan satt i halsen och gjorde det svårt att andas. Det var en helt annan upplevelse att vara nykter, det fanns ingenting som lade sig emellan, ingenting att gömma sig bakom. Alla sinnen var vassa knivar, världen hård och blank omkring honom.

Han drog på sig handskarna, fingrarna bultade under lädret. Allting rörde sig under huden, hamrade och vred sig. Gabriel lade en hand på hans nacke och tryckte sin panna mot hans. Han luktade sött ur munnen och Liam kunde känna hur anspänningen vibrerade genom honom.

– Det här kommer förändra allt.

Liam sköt honom ifrån sig och drog rånarluvan över huvudet. Tyget var varmt och fuktigt och kliade i hårfästet där svetten redan börjat samla sig. Känslan av att han höll på att kvävas växte sig starkare.

– Vad gör vi om gubben börjar bråka?

– Då sätter vi honom på plats.

Gabriel blinkade med ena ögat innan han försvann ut i natten. Det var inte första gången de rånade någon. I tidiga tonåren hade de tagit bussen till Piteå havsbad om helgerna och plockat pengar av fyllon på väg hem genom natten. Gabriel hade kallat det för deras sommarjobb. Det hade varit så enkelt. Sommaren därpå hade de rånat Finnbergs i Glommersträsk. Det var efter stängning så det hade inte funnits några kunder i butiken och inte mycket till slantar heller. Det var Gabriel som hade stått vid kassan och viftat med Glocken och skött snacket. Liam hade hållit span vid lagerdörren. Biträdet hade inte ens sett honom, men han hade känt igen Gabriel. En vecka senare kom polisen och hämtade Gabriel, som sedan tjallade på Liam eftersom han inte klarade av att ta på sig skiten ensam. Det slutade med att de fick LVU båda två.

Allt var mörkt och tyst när de klev ur bilen, bara sjövattnet som kluckade mot stenarna. Gabriel gick före och lyste med mobilen. Ett täcke av is fick fötterna att glida osäkert över skogsmattan, om de behövde springa skulle de vara illa ute. Stigen stupade brant den sista biten, granarna klöste efter dem och lungorna brände. Skogen så svart och tyst att det blev svårt att se var de satte fötterna, allting knäppte och knakade. Gabriel stannade flera gånger och hostade och spottade. Allt röka hade sugit kondisen ur honom.

– Fan vad du låter.

– Käften!

Huset tornade upp sig på höjden, ett ensamt fönster på övervåningen glödde ut i natten. De stannade i utkanten av tomten för att inte trigga några utelampor. Liam höjde kikaren och svepte siktet över huset och det upplysta fönstret, en lampa var tänd därinne men han såg inga människor.

– Vad ser du?

– Inget.

De stod alldeles stilla i skuggorna och lyssnade. Vit rök ur deras munnar fyllde den råa natten, förutom de egna andetagen hördes ingenting. Inga fåglar, inga hundar, inte ens vinden genom grenverken. Bara förlamande sovande tystnad.

Plötsligt stod hon bara där, som en vålnad i det upplysta fönstret. En mager kvinna i ett vitt nattlinne som stirrade hålögt

73

ut i natten. Hon tycktes leta efter något. Liam sänkte kikaren och satte ett finger för läpparna. Gabriel hade också sett henne, han tog kikaren från Liam och höjde den mot ansiktet.

– Det är hon, viskade han, dottern.

De kände igen henne från macken. Där var hon den skygga tjejen bakom kassan som aldrig riktigt ville se en i ögonen. Hon hade en lågmäld röst som alltid klingade lite falskt, som skvallrade om att hon egentligen ville vara någon annanstans. Hon var inte som de andra biträdena, vars blickar följde dem som hökar när de rörde sig mellan hyllorna, övertygade om att de skulle stjäla något.

Liam lyfte mobilen ur fickan och tog ett par bilder, noga med att inte använda blixten. På skärmen blev hon en märkligt ljus gestalt, mer lik en vålnad än en människa.

Lika hastigt som hon uppenbarat sig var hon borta. Ljuset i fönstret släcktes och bara den annalkande gryningen speglade sig i det mörka glaset. Gabriel sänkte kikaren.

– Tror du hon såg oss?

– Jag vet inte.

– Kom igen, vi drar. Det här är inte våran natt.

*

När Liv klev in i köket i gryningen satt Vidar med en kikare och spanade ut genom fönstret. På bordet, intill det urdruckna kaffet och morgontidningen, låg jaktbössan redo att avfyras. Den svarta mynningen pekade rakt på henne. Hon hejdade sig på tröskeln.

– Vad håller du på med?

Först verkade han inte höra henne, den gamla kroppen alldeles stilla på sin stol, men så sänkte han motvilligt kikaren och vände sig mot henne. Ögonen lyste.

74

– Jag vill se vad fan det är som stryker omkring på våra marker.

– Vad ska du med geväret till?

Han lade en beskyddande hand över vapnet när hon klev in i rummet.

– Jag tror att det är vargen, sa han.

– Vargen?

– Jag såg dem i natt, de var minst två stycken. Kanske fler.

Hon gick fram till diskbänken och matade nytt kaffe i bryggaren, hällde upp några droppar av det kalla medan hon väntade. Vidar återgick till att kisa genom kikaren, fingrarna som styva grenar runt den svarta plasten, ville inte böja sig ordentligt. Rummet luktade svagt av vapenolja.

Hon gick ut i hallen för att släppa ut hunden. På farstutrappan satt Simon i bara pyjamasbyxor och huttrade. Liv slet dunjackan från kroken och hängde den varligt över hans axlar.

– Vad håller du på med? Varför sitter du härute?

Han lyfte en rödnarig hand och pekade in mellan träden. Liv följde hans gest och tyckte sig skymta rörelse djupt därinne, två skygga gestalter i granfamnen. Vinden förde med sig klangen från en ensam bjällra.

– Det är renar, sa han, men jag skrämde bort dem.

– Varför det?

– För att inte morfar ska ha ihjäl dem, fattar du väl.

– Han sitter därinne och pratar om vargar.

Simon kastade en mörk blick över axeln.

– Du vet hur han är. Han ser bara det han vill se.

De högg veden för hand, Liv och pojken, medan den gamle satt i sitt fönster och betraktade dem. Det var en sådan dag när snön föll och solen brände om vartannat. De stod i bara underställen och turades om att svinga yxan och det förvånade henne att Simon inte beklagade sig en enda gång.

75

När det var dags för kaffet satt de på vedstapeln med ansiktena mot solen och trots att axlarna värkte av utmattning var hon glad över stunden de fått tillsammans, bara de två. Han hade ett armband hon inte hade sett tidigare, noggrant flätat med röda och gula trådar. Hon snuddade vid hantverket, det syntes på de skarpa leende färgerna att det var nytt.

– Har du fått det av din tjej?

Han hummade och drog den fuktiga tröjärmen över, en rodnad bredde ut sig under skäggfjunen.

– Tycker hon om tecknade filmer?

– Anime heter det.

– Just det, anime menade jag.

– Hon är mer för att läsa böcker.

– Kan du inte bjuda hem henne?

– Till dig och morfar? Skulle inte tro det.

Han skrattade till som om det vore ett dåligt skämt, någonting otänkbart. Liv smekte en hand över hans hår, lät den vila vid den fuktiga nacken. Hon tänkte på husannonserna och rödpennan, alla möjligheter hon ringat in under åren, livet de kunde ha haft tillsammans. Bara de två.

Simon spottade ner i sågspånet.

– Jag har ljugit för henne, sa han.

– Om vadå?

– Jag har sagt att jag brukar åka till Tyskland på loven. För att hälsa på min pappa.

En stumhet i bröstet när hon såg på honom. Insikten att han gjort hennes lögner till sina. Hon nickade och svalde, försökte få bort svedan i halsen. Den smältande snön föll från träden och dunsade i marken, det lät som om någon rörde sig i cirklar runt dem, väntade på att få slå till.

– Det skulle ju kunna vara sant, sa hon till sist.

De var nästan färdiga när ett visslande läte steg ur skogen. De släppte vad de hade för händer och växlade frågande blickar, stod alldeles stilla och lystrade. Det var ingen i byn som frivilligt klev in på deras tomt, tvärtom brukade grannarna trampa omständliga omvägar för att inte komma i vägen för Vidar. Men nu steg en klar och sorglös melodi över deras marker och en mansskugga skymtade fram mellan träden. När Liv såg vem det var sjönk hon ner på huggkubben, rädd att gå honom till mötes.

Johnny hade tunna träningsskor som kippade i vätan och ett leende som avslöjade alldeles för mycket när han såg på henne.

– Herrejävlar, säg inte att ni hugger veden för hand?

Liv kastade en blick på Simon, hans ögon hade smalnat till misstänksamma springor. Han höjde yxan över huvudet och högg fast den i huggkubben med sådan kraft att skaftet vibrerade en lång stund efteråt. Han torkade svetten ur håret med den våta tröjan, Liv gjorde likadant.

– Det är bra träning, sa hon.

– Tror väl fan det, ni ser ut som dränkta katter båda två.

Hans stockholmska studsade över gårdsplanen och hon kände hur varje muskel i kroppen spändes när han närmade sig. Kanske märkte han det, för han stannade en bit ifrån och räckte över ett vitt kuvert utan att röra vid henne eller på annat sätt röja att de delade säng var och varannan natt.

– Det är nästa månads hyra.

Hon tog kuvertet och kastade en blick över axeln. Inne i köket hade Vidar kommit på fötter, han stod med pannan mot glaset och betraktade dem, som en svulten hund bakom ett galler. Johnny såg det också och höjde handen i en hälsning. Tunga våta snöflingor föll från ingenstans och hon tyckte att han såg annorlunda ut i dagsljuset, bistrare och mer sammanbiten än han tedde sig i dunklet som rådde mellan änkan

77

Johanssons väggar. Hans blick sökte sig hela tiden till huset och Vidar.

Hon räckte honom sin halvdruckna kaffekopp, för någonting måste de ju bjuda på. Han stod tätt intill henne och sörplade kaffet och Simon sjönk ner på vedtraven och drog upp axlarna mot öronen. Då och då kastade han förstulna blickar på Johnny och hon kunde se att den främmande mannen rörde om någonting i hennes pojke. De pratade om veden, huruvida barken skulle ligga uppåt eller neråt, och vädret, om snön som aldrig ville ge med sig. Johnny log mot Simon, frågade om han gillade hockey, sa att han kunde fixa biljetter till slutspelet ifall han var intresserad. Och Simon blev lika blyg och enstavig som han varit som liten, mumlade under luggen att han hejade på Luleå, men att han aldrig varit på en match. Det var så dyrt och långt bort. Liv skämdes när han sa det, för det var något som Vidar skulle ha sagt, och hon hörde sig själv skratta som om han bara gjorde sig lustig. Klart du ska se slutspelet, sa hon, nu när du får chansen. Simon bara ryckte på axlarna, men hon såg att han log ner i marken, glad över möjligheten. Hon slet loss yxan från huggkubben, trots att axlarna darrade av utmattning, och sa att nu måste de få klart veden för annars skulle det aldrig bli av. Vidars rastlösa gestalt skymtade bakom glaset, och även om hans röst inte nådde ut till dem kunde hon höra svordomarna mellan hans tänder.

Johnny tackade för kaffet, sa att han måste hem och mata hundarna, men innan han gick sträckte han fram handen och strök snön ur hennes hår och hon stod fastfrusen och lät det ske, trots att hon mycket väl visste vilka konsekvenserna skulle bli. De stod tysta och såg efter honom tills han försvunnit bland träden. Simon hade strängar av snor under näsan, så fort han torkade bort dem dök de upp på nytt.

– Han är kär i dig, sa han.

– Tror du?

– Det syns långa vägar.

När de klev in i värmen, utmattade och stela, satt Vidar med pipan i munnen och väntade på dem. Han hade dukat fram kokpotatis och sill och när Liv räckte över kuvertet med pengarna envisades han med att räkna sedlarna både en och två gånger, innan han till sist stack ner bunten i bröstfickan. De fumliga rörelserna skvallrade om att han hade druckit, en elak gnista i ögonen när han såg på henne.

– Jag hoppas innerligt att du sätter ribban högre än mor din, sa han åt Simon, innan du ger dig i slang med folk.

Simons kinder buktade av maten och han sa ingenting, högg bara sillen med gaffeln och åt som om han inte sett mat på flera dagar. Det var så han alltid reagerade när Vidar bjöd på elakheter, han drog sig innanför sitt skal där ingenting tycktes nå honom. Men Vidar lät sig inte nedslås.

– Det ska jag säga dig, att när hon var i din ålder sprang hon iväg med en ny karl var och varannan dag. Hade inte jag hållit ordning på henne så hade du haft en hel hop med syskon vid det här laget. Fler munnar än vi klarat av att mätta, det kan jag lova dig.

Liv kramade besticken, kände klådan flamma upp över ryggen. Hon smög en hand innanför tröjan och började riva den brinnande huden.

– Det räcker nu, sa hon och spände blicken i honom. Vi är trötta.

– Jag säger bara som det är, sanningen är väl inget att hymla om? Hade det inte varit för mig så hade pojkstackarn haft en ny farsa varje vecka.

Simon sträckte sig efter mjölken, fyllde glaset till brädden och tömde det i ett svep. Det här var ingenting nytt, han hade hört det tusen gånger, Vidars utläggningar om hennes dåliga val och oduglighet. Hans tjat om hur tacksamma de skulle vara för att de hade tak över huvudet och en fast punkt i tillvaron.

Simon torkade mjölken från munnen med handryggen och såg stint på Vidar.

– En ny farsa varje vecka är väl bättre än ingen alls.

– Jaså, det säger du, sa Vidar och höjde på ögonbrynen, förvånad att pojken tog till orda. Själv är jag inte lika säker. För när du föddes ville hon inte ens veta av dig, ska du veta. Det var jag som fick mata dig och se till att du var torr om baken. Själv var hon för upptagen med att springa omkring och vifta på svansen för första bästa karl. Nån unge hade hon inte tid med.

– Nu håller du käft!

Liv lyfte bordskniven mot hans ansikte, lät den snudda vid hans dallrande hud. Skymningen speglade sig i bladet och kastade ilskna solkatter över väggarna, men Vidar bara skrockade, han lutade sig tillbaka och blåste nonchalanta rökringar över deras huvuden. Ilskan rörde sig i henne, svart och het, manade henne att sätta kniven i honom, en gång för alla, men hon såg rädslan i sin pojkes ansikte. Han hade slutat tugga, trots att han hade munnen full. Hon lät kniven falla och sköt tillbaka stolen.

– Du kanske borde berätta hela sanningen, sa hon, när du ändå är igång.

*

Huden kliade aldrig under timmarna på jobbet. Hon stod på sin scen av ljus medan skymningen sänkte sig över bensinpumparna. Golvet var en brun sörja av smältsnö som kunderna dragit in. När efterjobbsruschen var över tog hon fram moppen och försökte städa upp det värsta. Hassan, en av närpoliserna, hoppade smidigt över hennes nyblankade golv och gick fram till kaffemaskinen och började fylla en kopp.

– Har ni bara gårdagens bullar?

– Jag har sparat en färsk åt dig, den ligger bakom kassan.

Han hade ett sådant där leende som kändes i magen, hade det inte varit för uniformen hade hon nästan tyckt om honom. Hon lutade moppen mot väggen och gick för att ge honom bullen.

– Jag trodde du slutat med socker.

– Det tror min sambo också, han blinkade åt henne. Men när jag är i tjänst äter jag vad jag vill. Tro mig, det är ingen som vill veta av en hungrig polis.

Han halade fram ett kort för att betala, men hon viftade bort det. Poliser och lastbilschaffisar drack sitt kaffe gratis, och bullen kunde hon också bjuda på.

– Är allt som det ska? frågade han. Du ser lite trött ut idag.

– Det är pappa, han driver mig från vettet.

– Föräldrar brukar besitta den förmågan. Du har aldrig funderat på att göra som alla vi andra och flytta hemifrån?

– Han klarar sig inte utan mig.

Hassan lyfte locket och blåste på kaffet.

– Det gör han visst det. Testa honom får du se.

Liv skakade på huvudet, han skulle inte förstå.

– Enda trösten är att inget varar för evigt. En dag är han borta.

– Så får du inte säga.

Hon ryckte på axlarna, kände skammen värma kinderna. Det blev alltid så när hon försökte konversera med folk, att hon sa fel saker, att hon sa för mycket.

*

De parkerade vid sjön i nattens djupaste timme, den tysta blinda stunden innan allting vaknade. Onda aningar for genom Liams huvud, en svart känsla spred sig i bröstet när han såg ut över det mörka vattnet.

– Vi hinner inte, det är snart ljust.

– Vi behöver inte mycket tid. Det här ska gå snabbt, in och ut bara.

Det var Gabriels fel att de var sena. Liam hade väntat på honom i flera timmar innan han till sist dök upp, fulltankad med benzo och allt det andra som tog död på känslorna. Hans blick var tom när han drog rånarluvan över huvudet och nickade åt Liam att de skulle röra på sig. Liam tvekade sig kvar en stund, såg på mörkret därute och hörde morsans röst eka i huvudet. *Du behöver inte bli som Gabriel. Du kan gå din egen väg.* Det var inte för sent, han kunde fortfarande vända om. Åka hem till Vanja och glömma hela grejen. Skaffa ett vanligt jobb och försöka få ett huslån som alla andra.

Men när Gabriel knackade på rutan med Glocken klev han ur och följde efter honom. Precis som han alltid hade gjort.

Sträckan upp till huset kändes kortare nu, när de bekantat sig med skogen. Kall fukt dunstade ur träden, ändå svettades han, fick inte tillräckligt med luft. Gabriel rörde sig beslutsamt framför honom. Ingenting skulle stoppa honom nu, hans rörelser skvallrade om att han var kapabel till vad som helst.

Huset låg nersläckt och tyst när de nådde höjden. Vid vedboden hukade de sig bland skuggorna. Liam mådde illa, huttrade och svettades om vartannat. När han var yngre hade han tyckt om rädslan. Adrenalinet som sköt runt i kroppen hade fått honom att känna sig levande. Han hade njutit av färgerna och de skarpa konturerna. Men rädslan var en annan nu, den gjorde honom svag.

Gabriel satte läpparna mot hans öra, hans andedräkt sände kittlande rysningar längs Liams ryggrad.

– Jag går in först, du väntar tio sekunder innan du följer efter.

Liam nickade. Han kände sig skitnödig när de började röra sig mot huset igen, kroppen hotade att släppa ifrån sig allt. Han såg Vidar framför sig, såg hur Gabriel slet honom ur sömnen och satte vapnet mellan hans skulderblad. Djupandades bort synen.

Gabriel hann inte långt innan han stannade och slängde sig mot marken. Liam gjorde likadant, lade sig platt med kinden mot den kalla jorden. Marken skimrade av frost i det svaga månljuset och de tunna klädlagren sög snabbt åt sig av kylan. Liam hade inte hört när dörren öppnades, men i skenet från gårdslampan såg han en gestalt komma gående. Den rörde sig fort trots mörkret, marken frasade under skorna. Det var Vidar och det såg ut som om han var på väg rakt mot dem.

Liam knep ihop ögonen och stålsatte sig. Intill honom hade Gabriel slutat andas. Ingen av dem gjorde en ansats att röra sig. Det enda som hördes var gubbens skor i gräset.

De skulle binda dem till händer och fötter och tejpa för deras munnar, gubben, dottern och barnbarnet. Det var gubben som skulle leda dem till pengarna. Juha hade sagt att kassaskåpet fanns i en garderob i kammaren, och det var bara Vidar som kunde koden.

Liam öppnade ögonen och såg hur Vidar svängde av strax framför honom och svaldes upp av skogen. Han låg kvar med ansiktet mot den kalla marken tills Gabriel kom på fötter och nickade stumt mot snåret där gubben försvunnit. Liam var så frusen att han knappt kunde forma orden.

– Vad gör vi nu?

– Vi följer efter.

SOMMAREN 1999

De kommer från Norge och de vet inte vem hon är. Elden sträcker sig mot himlen och hon sitter där, alldeles varm av gemenskapen. En flaska går runt och alla sätter läpparna mot flaskhalsen och dricker. De kommer från Bodö, fyra killar och två tjejer, de har cyklat över gränsen, ska cykla ända ner till kusten, cykla hela sommaren. Utan föräldrar eller krav. Flickan sitter mellan de två tjejerna, omgärdad av deras solbrända axlar och det där glada språket som sjunger i öronen. En av killarna har håret i ögonen och armarna runt en gitarr, han möter hennes blick över lågorna, ser rakt in i henne medan han spelar.

Vid midnatt ropar sjön på dem. Nattsolen hänger lågt och kastar en gata av guld tvärs över ytan. Flickan simmar mot ljuset, pojken med gitarren kommer efter, hans mörka lockar försvinner i vattnet. De simmar tillsammans genom guldet. Nära, men utan att röra vid varandra. Han pratar om favoritbandet som ska spela på Piteå Dansar och Ler. Det är dit de ska, det är det som är målet med den långa cykelturen. Han sjunger refrängen, rösten sträv och återhållen, men hon känner igen låten, vem gör inte det?

– Följ med oss, säger han. Allt du behöver är en cykel. Vi har gott om tältplats.

Hon är tacksam för den bländande solen, att han inte kan se hur hon tappar fattningen, glädjen som exploderar i bröstet.

84

Men ändå skakar hon på huvudet, det går inte. Hon skvätter vatten på honom för att han inte ska ställa några frågor, gömmer sig bakom skratten och tumultet som uppstår. Hans inbjudan ringer kvar i henne när de sitter vid elden igen, allihop, med droppande hår och kropparna tätt ihop. De två tjejerna vill också att hon ska följa med, och snart sitter de alla och ropar i takt att hon ska med, hon ska med, hon ska med. Och till sist höjer hon handen och gör dem till viljes. Flaskan går runt ännu ett varv medan de skålar och hurrar åt sitt nyförvärv.

Morgonen närmar sig och de försvinner in i sina tält, en efter en, bara en av tjejerna blir kvar vid glöden. Hon flätar flickans hår, kammar det varsamt med fingrarna så att huden knottras av välbehag. Flickan sitter alldeles stilla, tänker att det är så här det känns att ha en syster. Eller en mamma. Hon är inte trött, inte det minsta, huvudet för fullt av planer för att sova. Hon ska stjäla en cykel inne i samhället, så att hon slipper gå hem till fadern. Och hon måste övertyga dem om att de ska välja småvägar under resan mot kusten, vägar där inga bilar får köra.

Flaskan är tom och elden har brunnit ut när Volvon kommer glidande genom Camp Gielas. Hon hör på de tjutande bromsarna att det är han, långt innan hon ser bilen. Hennes hår är hoptvinnat i små piskande flätor över ryggen när han sliter henne från den nya vännen. Det sker snabbt och under tystnad, ett par steg bara, så sitter hon i baksätet igen. Den norska tjejen, den enda som fortfarande är vaken, sitter med en hand för munnen när de kör därifrån.

Fadern kör fort med solskyddet nerfällt, spegeln vänd så att han kan spänna ögonen i henne under färden.

– Jag ska tamejfan låsa in dig, säger han, låsa in dig och kasta bort nyckeln.

Liam hukade bland granarna. Skarp gryningssol steg över trädtopparna och fick skallen att värka. Vidar hade klivit ut i gläntan, marken gungade under honom och den tunna kroppen svajade när han rörde sig. Han hade axlarna mot öronen och händerna i hårda nävar framför kroppen som om han beredde sig på strid. En självsäkerhet i rörelserna som vittnade om att han varit stark en gång i tiden, innan åldern smög sig på och gjorde honom till ett lätt byte.

Liam svepte blicken över skogen som omringade myren, spanade efter Gabriel. Det var han som hade insisterat på att de skulle dela på sig, innan Liam hunnit protestera hade han försvunnit in bland skuggorna. Och nu var han borta. Kvar fanns bara Liam och Vidar och solen som sträckte sig allt djupare in bland träden där Liam gömde sig och snart skulle avslöja honom. Att följa efter gamlingen in i skogen hade aldrig varit en del av planen och impulsiviteten skrämde honom. Allt gick åt helvete när de improviserade.

Vidar svor högt ut i tystnaden, den skrovliga rösten fick Liam att hålla andan. Han hade granarnas vassa klor i ansiktet och svetten i nacken, allting sved och kliade. Vidar hade stannat tvärt, den våta marken andades omkring honom och de tunna fjunen på hjässan stod upp i vinden och fick honom att se än bräckligare ut. Plötsligt föll han på knä i mossan och började gräva i jorden med händerna, som om han letade efter

86

något. Han hade ryggen mot Liam och nacken lyste röd av ansträngningen. Fingrarna alldeles svarta av jord, de ömsom grävde, ömsom trevade över marken. Kanske hade han gömt någonting härute, någonting han ville hålla på betryggande avstånd från dottern och barnbarnet. Liam lyfte mobilen och tog ett par bilder, ville fånga gömman om det nu var en gömma. Till sist slutade gamlingen gräva och kom på fötter, torkade de smutsiga händerna på byxbenen och kisade mot den stigande solen. Han svor och spottade om vartannat, kroppen ostadig som om ansträngningen hade tröttat ut honom. Han lyfte en hand mot pannan för att värja sig mot ljuset innan han fortsatte. Liam satt kvar på sitt gömställe, orkade inte följa efter längre. Han började knappa ett meddelande till Gabriel, skrev att de skulle ses vid bilen, men hann aldrig skicka det innan det smällde.

Skottet kom från ingenstans och slungade Liam ur sitt hölje, plötsligt var där bara barren och myllan och blodsmaken på tungan. Han landade med ansiktet mot himlen, såg hur det ljusa valvet fylldes av stumma svarta fåglar. Ett skott till. Det tjöt i trumhinnorna medan han kravlade sig upp. En hand över bröstet, som för att försäkra sig om att hjärtat fortfarande satt där det skulle, att han fortfarande levde. Allt han kände var Glockens hårda konturer innanför jackan.

Han höll sig alldeles stilla tills blodet lugnat sig, hukade inne bland snåren för att inte synas. Blicken föll på ett bylte i vätan, Vidars kropp krängde och ryckte i den lösa jorden, ett ihåligt rosslande läte trängde upp ur hans strupe. Sedan blev allt tyst.

Liam stod på knä i mossan, marken rörde sig under honom och skogen försvann ur sikte, allt som rymdes i synfältet var den döende mannen. Kroppen som långsamt stillnade, den hungriga jorden som ivrigt sög den till sig, ville svälja honom.

Lämnade en mask av svart lera över det livlösa ansiktet. Liam satt kvar, fastfrusen i sin gömma som ett av skogens vilda djur. Kunde inte röra sig, kunde inte ta blicken från den döda kroppen. Tiden hade stannat.

En skugga lösgjorde sig ur snåren på andra sidan myren, två magra ben som klöv den våta marken så att strålar av smältvatten sköt upp ur jorden. Det var Gabriel, han rusade mot den gamle mannen med sådan iver att han snavade och föll rätt ner i kylan, kravlade sig upp och fortsatte med kläderna våta och sladdriga kring den taniga kroppen. Ansiktet lika vitt som snöfläckarna som ruvade under träden. Han stannade intill Vidar, böjde sig över den livlösa kroppen med en arm för ansiktet för att värja sig. Ett läte undslapp honom som fick Liam att falla ur bedövningen, känseln återvände, han blev medveten om kölden som steg ur jorden och letade sig in genom klädlagren och huden och fick kroppen att skaka. Tänderna skallrade när han reste sig och tog sikte på Gabriel.

Myren var fylld av blanka pölar, som tvingade honom att hoppa mellan de frosthala mosstuvorna. Under tunna skärvor av is gömde sig bottenlösa kallhål som kunde suga livet ur en människokropp på några få minuter. Det måste ha varit så det hade gått till, Vidar hade halkat i terrängen och slagit huvudet, och svimmat. Men Liam hade hört skotten, och han kände den kväljande krutröken på tungan när han närmade sig. Blicken på Gabriel, på vapnet som skymtade under hans jacka. Synen fick hans inre att dra ihop sig, kall svart rädsla fyllde magsäcken.

– Vad fan gör du?

Gabriel svarade inte, han stod böjd över den döende mannen, handskarna grävde innanför hans kläder. Mörkt blod letade sig ut ur näsan och munnen och rann nerför hakan på Vidar. Ögonlocken på glänt och vitan lyste i springorna. Bakhuvudet låg sänkt i myren, vattnet nådde ända upp till öronen och halsen svävade gul och slapp under ytan, tycktes inte höra ihop med ansiktet.

Benen gav vika, Liam sjönk ner på en rutten stubbe och hostade upp något surt som landade i mossan och skvätte över de egna skorna. Världen rusade omkring honom, han hade svårt att fästa blicken. Försökte fokusera på Gabriel, på hans händer som krälade över den gamle mannen utan att skygga för blodet, fingrarna som letade sig in under tygerna, in i varje ficka och dolt fack, som lyfte knivarna ur Vidars bälte och synade dem i ljuset. Ett lugn över hans ansikte som fick honom att likna farsan, den där behärskade stillheten som alltid tog över när vansinnet lagt sig, då Liam fick sätta örat mot badrumsdörren och lyssna efter morsans snyftningar för att försäkra sig om att hon fortfarande levde medan farsan satt i fåtöljen och gjorde slut på ölen.

Liam vacklade bort till platsen där Vidar nyss grävt i jorden. Hukade över de upprivna tuvorna, men såg ingenting annat än spåren av hans fingrar och vattnet som läckte ur marken. Han stödde sig mot en grånad trädstam när benen inte ville lyda. Försökte undvika att se på den döde mannen.

Gabriel tog ett hastigt kliv över den döde och klafsade fram till Liam, ställde sig över honom och bröstade upp sig. Liam väntade på smällen. Men Gabriel slog inte, istället grep han tag om hans nacke och föste honom framför sig.

– Kom igen, för i helvete, vi måste härifrån!

Fåglarna skrek ovanför deras huvuden när de började springa. Ett grynigt morgonljus fyllde skogen och Liam kände sig blottad och jagad. Det förvånade honom att benen bar, att de orkade trots rädslan som bultade i kroppen. En smak av galla fyllde munnen, men han saktade inte ner. Han märkte att Gabriel halkade efter, att han inte kunde hålla jämna steg. Liam ökade farten, enda tanken var att han måste därifrån, bort från den döde gamle mannen. Bort från Gabriel.

*

Han kom till henne i gryningen. Ett varmt honungsljus föll över flickrummets väggar och tallarna utanför hennes fönster kastade ängsliga skuggor in i rummet. Vindens tjut, som en avlägsen barnagråt genom husets gamla brädor, fick henne att sjunka djupare ner under täcket. Hon kunde ana hans skugga bakom dörren, de rastlösa fötterna som ville in, som jagade efter henne. Hon blundade hårt och bakom ögonlocken såg hon dem båda. Han var ung och moderns mörka hår fladdrade kring hans huvud, de log över varandras axlar när de dansade, hans armar som en tjock livrem runt hennes midja. De snurrade varv efter varv tills modern löstes upp och försvann som en blomma i vinden, istället var det barnet som vilade i hans famn, hårt tryckt mot det insjunkna bröstet. Han vyssjade och vankade över det gnisslande golvet, ansiktet lika rödskrynkligt som den lillas. Hon såg hur barnet sakta började växa i hans armar, ta formen av en vuxen kvinna. Hon vred ansiktet mot den svällande solen och slog upp ögonen. Ville inte se något mer.

Huset höll andan när hon vaknade, det var den sköra stunden mellan natt och morgon, när drömmarna och verkligheten klädde sig i samma skimmer, svåra att skilja åt. Hon tog sikte på den stängda dörren, smög andlöst över de svala golvplankorna. Långsamt lät hon handen sjunka på handtaget, med ens rädd att slå hål på tystnaden. Hallen var mörk. Hon sneglade mot Simons rum, en pöl av gryningsljus läckte ut i glipan under den stängda dörren. Hennes bara fötter smög över den röda mattan som löpte som en navelsträng mellan de två rummen, försiktigt lade hon örat mot springan och lyssnade efter honom som så många gånger förr. Stod emot impulsen att glänta på dörren så som hon gjort när han var liten.

Vidar hade inte heller vaknat ännu, trots att köket fyllts av mjölkig gryning och fåglarna fått liv i björken. Hon drack ett glas vatten och betraktade frosten som långsamt ångade bort i ljuset. Drömmarna hade lämnat henne med en tung känsla i huvudet och hon skulle precis återvända till sängen när hon hörde en bil nere på vägen, hon sträckte sig på tå och såg hur den krängde i gruset, svart och glänsande, en okänd bil som inte hörde hemma i byn. Den körde farligt nära den gula bommen, för ett ögonblick trodde hon att den skulle stanna där, utanför deras gård, men sedan rev den sig loss och rusade därifrån, lämnade djupa spår i leran. Hon återvände till sängen och lät fåglarna sjunga henne tillbaka till sömns. Och den här gången fick hon ha sina drömmar ifred.

*

Liam kunde inte känna ratten under fingrarna. Han såg vägen framför sig men visste inte vart den ledde. Överallt lukten av blod. Gabriel satt på passagerarsätet och skrek åt honom, ändå var hans röst långt borta, gick inte in. Utan förvarning sträckte han sig över Liam och grep tag i ratten, försökte styra färden. Bilen gjorde en sicksackdans över gruset, kom farligt nära att åka i diket.

– Stanna vid huset.

– Va?

– Vi ska plocka pengarna, det är därför vi är här, eller hur? Stanna vid bommen.

Liam knuffade honom ifrån sig och ökade farten. Uppe på kullen skymtade Björnlunds gård, den såg ännu bedrövligare ut i det bleka morgonljuset.

Gabriel drog på sig rånarluvan, flåsade som en brunstig tjur under det svarta tyget, han hade Glocken i ena handen och försökte ta över ratten med den andra. Liam slog efter hans händer, stärkt av adrenalinet och skräcken. En känsla av undergång fyllde honom, det kändes som att han låg i en grop medan någon skyfflade jord över honom. Begravde honom levande tillsammans med den döde mannen.

Han passerade den gula bommen och det förfallna huset uppe på höjden, hukade för smällarna utan att tappa greppet om ratten. Pengarna betydde ingenting längre. Det hade varit ett misstag alltihop, en människa var död och det var deras fel. Svetten rann i ögonen så att han fick svårt att skilja skogen från vägen, ändå fortsatte han, besluten att ta dem därifrån. Galenskapen brann i Gabriels ögon, två svarta eldar i maskens hål, och Liam visste att vad som än hände fick han inte stanna, fick inte ge efter, inte nu. Inte ens när Gabriel höjde Glocken och riktade den mot honom.

*

När hon vaknade igen var det fortfarande tyst. Solen sken starkt bakom persiennerna och hon lät huvudet sjunka tillbaka mot kudden medan hon lyssnade. Men hon hörde ingenting – ingen radio, inget skrammel, inga svordomar – bara en gravlik tystnad som fick henne att resa sig ur sängen och kika ut i hallen. Simons dörr var stängd och när hon lyssnade ner mot köket möttes hon bara av kylskåpets brummande. Det dunkade i huvudet när hon tog trappan och en egendomlig känsla bredde ut sig i bröstet när hon märkte att Vidar varken hade kokat kaffe eller tagit in tidningen. Det var bara hunden som kom henne till mötes med en iver som om den inte hade sett en människa på mycket länge.

– Pappa? Är du vaken?

Hennes röst lät kuslig i tystnaden. Hon inbillade sig att han låg därinne, grå och stel, med ögon som bara stirrade.

Men rummet var tomt och unket. När hon tände lampan såg hon att han dragit överkastet över de skrynkliga sängkläderna för att ge sken av att ha bäddat, så som han brukade. Vidar var noga med att ge ett intryck av ordning och reda, även om det rådde kaos under ytan. Det var samma sak med hygienen, han tvättade sig mycket sällan, några snabba duschar om året bara, annars var det skogen och brasveden som renade honom mellan varven, som gjorde att han sällan stank av sitt eget. Hon gick fram och gläntade på fönstret. Träden fyllde rummet med sina viskningar och gav henne känslan av att hon inte var ensam.

Det var längesedan hon stått där i Vidars kammare och synen av det lilla rummet fick halsen att tjockna. Den skraltiga sängen med den nersjunkna madrassen som var alldeles för bred och spillde över på sidorna. Det var omöjligt att tänka sig att det någonsin legat två människor där. På nattduksbordet stod det gulnade bröllopsfotot och stirrade tillbaka på henne. Det var bara Kristina som log.

Vidars arbetsbyxor och ett par fläckiga strumpor hängde över sänggaveln, men annars fanns där inte ett spår av honom.

– Pappa?

Hon tog ett par steg över golvet, jagade ett par väldiga dammtussar över träplankorna innan hon nådde garderoben. Gläntade på dörren och sköt de få klädesplaggen åt sidan för att nå kassaskåpet som dolde sig därbakom. Det var fastbultat i golvet och kodlåsets svarta öga stirrade tillbaka på henne.

Vidar hade inte gett henne kombinationen, när det kom till förmögenheten litade han inte på någon.

Hon sköt igen dörren och ropade på honom ännu en gång. Den enda som svarade var hunden som reste sig från sin sovplats i köket och tassade över till Vidars kammare. På tröskeln blev den stående och kastade sina undergivna blickar på henne.

– Var har du husse?

Några klena svansviftningar bara, och så öronen i givakt. Men några svar satt den inte på. Liv kände oron riva i maggropen när hon betraktade hunden. Det var sällan han gick någonstans utan byrackan.

Hans ytterkläder var borta. Hon gläntade på ytterdörren, stack ut huvudet och ropade hans namn så att det ekade över byn. Hunden smet förbi henne och lufsade bort till skogsbrynet för att pinka och när den var färdig pekade Liv mot skogen och uppmanade den att leta efter husse. Hunden var gammal och hade aldrig uppvisat några särskilda spårinstinkter, den bligade bara sorgset på henne.

När hon återvände till köket stod Simon där med de bara fötterna på tröskeln.

– Vad är det som händer? Vad skriker du om?

– Morfar är borta.

– Vadå borta?

– Han har inte kokat kaffe, han ligger inte i sin säng. Han är som uppslukad.

Simon såg sig omkring i köket, som om han förväntade sig att Vidar skulle sitta gömd någonstans, att han skulle hitta honom bara han tittade lite extra. Utanför skällde hunden och de trängdes vid köksfönstret båda två, såg hur den sprang i vida cirklar över det döda gräset.

– Raja är ju därute.

– Jag släppte nyss ut henne.

– Morfar skulle inte gå nånstans utan Raja.

Liv bryggde kaffe och sneglade på grusvägen där Douglas Modigs fyrhjuling gled förbi. Hon höjde handen men kunde inte se om han besvarade hälsningen. Simon satte sig vid bordet, han hade duschat och det droppade ur håret och ner på bordsskivan. För en gångs skull satt han inte med ansiktet i mobilen utan höll blicken mot skogen medan han sög i sig kaffet. De såg hunden återvända från snåren och lägga sig till rätta på altanen. Fortfarande utan sin husse.

Kanske var det våren som lockat ut honom i skogen. Vidar hade alltid varit svag för årstidernas skiftningar, han tyckte om att röra sig i markerna och ta pulsen på förändringarna – sprickorna i isen, fåglarnas återkomst, solens höjd över granspjuten – allt skulle noteras. Han höll samma stadiga öga på marken som han höll på henne, skogen ett lika kärt barn för honom som hon själv var. Men ändå var det något som skavde när hon sneglade mot snåren, en kall hand i bröstet som öppnade och knöt sig.

Simon tuggade på nagelbanden. Solen flödade in i rummet och värmde hans hud. Han hade ett skärsår från rakhyveln där blodet levrat sig.

– Var tror du han håller hus?

– Han måste vara ute på byn nånstans. I skogen.

– Vill du att jag ska leta rätt på honom?

– Du måste till skolan. Han kommer när han kommer.

En rynka mellan ögonbrynen men han sa inte emot. Hon följde efter honom ut i hallen och såg på medan han knöt skorna.

– Vad tänker du göra om han inte kommer tillbaka?

Pojkens oro värmde i bröstet. Trots allt hans prat om att sticka så fort han fyllde arton var han ändå mån om att hålla ihop familjen.

– Då ger jag mig ut och letar, så långt kan han inte ha hunnit, och så stor är inte byn.

Han verkade nöja sig med det. Gav henne en hastig kram innan han gick, precis som förr i tiden. Liv trotsade morgonkylan och gick ut på altanen för att följa honom med blicken. Vidars pipa låg på räcket och snart hade hon tänt den och blåste sköra ringar mot skyn som om hon kallade på honom. Skogen log i vårsolen, ljus och levande. Hon kisade mot stigen som löpte ner till sjön, här och var hade snön börjat smälta undan och lämnat marken mörk och ångande. Det skulle vara lätt att hitta fotspåren, om han hade gett sig in bland träden. Rena barnleken för både henne och hunden.

Men hon slöt ögonen och satt alldeles stilla. Njöt av tystnaden.

*

Liam stod intill elden och skallrade tänder. Ljuset föll ner mellan tallarna och landade på huden men han kände ingen värme. Gabriel hällde mer bensin i den rostbitna tunnan så att lågorna sträckte sig efter dem.

– Släng i skorna också.

– Men jag har inga andra.

– Det skiter jag i. Du borde ha planerat bättre.

– Planerat? Hur skulle jag kunna planera för det här jävla kaoset!

– Ta av dig skorna, säger jag, innan jag bränner upp dig också!

Gabriel satte en hand runt hans nacke och föste honom mot eldslågorna, så nära att det sved i skinnet. Liam ylade och krängde sig loss, drog motvilligt av sig skorna och strumporna och kastade dem i tunnan, noga med att hålla avståndet.

Röken luktade giftigt, som bränd plast, och han sprang på tå över den våta marken, bort till bilen där ombytet fanns. Han drog på sig ett par jeans och en tröja. Tygerna var kalla och sträva mot kroppen. I bakluckan hittade han ett par stövlar att gömma de frusna fötterna i.

Gabriel stod spritt språngande och skakade de sista dropparna ur bensindunken över elden så att det fräste. Hans kuk kurade som ett förskrämt djur mot låret. Liam skulle ha skrattat åt det, om allt vore som vanligt. Men ingenting var som vanligt. Tvärtom, alltihop var åt helvete. Trots kylan rann det ur hårfästet på honom, svettdroppar som kom från ingenstans och kittlade ryggen. Han lutade sig över mossan och kräktes häftigt, stod en lång stund och spottade. På darriga ben gick han fram till Gabriel och räckte över klädombytet. Höll koll på grusvägen, nojig att någon skulle köra in och få syn på dem.

Världen hade fått en overklig hinna, konturerna blivit kalla och ostadiga. Liam hade svårt att fästa blicken, tankarna flimrade förbi men gav honom ingenting att hålla fast vid. Han såg Vanjas ansikte framför sig, skärvan i hennes röst när hon ropade på honom i mörkret. Svetten i hennes panna när mardrömmarna tog henne. Han såg Juha hugga kniven i bordsskivan, kunde höra hur den dallrade. Den kvävande känslan av att vara förd bakom ljuset.

De skulle ju bara råna honom, det hade aldrig varit meningen att någon skulle dö. Planen hade varit mycket enkel: de skulle överraska dem när de sov och sedan försvinna lika snabbt som de kommit. Ta pengarna och sticka, in och ut bara, innan någon kom till skada. Han ville skrika det åt Gabriel, vråla med hela sin kropp att han hade sabbat allting, att deras liv var över nu. Men stämbanden lydde inte, ingenting fungerade som det skulle.

Gabriel stod med blicken i elden och tycktes inte märka

Liams stegrande panik. Frysa verkade han inte heller göra. Han bara stod där, naken och stilla, med ögon som inte gick att fånga. Liam kröp ihop när han närmade sig, hukade som en strykrädd hund. Gabriel svepte ut med armen, förde med sig en pust av värme från elden.

– Ge mig ditt vapen.

Han hade lagt sig till med farsans röst också, den dova och oresonliga, den som sa att nu var det hans verklighet som gällde, hans regler, och ville man överleva var det bäst att man fogade sig, spelade med. Liam sneglade på Glocken som låg på stenen intill honom.

– Vad tänker du göra?

Slaget kom från sidan, en handflata över huvudet bara, men tillräckligt för att han skulle tappa balansen.

– Håll käften och gör som jag säger! Ge mig pistolen.

Gabriel stod snett bakom honom, hängde över axeln som en gud, eller en djävul. Liam sträckte sig efter vapnet, ansträngde sig för att hålla händerna stadiga, noga med att rikta mynningen mot marken. Gabriel höll fram handen, vinkade otåligt med fingrarna, men Liam ville inte ge efter. Han gled längre bort på stenen, höll vapnet utom räckhåll, en röst inuti honom skrek att han inte skulle släppa det ifrån sig.

Ett par bävande sekunder innan Gabriel var över honom, en armbåge mot huvudet så att det började tjuta i örat innan vapnet vreds ur hans händer.

– Gå och sätt dig i bilen, jag pallar inte se dig mer.

Genom den skitiga bilrutan såg han hur Gabriel lindade båda vapnen i plast och slungade dem långt ut i vattnet, älven hade befriat sig från isen och rusade stinn av smältvatten mot havet. Vapnen skulle färdas långt innan de flöt iland, om någonsin. Han fann ingen tröst i tanken.

Liam tog två tabletter ur påsen som låg på sätet och lät dem smälta under tungan. Han kunde inte stå emot längre, behövde något som kunde ta död på kaoset, lugna kroppen. Därute började Gabriel äntligen klä på sig, svarta byxor, svart jacka, svarta kängor. Ansiktet en vit mask i de mörka tygerna när han rörde sig mot bilen, ögonen hårda och stumma. Han gled in på passagerarsätet och drog igen dörren, lukten av eldstad spred sig i utrymmet, hans vansinne låg som en dimma omkring dem, gjorde det svårt att andas. Liams muskler värkte av anspänning, det kändes som om han hängde över ett stup, och enda utvägen var att släppa taget.

Utan förvarning dunkade Gabriel en näve i instrumentbrädan och gav upp ett vrål. Han slog näven i plasten om och om igen tills handskfacket lossnade ur sina fästen och knogarna sprack. Då först hejdade han sig och grep efter Liam, slet honom tätt intill sig, ögonen hade fyllts av en galen glöd. Liam försökte vrida sig ur greppet, men Gabriel var starkare, han hade alltid varit starkare.

– Jag vet inte vad det är för fel på dig, väste han, om det var morsan som tappade dig i golvet för många gånger eller om du är född sån. Jag skiter i vilket, jag har inte tänkt låta dig fucka upp våra liv, då dödar jag dig hellre.

– Kom igen, gör det. Döda mig.

Gabriel gjorde ett utfall med huvudet som om han skulle skalla honom, men hejdade sig i sista sekund. Liam knep ihop ögonen, ansträngde sig för att slappna av, bara låta kroppen hänga. Gabriel tröttnade fortare om han inte fick något motstånd. Liam försökte dölja rädslan som pumpade i honom, som fick urinblåsan att spränga.

– Du blev skraj, sa Gabriel. Du blev skraj och lät fingret glida på avtryckaren. Det var så det gick till.

Hans mun för nära Liams, sög syret ifrån honom. Liam

ruskade på huvudet, kände hur en ny skräck steg i honom när han insåg vad Gabriel försökte göra. Samma sak som han alltid hade gjort, ända sedan de var små – när kristallskålen for i golvet och när farsans skoter föll genom isen, när morsans vävstuga brann ner och när grannens radiostyrda bil hittades i deras källare – vid varje förseelse hade han stått där och pekat finger för att rädda sitt eget arsle. *Pappa, kom och titta vad cp-ungen gjort!*

– Det var så det gick till, sa Gabriel igen. Och egentligen har jag bara mig själv att skylla, jag borde ha vetat bättre, du är inte gjord för det här livet, minsta grej och du flippar ur, gör dumma grejer. Det har bara blivit värre sen du blev farsa.

Liam knuffade honom ifrån sig, vårdslöst så att han föll mot bildörren. Gabriel sa något som han inte uppfattade, det brusade i huvudet. Han såg på älven som rusade därutanför. Elden hade slocknat men det rykte fortfarande ur tunnan, en svart otäck rök som klängde i träden. Ingenting fanns kvar, vapnen var borta, kläderna brända – allt som fanns var synerna i huvudet, det han hade sett ute på myren, men ingen skulle tro honom. Om deras ord ställdes mot varandra skulle de gå under båda två. Han satte en hand för ögonen, såg Vanja, kände hennes armar runt halsen när hon red på hans rygg. Det klingande skrattet i öronen.

– Jag har inte tänkt sitta för det här, sa Gabriel, och jag har inte tänkt låta dig göra det heller.

Han var lugnare nu, Liam hörde hur han tände en cigarett och drog ett djupt bloss, den skrälliga hostan som följde. De satt tysta en stund, lät varandra vara. Tabletterna hade börjat verka, Liam kände hur kemikalierna letade sig ut i blodet och fick allting att sakta ner. Tillräckligt för att han skulle klara av att starta bilen. Han måste hem, hem till Vanja, allting skulle ordna sig bara han fick hålla henne i sina armar.

Himlen och skogen grumlade sig medan han körde, en grådyster slöja över alltihop. Gabriel satt med slutna ögon och händerna i hårda nävar på låren. När de nådde Arvidsjaur kändes det som om alla stirrade efter dem, som om deras misslyckande stod skrivet på lacken. Liam körde sakta in mellan husen och parkerade framför lägenheten där Gabriel bodde med sin tjej. Först då, när bilen stod alldeles stilla igen, harklade han loss knutarna i halsen.

– Jag är färdig nu.

Gabriel verkade inte höra. Solen vällde in, skarp och skoningslös, morgonen var längesedan förbi. Liam knuffade till honom, med ens otålig.

– Hörde du vad jag sa?

Han kunde se hur senorna i Gabriels nacke spändes.

– Du är inte färdig förrän det här är över.

– Jag vill inte att du kommer förbi nåt mer, jag vill inte ha dig i närheten av Vanja.

Gabriel betraktade honom sömnigt, skymten av ett leende kring hans mungipor, som om situationen plötsligt roade honom. Liam väntade på att han skulle göra ett utfall, dunka hans huvud i fönstret, i ratten, skalla honom över näsan. Men ingenting hände. Bara luften som vibrerade mellan dem.

– Oroa dig inte, jag ska låta dig vara.

– Bra.

Gabriel hade en hand på handtaget, ändå blev han sittande.

– Kan jag lita på dig? sa han.

– Vad menar du?

– Du tänker inte göra nåt dumt?

Det värkte i den dåliga tanden, ilade och sprängde. Liam öppnade dörren och spottade. Munnen smakade blod.

– Oroa dig inte, jag kommer inte säga nåt.

Han var inte säker på att det var sant, men det räckte. Gabriel gav honom ett sista långt ögonkast innan han gick, en stum varning. Liam satt kvar och kisade efter honom tills han försvann genom porten. Ljuset så skarpt att det gjorde ont, fick ögonen att rinna. Hela hemvägen brände solen genom fönstret, ändå frös han så att kroppen skakade.

*

När det var dags att åka till jobbet hade Vidar fortfarande inte återvänt. Liv satt i arbetsskjortan med blicken i snåren och väntade på att han skulle uppenbara sig mellan granarna. Han hade aldrig missat ett tillfälle att skjutsa henne, inte ens när han var krasslig, och att hon själv skulle sätta sig bakom ratten kändes otänkbart. Men allt eftersom minuterna tickade iväg insåg hon att han inte skulle komma. Insikten borde ha skrämt henne, men det enda hon kände när hon kramade bilnyckeln i handen var upprymdhet.

När hon svängde ut på stora vägen hade hon Lalehs röst i högtalarna och hela vägen till macken sjöng hon med för full hals. När hon parkerade bakom lagret stod Niila vid containern och kastade sopor. Hans ögon såg ut som om de skulle trilla ur skallen på honom när hon klev ur förarsätet.

– Inte visste jag att du kunde köra bil!

– Det är mycket du inte vet.

Han flinade.

– Var har du farsan din?

Liv ryckte på axlarna. En sur lukt steg ur containern men hon stannade ändå och hjälpte honom hiva över soppåsarna. En gång hade Vidar sett henne stå där och skratta tillsammans med Niila och hela vägen hem hade han suttit och malt med käkarna.

Hur många renar har han?

Hur ska jag veta det?

Om du ska ha ihop det med en lapp måste du veta hur många renar han har.

Niila höll upp lagerdörren och kisade fundersamt på henne när hon passerade.

– Har det hänt nåt? frågade han.

– Nä, vadå?

– Du ser så glad ut, det riktigt lyser ur ögonen på dig.

*

Liam klev in i sin mammas hus och sa att han var sjuk, att han behövde ligga ner. Vanja fick den där svarta rädslan i ögonen, den som fick allt inuti honom att vrida sig. Han försökte le. *Pappa har lite feber bara.* Hon bäddade ner honom i soffan, hämtade täcke och kudde och mjukdjur att lägga under armen. Hennes omsorger fick skammen att sjuda i honom, vetskapen att han inte förtjänade någonting gott i livet, allra minst henne.

Han gled in och ut ur medvetandet, små luckor av dagsljus – ljudet av tecknade serier och Vanja som sjöng. Han försökte dölja hur han frös och svettades, drog täcket upp till hakan men vågade inte slappna av, rädd för sömnen och vad den skulle göra med honom.

När det började skymma stod morsan lutad över hans huvud, han hörde de rasslande armbanden och oron i hennes andetag. Hon lade någonting på hans panna, en av sina stenar, den vägde ingenting, bara låg där som en sval kyss tills han inte längre kunde känna den. Liam ville skrika åt henne, skaka henne av sig, men kroppen lydde inte, han bara låg där, oförmögen att göra motstånd. Vid ett tillfälle lyfte hon hans huvud med handen och höll en tekopp under hans haka. Lukt av granbarr och mynta fyllde näsan, han knep ihop läpparna, kunde inte dricka.

– Jag trodde att du hade slutat, sa hon.

– Jag har slutat.

– Du vill att jag ska tro att du är sjuk på riktigt?

– Jag skiter i vad du tror.

Hon borde slänga ut honom, som hon hade gjort med Gabriel. Hon borde veta bättre vid det här laget, det fanns inga örter eller stenar som bet på hennes söner, inte kärlek heller.

Vanjas andedräkt kittlade hans öra.

– Är du jättesjuk, pappa?

– Det är lite feber bara. Det blir bättre bara jag får sova.

Men han kunde inte sova. Vidars ansikte gömde sig bakom de slutna ögonlocken. Han kände myren gunga under fötterna, kände den frusna mossan och rädslan som sprängde kroppen.

När han öppnade ögonen var det Gabriel som satt där på soffkanten, en yngre Gabriel med håret i en svans i nacken och en av farsans hemrullade cigg bakom örat. En Lapin Kulta i handen som de stulit från grannen. Teven stod och flimrade i hörnet, ljudet var av för att inte väcka någon. Nätterna var deras tid, när bråken var över satt de i månskenet och kände hur musklerna äntligen fick slappna av. Gabriel blev tyst när han drack, vände sig inåt. Men Liam kunde se hur det stormade i honom ändå, alla tankar som anföll från ingenstans, sådana tankar som växte och spretade och som man måste dela med sig av. Innan de åt upp en.

Gabriel tände cigaretten, blåste röken mot taket. Sneglade på Liam under tunga ögonlock.

– Har du tänkt på hur det skulle vara att döda nån?

Liam skakade på huvudet.

– Har du?

– Jag tänker på det ofta.

Han pratade lågt, inte mer än en viskning, ändå ekade orden mellan väggarna, ekade sig kvar i Liams skalle. Det var en bekännelse, en sådan grej som man varken kunde skratta bort eller glömma. Liam visste inte vad han skulle säga, han bara slöt ögonen som morsan brukade göra när allt blev för mycket, när man inte ville vara med längre. Gabriel stötte till honom med armbågen.

– Nån jävel som förtjänar det, alltså. Jag vill inte ha ihjäl vem som helst.

När han vaknade satt Vanja på golvet intill honom och såg på teve. Mörkret hade lagt sig till rätta utanför fönstret och hennes gestalt fick en sällsam lyster i dunklet. Kanske kände hon hans blick, för hon vred på huvudet och log det där tandlösa leendet som fick honom att falla genom rymden. Det blev så tydligt då, vad han måste göra. Att han måste glömma. För hennes skull.

*

Sex timmar bakom kassan och de upprymda fjärilarna i bröstet fortsatte att fladdra. När det var dags att köra hem hade våren satts på ända och stora fluffiga flingor dalade mot marken. Men snön hann bara ge asfalten en våt kyss innan den smälte bort. Ändå körde hon sakta och när hon svängde in på byavägen var magen i olag.

Simon satt på altanen men han var inte ensam, någon satt intill honom och det var inte Vidar. Det var en smalare gestalt i ljus jeansjacka och långt hår som färgats i en skinande blå nyans. Inte förrän Liv klivit ur bilen såg hon att det var Felicia Modig, bygrannens dotter. Förvåningen kom som ett slag i magen.

– Morfar är inte här, ropade Simon. Huset stod tomt när jag kom hem, det var bara Raja som satt och ylade i hallen.

När hon kom närmre såg hon att de höll varandra i handen. Felicias naglar var svartmålade och hon vilade ett jeansklätt ben nonchalant över Simons. Liv vred huvudet mot skogen och kände hur det stack i kinderna. Det var första gången hon hade sett honom med en tjej på det viset och synen gjorde henne förlägen. Så det här var den hemliga förälskelsen, tjejen vars namn han inte velat nämna. Hon visste inte vad hon hade väntat sig, men det var inte granndottern från andra sidan sjön. Simon sökte henne med blicken, skrattgroparna klöv kinderna när han log, ögonen tycktes jubla. Ser du, mamma? ropade ögonen. Här är hon. *Här är min tjej.* Och Liv tänkte på de där kalasen i lågstadiet, hur han suttit där bland flickorna, som en storögd docka. Alldeles lycklig över att äntligen få vara med.

Hon log åt deras sammanflätade händer, log och nickade och tänkte att äntligen började bitarna falla på plats, även för hennes pojke.

– Felicia, sa hon, så det är dig som Simon träffar.

Det lät löjligt, hon ångrade sig så fort det slapp ur henne. Såg hur Simon skämdes. Men Felicia verkade road.

– Surprise, surprise, sa hon. Nu blev du chockad, va?

– Litegrann, det måste jag medge. Hur är det med Douglas och Eva?

Felicia gjorde en grimas.

– Jo, det är väl bra. Pappa är stressad som vanligt.

– Jaså?

– Han säger att korna kommer bli hans död.

Douglas Modig hade sin gård på andra sidan sjön, han var fjärde generationens mjölkbonde, men det var frun som drog det tyngsta lasset. Eva kom från Vilhelmina och var den enda i byn som lyckats vinna Vidars respekt. Hon var fåordig och jobbade hårt, två egenskaper som han värderade högt. Douglas däremot, tålde han inte, och känslan var ömsesidig – de två hade inte bytt ett ord med varandra sedan midsommaren nittioåtta när ett gammalt groll om en markremsa hade lett till handgemäng. Spriten hade väl gjort sitt till, men någon försoning hade det aldrig blivit. Varje gång vinden förde med sig lukten av Modigs kor eller ljudet från deras bjällror om sommaren blev Vidar extra giftig i käften. Felicia var deras enda barn, hon och Simon hade växt upp på var sin sida om sjön, men de kunde lika gärna ha befunnit sig i var sin landsände, för Liv kunde inte erinra sig att de någonsin hade lekt med varandra när de var små. Det hade de vuxna satt stopp för.

Liv hade sett henne nere vid sjön för någon månad sedan. Isen hade spruckit och flöt i vassa skärvor på det vårstinna vattnet. Felicia hade befunnit sig en bra bit därute, hennes kropp inte mer än en synvilla när hon hoppade mellan flaken med armarna utsträckta och håret som en skinande slöja i vinden. Isflaken rörde sig oberäkneligt under henne, kroppen böjde och vred sig för att hålla balansen, fingrarna spretade i luften. Liv stod med solen i ögonen och paniken i bröstet, men hennes rop nådde inte fram. Om flickan ramlade i fanns det ingenting Liv kunde göra, annat än att stå där och se på när sjön tog henne. Kylan i vattnet skulle suga livet ur henne innan någon räddning var möjlig, om hon inte hann drunkna först. Liv sjönk ner på en stubbe och väntade. Det var allt hon kunde göra.

När flickan äntligen tröttnat och närmade sig strandkanten med några hisnande hopp kom Liv på fötter igen.

– Du kommer ha ihjäl dig.

Felicia var röd i ansiktet och andades häftigt, hon stod med benen brett isär på den gungande skärvan av is.

– Jaha, och vad gör det?

Liv kände igen likgiltigheten, samma livströtthet som hon själv burit på en gång i tiden. Innan Simon föddes. Det var hans ankomst som hade ställt henne öga mot öga med sin egen dödlighet. Fått henne att klamra sig fast vid livet.

Och nu satt han där, med den likgiltiga flickans hand i sin, och synen fyllde Liv med samma bävan som hon känt nere vid sjön. Hon gick förbi dem och gläntade på ytterdörren, behövde bara sätta en fot över tröskeln för att veta att huset var tomt. Det kändes i luften, att Vidar var borta. Hon gick ändå en runda runt köket där gårdagens tidning låg uppfläkt på bordet. Kaffet hon bryggt på morgonen hade kallnat i pannan. Bara två koppar i diskhon. Burken med liniment stod kvar på fönsterbrädan. Det var underligt att han hade gett sig av så tidigt, ofta tog det ett par timmar innan händerna fungerade så pass att han kunde knyta skorna.

Hon kikade in i Vidars kammare, lät ögonen gå över den slarvigt bäddade sängen och de skitiga arbetsbyxorna som hängde över gaveln. Allt såg ut som det hade gjort när hon åkte till jobbet. Vidar hade inte varit hemma på hela dagen. Insikten fladdrade i bröstet.

Hon gick tillbaka ut på altanen och såg på ungdomarna och skymningen som bredde ut sig som en eld över trädtopparna. Felicia hade hårda sminkskuggor runt ögonen och en gnistrande sten i näsvingen och Liv kände hur hjärtat slog ett extra slag när deras blickar möttes.

– Ska vi ringa polisen? frågade Simon.

Liv lutade sig mot det skraltiga altanräcket och kramade det så att fingrarna värkte. Skuggorna växte sig långa över det döda gräset och snart skulle skogen ligga mörk. Hon tänkte på Vidar, undrade om han låg därute någonstans och skrek efter dem. Han var åttio år gammal, med en kropp lika seg som kåda och ett huvud som fortfarande värjde sig mot ålderdomen. Om det var någonting han lärt henne genom åren så var det att ingenting rådde på honom, varken människorna eller tiden.

– Ringer vi polisen kommer han aldrig förlåta oss.

JULEN 1999

På julaftonsmorgon brinner en ring av flackande lågor runt rönnen. Moderns fotografi står på köksbordet mellan dem, hennes svarta blick vakar över deras händer när de häller upp kaffet och smörar brödet. Sorgen ritar djupa fåror i faderns ansikte. Tystnaden är tjock och bedövande, bara deras käkar som arbetar. Flickan äter trots att hon inte känner hunger, äter för att det är det enda sättet att gömma sig.

Midvintern kväver solen och bara ett flyktigt skymningsljus skiljer dagen från natten. Ändå envisas han med att de ska gå ut till trädet. Till modern. Han släpar fram renskinnen och gräver en grop i snön för elden. Där ska de sitta tills glöden krympt sig så fattig att de inte längre kan urskilja varandra. Han berättar alltid samma historier, om hur de träffades på dans i Malå och hur modern lade krokben för honom för att få hans uppmärksamhet. Han spillde öl på hennes klänning och sedan var det kört. En blick på de där midnattsögonen och han var förlorad. De hade dansat en hel natt och kanske var det tillräckligt, för efter det var hon mätt. Ville inte se honom igen. En hel sommar fick han jaga henne innan hon gick med på att ta en tur med bilen. Han hade gått efter henne lika envist som han gått efter skogen, i hans ungdomliga dumhet var hon bara ännu en mark att erövra.

– Det tog tre år. Sen var hon fast.

Han målar modern levande. Berättar om hur hon brukade

göra piruetter i köket, hur hon lutade huvudet bakåt när hon skrattade så att man kunde se varenda tand i käften på henne. Alla känslor stora och yviga. Men mörkret stod ständigt på tröskeln, hon var känslig för årstidernas nycker och andra människors blickar. Våren var värst, när allting blommade och vinterkläderna åkte av, och det obarmhärtiga ljuset fyllde varje skrymsle och vrå. Därför var det olyckligt att flickan föddes på våren, när fåglarna skrek nätterna igenom och modern redan var så skör. Det var som att se henne sakta förblöda efter förlossningen, även om hon inte hade några fysiska skador märkte han hur livsviljan rann ur henne. Och fort gick det.

– Din ankomst blev spiken i kistan för henne.

Flickan vill fly mer än någonsin där hon sitter och stirrar sig blind på elden. Men faderns grepp om henne är hårdare än vinterns. Han dricker och dricker, läpparna alldeles blanka av spriten. När glöden brunnit ut kan han inte resa sig, hon leker med tanken på att lämna honom där, i den svarta kylan, den som går rätt in i märgen och smyger iväg med livet utan att man märker det.

Hon går in och sätter på kaffet, njuter av värmen och tystnaden. Morgonen är långt gången, men ljuset dröjer, inte förrän till lunchtid kommer skaren att glittra. Hon lägger en sockerbit mellan tänderna och sörplar kaffet på fat medan hon betraktar mörkret som gömmer fadern. Det skulle inte vara första gången som någon söp ner sig och frös ihjäl, ingen kommer höja på ögonbrynen åt det, tvärtom. Stackars unge, kommer de säga, nu har hon förlorat både mor och far. Nu har hon ingen som kan ta hand om henne.

Hon hinner bara njuta den första kaffekoppen innan rädslan kommer smygande. Det är något med ensamheten som hon inte kan hantera, hur den lägger sig över bröstet och tar luften ifrån henne.

Hon tar sparken ner till rönnen. Fadern ligger inrullad i renskinnen med kängorna i den förkolnade brasan. Snökristaller i skägget och näshåren, men annars inga tecken på att kölden är nära att ta honom. Askan virvlar som ett regn kring deras kroppar när hon föser upp honom på sparken och tar honom till huset. Han öppnar bara ögonen en gång, när han ligger i badet, griper efter hennes hår och ser på henne med en ung mans blick. Moderns namn ekar mellan kaklet. Det är ett misstag han bara gör när han har druckit. Att tro att flickan är hans fru.

De delade på sig, Simon och Felicia tog den södra delen av byn, vägen som ledde till Modigs gård. Själv skulle hon ta den norra. Mörkret sänkte sig fort och stigen som ledde runt sjön glänste förrädisk i skenet från ficklampan. Smältvattnet frös till hinnor av is över trädens rötter och barrmattan och hon fick röra sig försiktigt för att inte halka. Allting vasst och skimrande. Hon kunde höra sjövattnet skvalpa mellan isflaken, kunde skymta de ivriga svarta vågorna i månskenet. Glädjen hon känt under dagen var borta.

Vidar hade lämnat spår efter sig på stigen, hon kände igen de grova sulorna, samma avtryck som löpte kors och tvärs över gårdsplanen därhemma. Han tyckte om att vandra genom markerna och ta tempen på bybornas rörelser och årstidernas växlingar. Han gick till skogs nästan dagligen bara för att återvända med rapporter om vad han sett. Ingenting undgick honom, han kände dessa marker bättre än sitt eget inre, alldeles för väl för att låta dem sluka honom.

Ett hus tog form mellan träden. Ett svagt ljus från fönstren som fick henne att släcka ficklampan och tveka sig kvar bland granarna. Hon kunde inte erinra sig att hon någonsin hade knackat på hos någon i byn, inte ens som barn. Det fanns ingen uttalad osämja, inget gammalt groll som låg och pyrde, inte för hennes del. Men Ödesmark hade ändå sina noggrant utmejslade revir som hon tidigt hade lärt sig att inte inkräkta på. Det var en sanning som Vidar ofta upprepade, att Björnlunds släkte inte var mycket för folk. Vi har ensamheten i blodet, brukade han säga när midvintern kastat sin slöja över markerna och kylan och tystnaden trängde undan människorna. Men han bjöd aldrig på någon förklaring till varför det blivit så.

Liv rörde sig sakta mot huset. En doft av björkved hängde i luften och fåglarna sjöng högt, som om en stor flock slagit sig ner i tallarna och varnade henne för att komma för nära. Hon tvekade länge innan hon till sist satte knogarna mot träet. En impuls att springa och gömma sig kom över henne så fort hon hörde steg bakom dörren och när den gled upp hade hon dragit sig tillbaka in i skuggorna.

Serudia Gunnarsson blev alltmer fågellik för varje år, huvudet tycktes sitta snett på den långa halsen och lös hud fladdrade under hakan.

– Vem där?

– Det är bara jag, Liv Björnlund.

– Vidars dotter? Men vad står du i mörkret och trycker för. Kom fram så jag får se dig.

Liv tog ett motvilligt kliv upp på farstubron, darrade på rösten medan hon redogjorde för sitt ärende. Serudia kisade upp på henne, tycktes läsa Livs läppar medan hon talade, som om hörseln börjat svika henne.

– Vidar såg jag i morse, sa hon. Det såg ut som han skulle upp på myren, och bråttom hade han.

– Vet du vad klockan var?

– Det var tidigt, så mycket kan jag säga. Solen låg fortfarande bakom träden.

Serudias grumliga blick skvallrade om att hon inte alls såg särskilt mycket. Hon sträckte fram en ådrad hand och famlade efter Liv. De magra fingrarna bet sig fast med förvånansvärd styrka.

– Kom in i värmen, arma barn. Inte ska du stå härute och frysa.

Snart satt hon vid den gamlas köksbord och spanade ut över sjön. Ljusen från Modigs gård skymtade på andra sidan och hon tyckte sig höra röster sträcka sig genom skogen och in till deras värme.

Serudia nöjde sig inte med kaffet, snart hade hon dukat fram både kaffeosten och hjortronsylten och tre sorters kakor.

– Inte ska du göra sånt besvär.

– Nåt måste jag väl få bjuda på. Det är minsann inte varje dag jag får vila ögonen på Vidars dotter.

Hon verkade uppriktigt glad över besöket, trugade fikat och bligade storögt på Liv som om hon inte riktigt kunde tro att hon faktiskt satt där, vid hennes bord.

– Jag kan inte stanna länge, jag måste ut och leta rätt på pappa.

– Vidar var här i förrgår, sa den gamla.

– Har pappa varit här, hos dig?

Liv såg sig omkring i det sparsmakade rummet som om hon förväntade sig att se Vidar stå och trycka i de dammiga skrymslena. Den gamla rodnade som en skolflicka och fingrade på den silvriga flätan som vilade över axeln.

– Han var här och tog en titt på vedspisen min. Den har krånglat för mig hela vintern, men Vidar fick ordning på den i ett nafs. Han är duktig på att ställa saker till rätta, far din. Det har han alltid varit.

– Det har han aldrig nämnt nåt om, att han varit här och hjälpt dig.

– Om det inte vore för Vidar skulle mitt hus ha fallit ihop för längesen, det ska gudarna veta. Och några pengar vill han aldrig veta av, trots att en annan också vill göra rätt för sig.

Kaffeosten klumpade sig i svalget medan Liv försökte ta in

detta oerhörda. Den gamlas ögon såg ännu mer beslöjade ut i skenet från kökslampan, och Liv undrade om hon bara såg det hon ville se, för hon kunde inte tro att Vidar varit här, att han brukade hjälpa henne med huset, utan att begära lön för mödan. Det lät som ett dåligt påhitt, eller något som hänt i en svunnen tid.

– Är du helt säker på att du såg honom i morse?

Serudia vred blicken mot mörkret därute. De kunde skymta trädens rörelser i månskenet, det sköra kvällsljuset som speglade sig i sjön.

– Han sprang förbi här i gryningen. Det var knappt ljust ute, men Vidar tar jag inte miste på.

Någonting i den gamlas röst fick Livs lungor att stanna.

– Jag har inte sett pappa springa på tjugo år.

– Men det gjorde han allt. Han sprang som hade han vargen i hälarna.

*

Så fort han lyckades somna kom skottet. Mörkret var inget skydd, kulan hittade honom ändå. I drömmarna sprang han djupt inne bland träden. Granarna örfilade honom i ansiktet och det varma blodet rann som svett i nacken. Liam kunde inte se var skogen slutade och himlen började, allt han hörde var Gabriels hosta som skallade från alla håll och han visste att han sprang i cirklar. När skottet kom var det bara lättnad han kände, att det var över nu. Att han fick vakna.

Farsan hade alltid ställt dem mot varandra, ända sedan de var små. Tidiga minnen drog genom Liam, från morgnarna när farsan var bakis och tyckte synd om sig själv. Ibland ville han att de skulle komma och sitta med honom. Han bad Liam öppna fönstret, till och med om vintern, så att snön blåste rätt in och lade sig i ett skimrande täcke över dammet och kaktusarna från Arizonaöknen som morsan importerat. Det var som att sitta i en snödriva utan vare sig kläder eller brasa, och när Liam och Gabriel började skallra tänder sa farsan att de skulle komma och kyla ner honom.

– Kom hit, pojkrackare. Innan jag brinner upp!

Sedan fick de ligga där intill farsan i soffan medan han rökte Gula Blend och svettade ur sig gårkvällens vodka. Han luktade illa ur armhålorna, men Liam hade ändå tyckt om de stunderna. Det hade känts stort och lite farligt, att få vara så nära farsan. Som att ligga i snåren och se ett väldigt djur passera alldeles intill. Ett djur som när som helst kunde vända sig om och attackera.

Det var Gabriel som fick hålla i tändaren, han kupade handen runt lågan varje gång farsan satte en ny cigg mellan läpparna. Liam fick nöja sig med askkoppen, han balanserade den på sitt magra pojkbröst, precis mellan revbenen, och varje gång vinden blåste genom det öppna fönstret fick han aska i ögonen.

Farsan brukade inte kramas, men det hände att han skrapade sina orakade kinder mot deras så att det sved i ansiktet.

– Det är tur att ni är två, sa han, för varje kung måste ha minst två arvingar när han dör. Och jag har ingen favorit, det ska ni veta. När jag är borta får ni allt slåss om tronen sinsemellan. Jag kommer inte lägga mig i vem som får vad.

Och Gabriel och Liam hade sett på varandra, tvärs över farsans ludna bröst, och det hade känts i luften redan då, att det pågick en kamp mellan dem.

*

Hon kunde höra ropen från andra sidan sjön, Simons röst red på vinden, klar och outtröttlig.

Skogen djupnade på norra sidan byn. Träden rev och slog efter henne och marken hade fått ett nytt hölje av is som skimrade farligt under fötterna. Skuggorna rörde sig när hon svepte med ficklampan, krälade och flackade i skenet. När hon ropade Vidars namn kände hon inte igen sin egen röst.

Alla minnen som flimrade förbi, små ljusblixtar i hennes inre från en annan tid när hon hade haft sårskorpor på knäna och tovigt hår och skogen hade varit hennes trygga famn att försvinna i. Vidar hade försökt skrämma henne med berättelser om troll och annat oknytt för att hålla henne hemma, men det hade bara drivit henne ännu djupare in i grandunklet.

Hon var för andfådd för att höra att någon närmade sig. En plötslig hand på ryggen som fick henne att sno runt så häftigt att ficklampan föll i skogsmattan och slocknade. En mansgestalt stod på stigen framför henne, hon kunde endast urskilja de grovhuggna konturerna och den frusna andedräkten. En främmande lukt steg från honom och överröstade barrdoften. Hon böjde sig ner och famlade efter ficklampan, kände den fuktiga kylan stiga från marken.

Hon sken lampan rätt i ansiktet på honom, såg hur han vacklade i det skarpa ljuset.

– Karl-Erik, du höll på skrämma livet ur mig!

Han skylde sig med en luden näve, hon kunde skymta det fårade ansiktet därbakom, skägget som hängde långt ner på bröstet.

– Ni skriker så att det hörs ända in till mig. Man kan tro att hela byn står i brand som ni går an.

– Vi letar efter pappa, han har varit försvunnen sen i morse.

– Det var som fan. Vidar har väl aldrig varit den som gått vilse.

Karl-Erik Brännström var byns gammpojke, yngre än Vidar men aldrig gift. De var släkt med varandra, men det var inget som Vidar ville skylta med. Han brukade säga att Karl-Erik var en dålig förlorare som drack för mycket, en sådan karl man inte kunde ha i möblerade rum. Som liten hade Liv varit förtjust i Karl-Erik, trots att han luktade öl och sjöng kärlekssånger med falsk stämma. Ibland hade han gråtit som ett barn, trots att han var en vuxen karl, och Vidar hade sagt att sådan svaghet skulle man akta sig för, den smittade av sig.

Men Karl-Erik såg allt annat än svag ut när han stod på stigen framför henne och vägde på tunga ben.

– Du har inte sett honom?

– Sist jag såg Vidar satt han bakom ratten, och du satt på sätet intill, som du alltid gör.

Liv höll ficklampan mellan dem, så att de kunde se varandra bättre. Karl-Erik vacklade till när han såg på henne, gav ifrån sig en vissling. En söt spritdoft fyllde mörkret omkring honom.

– Ibland är du så lik mor din att man blir mörkrädd.

Det hade hon inte väntat sig. Det var få som mindes Kristina vid det här laget, och ännu färre som talade om henne. Ibland fick hon för sig att mamman bara var ett av Vidars alla påhitt, en tyngd att hålla över hennes huvud.

Simons röst trängde fram ur skogen, nu var det henne han ropade på. Hon såg honom inte, kunde bara ana ficklamporna som skar genom granhavet.

– Jag måste gå nu, innan de tror att jag också villat bort mig. Men du kan väl hålla ögonen öppna?

Karl-Eriks tänder glänste i skägget.

– Har du tur är han borta för gott.

OKTOBER 2000

Fadern försvinner i skymningen med geväret över axeln. Flickan sitter i fönstret och ser efter honom, ser sina egna ögon i glaset. Bröstkorgen öppnar sig, axlarna sjunker, nu kan hon andas. Hon tänder inga lampor, bara glöden från cigaretterna som speglas i köksfönstret. Hon tänder den nya med den döende. Tänker att hon ska sätta på musik och dansa. Ringa till någon och be dem komma över. Ta för sig av friheten. Men hon ringer ingenstans, har ingen att ringa till, hon bara sitter i mörkret och ensamheten.

Framåt småtimmarna börjar hon vanka över det jämrande golvet. Blicken söker sig hela tiden ut i natten, men allt hon ser är det egna ansiktet och rädslan som gräver i henne, ögonen växer sig stora och svarta. Hon tänder ett ljus och ställer det i fönstret. Lågan flackar i hennes andetag. Kanske kommer han inte tillbaka. Cigarettröken har lagt sig som en dimma i rummet, ögonen svider. Hon tänker inte längre på att dansa, frihetskänslorna är som bortblåsta.

Huset knäpper i vinden, hon ligger i sängen och tror att det är fadern. Hon hör hans suckande steg uppför trappan. Men dörren förblir stängd.

I gryningen har hon fortfarande inte sovit. Hon dricker kaffe och andas mönster på fönstrets frusna glas. Rimfrosten blänker i träden och det är för kallt därute, för kallt för en människa att överleva. Tanken kittlar. Hon tänker på vad hon ska göra nu – väskorna som hon ska packa, med bara de lätta tunna kläderna. Dit hon ska flytta finns ingen vinter. I den stilla dagen hinner hon nästan bli upprymd igen. Hon slår på musiken, låter den vibrera mellan väggarna.

Musiken spelar så högt att hon inte hör när han kommer. Det är nästan lunchtid och älgen ligger i styckade delar på flaket. Besvikelsen och lättnaden bultar ikapp när han kliver in i hallen. De sitter i köket och äter och ser på den väldiga kronan som han lämnat i gräset. Han berättar om natten, om kölden och de långa timmarna innan ljuset återvänder. Om allt som rör sig i gryningsdimman och gevärets tyngd mot kroppen. Hon frågar om han träffade på första skottet och hans ögon lyser. Det viktigaste är tålamodet, säger han, att man inte blir för ivrig.

Han frågar om hennes natt och hon skäms ner i bordet.

– Du var väl inte mörkrädd?

– Nästa gång vill jag följa med.

Han nickar och ler. Självklart ska hon få följa med. Nästa gång.

Men en ny höst kommer och sedan ännu en, och varje gång är det bara fadern som tar geväret och ger sig ut. Han lämnar henne med rädslan och friheten och det gamla husets rörelser i vinden. Det är inte förrän långt senare som hon förstår att han också är rädd. Alldeles för rädd för att sätta ett vapen i hennes händer.

Hon trevade sig fram till änkan Johanssons hus utan att tända ficklampan. En ensam gårdslykta välkomnade henne tillsammans med hundarna. Deras kedjor rasslade i tystnaden. Fönstrens svarta glas stirrade tillbaka på henne, inte en lampa var tänd. Hon gläntade på dörren och ropade hans namn, när hon inte fick något svar klev hon på ändå. Hon smög genom hallen som så många gånger förr, förbi köket och vardagsrummet och alla de åldrade möblerna. På tröskeln till sovrummet blev hon stående. Sängen var bäddad och bara älghuvudets glansiga ögon mötte henne därinifrån. Johnny var inte där. När hon vred på strömbrytaren upptäckte hon att golvet var täckt av leriga fotspår som virvlade in och ut ur rummen som om han glömt att ta av sig skorna.

Hon gick in i köket och tände en av hans cigaretter. Kanske jobbade han sent på sågen, hon visste inte hans rutiner. De hade inte ett sådant förhållande där man höll koll på varandras tider. Något sådant förhållande hade hon aldrig haft. Hon gick fram till fönstret och konstaterade att bilen var borta, öppnade kylskåpet och såg på maten som stod där, det var inte mycket, ett sexpack starköl och en öppnad burk med Bullens pilsnerkorv, en smörbytta och en burk inlagda rödbetor. Rester av osten han försökt bjuda henne på. Hon gick tillbaka till sovrummet, en plötslig lust att rota bland hans saker kom över henne. Hon lät ciggen hänga mellan läpparna medan hon öppnade garderobsdörrarna och byrålådorna. Där fanns inte mycket: en sorglig samling urtvättade jeans och mörka flanellskjortor. T-shirts med rockband från åttiotalet.

Hon halade fram mobilen och tänkte att hon skulle skicka ett meddelande till honom. Jag står i ditt sovrum, skulle hon skriva. Pappa är borta. Hon kisade mot displayen och insåg att hon inte hade hans nummer. Hon hade ingenting förutom änkan Johanssons hus och allt som hade skett i den dödas säng. Han jobbade på sågen och körde en Ford, det var allt hon visste. Hon hade aldrig ställt några frågor, hade inte velat. Och nu ångrade hon det.

De ropade fortfarande Vidars namn på andra sidan sjön. Oron i Simons röst skar genom henne. Hon började springa, trots att kroppen bråkade, allting ömmade och värkte. När hon nådde Modigs gård hade gruppen delat på sig. Hon såg skenet från deras ficklampor flacka mellan träden. Rösterna tycktes komma från alla håll i vinden.

Det var Douglas hon sprang på först. Han rörde sig klumpigt, den stora magen spände över bältet. När hon snuddade vid hans axel snodde han runt som om hon skrämt honom.

– Liv, här är du ju! Vad fan har du gjort av farsan din?

– Det undrar jag också.

– Simon säger att han har varit borta hela dagen.

– Han kommer nog snart.

Douglas klippte med ögonen.

– Vidar är ingen ungdom längre.

– Pappa är piggare än oss allihop.

– Nog är han pigg alltid, men det är ingen livförsäkring.

Ilskan kom från ingenstans och brände till i maggropen. Douglas Modig var ingen främling för olyckan, hans gård hade brunnit ner för tio år sedan och verksamheten hade aldrig återhämtat sig sedan dess. Han hade ärvt mjölkbruket efter sin far och skulle man tro på ryktena som gick i byn var han på väg att förlora alltihop. Nu stod han där, med skadeglädjen lysande i ansiktet vid tanken på att olyckan övergett honom för någon annan.

En kvinna lösgjorde sig ur mörkret bakom honom och slog armarna om Liv, gav henne en hård kram som sög luften ur henne. Eva Modig var kort och rejäl, med snaggat hår och sinnen som inte gick miste om något. Vidar brukade säga att hon var mer karl än Douglas någonsin skulle bli och hade det inte varit för henne hade bondgården dukat under för längesedan. Nu sköt hon Liv ifrån sig och såg på henne med okynnet i blicken.

– Det brukar ju alltid vara Vidar som springer omkring och letar efter dig, aldrig tvärtom.

– Nån gång ska väl vara den första.

– Simon är här så gott som dagligen, men Vidar brukar ju sällan visa sig på vår sida sjön.

– Serudia hävdar att hon såg honom utanför sitt fönster i morse.

– Den kärringen är blind som en höna, sa Douglas, hennes utsagor ger jag inte mycket för.

Eva satte ett finger under läppen och grävde ut snusen.

– Det är lika bra vi väntar tills det blir ljust, det är svart som i graven härute.

– Egentligen är jag inte orolig, sa Liv. Pappa har alltid haft vett att ta hand om sig.

Det var sant, om någon visste hur man överlevde utan tak över huvudet var det Vidar. Varken mörkret eller kylan rådde på honom. Han kände skogen bättre än han kände människorna och det fanns ingenting därute som kunde skada honom. Ändå blommade obehaget i bröstet när hon såg på

Eva och Douglas, deras bekymrade ansikten i skenet från ficklamporna, som om de såg någonting hon inte kunde se.

– Är han inte tillbaka imorgon så ringer du oss, sa Eva. Vi har både hundar och fyrhjulingar till vårt förfogande.

– Tack, men det kommer inte behövas.

Ett prasslande läte när ungdomarna kom gående ur snåren, deras skuggor så tätt omlindade att det var svårt att skönja att det var mer än en person. De grimaserade när hon lyste med ficklampan i deras ansikten. De var snoriga och rödkindade, Felicias smink hade runnit i kylan. Hon var varken lik Douglas eller Eva, det blå håret och den aviga uppsynen gjorde henne helt till sin egen. Liv hade svårt att ta in att flickan var nitton år. Gammal nog att lämna Ödesmark.

– Har du hittat honom? frågade Simon.

– Inte än, men det är lika bra att vi går hem. Det skulle inte förvåna mig om han sitter och väntar på oss vid det här laget.

Klockan var nära midnatt när de klev in i hallen och hängde av sig kläderna. Vidars hund svansade övergiven kring deras frusna fötter och kammaren låg alltjämt mörk och tyst. Den slarvigt bäddade sängen precis som förut. Simon gick fram och öppnade garderobsdörren igen, som om han förväntade sig att Vidar skulle hoppa ut, att alltihop bara var ett dåligt skämt. Kassaskåpets svarta lås stirrade tillbaka på dem.

– Han är inte här.

– Nä, jag ser det.

– Vad ska vi göra?

– Är han inte tillbaka imorgon får vi ringa polisen.

– Du sa ju att han aldrig kommer förlåta oss om vi blandar in polisen.

– Men det kan inte hjälpas, vi måste ju hitta honom.

Liv bryggde te och eldade i öppna spisen, ingen av dem ville gå och lägga sig så de blev sittande tätt ihop framför elden. Det var så sällan de fick vara ensamma att det kändes ovant, nästan lite blygsamt. Trots oron i luften ville ingen av dem prata om Vidar, tysta satt de och såg på lågorna som sprakade och mörkret som svällde mot fönsterrutorna. Simon låg med huvudet i hennes knä och Liv strök fingrarna genom hans hår så som hon inte hade gjort på många, många år. Hon stirrade tomt in i lågorna, berusad av trötthet.

– Så Felicia är din hemliga förälskelse. Det hade jag aldrig trott.

Hans hjässa kändes het under hennes hand.

– Varför inte?

Det finns ju så många tjejer, ville hon säga, hela världen är full av dem. Varför förälska sig i den enda som bor i Ödesmark? Men hon ville inte förstöra stunden mellan dem, ville inte sluta kamma hans hår med sina fingrar.

– Jag vet inte, jag trodde kanske att du träffat nån på nätet. Nån som bodde längre bort.

– Du trodde inte att jag kunde träffa nån i verkligheten, eller hur?

– Det var inte så jag menade.

Han vred huvudet åt sidan, ruskade av sig hennes hand. Det var så svårt nuförtiden, att veta vad man skulle säga. Hon letade hela tiden efter de rätta orden, de som kunde överbrygga gapet, föra dem närmre varandra.

– Felicia är inte som nån annan, sa han. Hon bryr sig inte om vad folk säger, hon tror inte på skitsnack. Hon bildar sin egen uppfattning.

– Det är bra.

– Fast morfar tycker inte om henne.

– Morfar tycker inte om nån.

Han vred på huvudet så att de kunde se varandra.

– Varför gör du alltid som han säger?

– Jag vet inte, sa hon. Kanske för att det är enklast så.

– Du är vuxen, du kan göra vad du vill.

– Det är inte så lätt alla gånger.

Han såg mindre ut i mörkret, yngre. Det hade varit så enkelt att besvara hans frågor när han var liten, enkelt att bara dra en rövare när hon inte visste svaret eller förmådde säga sanningen. Men den tiden var förbi, nu såg han rakt igenom henne, såg lögnerna som korvat ihop sig därinne, som kvävde.

– Du kör aldrig bil, sa han, trots att du har körkort. Det är patetiskt.

– Jag körde bil idag.

– Bara för att morfar är borta, ja. Annars hade du suttit i passagerarsätet som vanligt.

Liv såg på elden, det lät som om lågorna skrattade åt henne. Det var något han nyligen börjat med, att ifrågasätta hennes bristande självständighet. Han gjorde det med samma spydiga stämma som Vidar använde när han ville sätta henne på plats. Hon undrade om han var medveten om det, hur lika de var.

Hans ögonlock fladdrade när sömnen tog honom. Hon satt alldeles stilla och kände hur han gled ifrån henne. Lämnade henne ensam med natten. Hon såg elden krympa till glöd medan hon lyssnade efter Vidars steg på farstubron. Hon visste inte vad som skrämde henne mest, att hon aldrig mer skulle få se honom eller att han skulle kliva in genom dörren som om ingenting hade hänt.

*

Kroppen blev rastlös i natten. Liam satt i mörkret och lyssnade till Vanjas sovande andetag. Han ville inte sitta för nära, han var rädd att den egna ångesten skulle smitta av sig på henne och slita henne ur sömnen. Hon var känslig på det sättet, hon sög åt sig av omgivningens känslor och gjorde dem till sina egna. Allt som var hans färgade av sig, all hans skam och alla hans misslyckanden satte sig på henne. Det var den insikten han inte kunde leva med. Han måste bli bättre, det fanns ingenting annat.

Mardrömmen hade alltid varit att han skulle sluta som sin farsa. Farsan som hade jobbat sönder sig på sågen sedan han var fjorton, som hade betalat skatt och köpt sprit på Systemet som en duktig samhällsmedborgare, bara för att dö innan femtio. Han hade förpestat hela deras tillvaro med sin ilska och uppgivenhet och på dödsbädden var det jobbet han skyllde på. Han hade gett allt på sågen, men aldrig fått något tillbaka, hade inte en spottstyver att lämna efter sig. *Gör nåt av era liv*, hade han spottat fram när de stod över hans sjukhusbädd, *ta för er för fan.*

Liam smög ut i natten för att röka. Hundarna rörde sig bakom gallret, deras ögon glimrade i mörkret, de piskande svansarna gav ifrån sig ett viskande läte. Två fönster brann i stora huset, han kunde ana morsan därinne, det stora håret och de svepande tygerna, hon fladdrade som en mal i sin ensamma borg. Hon sov dåligt, ofta bara några timmar innan gryningen. *Det är för mycket som sitter i huvudet på mig*, brukade hon säga. Liam visste vad hon menade. De hade inte gjort det lätt för henne, någon av dem. Och det spelade ingen roll att tiden gick eller att farsan var borta, för alla dåliga minnen ekade fortfarande kvar mellan väggarna, hängde över dem allihop som en annalkande storm. Liam tryckte sig nära väggen för att hon inte skulle få syn på honom, han undrade vad som skulle hända med henne om sanningen kom fram, om hon fick veta att hennes äldste son var en mördare. Det skulle slita allt förstånd ifrån henne, en gång för alla, inga hundar eller stenar i världen skulle kunna rädda henne då.

*

Han vaknade av att Vanja tryckte ner frallor i brödrosten. Hon stod på en av de rangliga köksstolarna med håret som en skinande mantel över den späda ryggen. Kaffet kokade. Fem år och hon kunde redan koka kaffe, en skamlig påminnelse om alla morgnar hon försökt ta hand om honom när han låg utslagen. Hon var lik honom, stackaren, födelsemärket under örat som påminde om ett hallon, han hade ett likadant på smalbenet. Jennifer hade skrikit åt honom att Vanja inte var hans den första tiden, men nu var det ingen som skulle få för sig att säga så.

Han tyckte inte om att tänka på Jennifer. Sist han hörde något hade hon stuckit från behandlingshemmet, stuckit söderut, fortsatt med drogerna. Tunga grejer. Hon hade varit borta så länge att Vanja slutat fråga efter henne. Nästan som om hon aldrig funnits.

Han reste sig från madrassen och gick bort till henne, drog upp persiennen och lät solen strömma in.

– Jag håller på och fixa frukost.

– Jag ser det, vad fint. Vill du sätta dig och rita så kan jag ta över?

De åt rostat bröd med sylt och lyssnade till kaoset som utbröt i hundgården när morsan gick in för att mata dem. Det lät som om de skulle slita henne i stycken.

– Dina ögon är jättestora, sa Vanja.

– Är de?

Han gick in på toaletten och såg att ögonlocken var alldeles svullna, vitorna sjukligt rosa. Han sköljde med kallt vatten en lång stund och när han var färdig satt Vanja på toalettlocket och betraktade honom.

– Är du fortfarande sjuk?

– Nej, jag mår bättre nu.

– Ska jag åka till förskolan idag?

Han mötte sin egen blick i spegeln, de rödsprängda ögonen skrämde honom, han såg verkligen inte frisk ut. En påse tabletter låg och pockade på honom bakom spegeln. Han var nära nu, han kände det, hur han drogs neråt. Handen skälvde när han öppnade badrumsskåpet och tog fram rakhyveln, försökte att inte se på tabletterna.

– Ja, idag måste du till förskolan, för jag ska söka jobb.

– Med Gabriel?

Liam kletade rakkrämen över kinderna och kände beslutsamheten fylla blodet.

– Nä, inte med Gabriel. Jag ska söka ett riktigt jobb, så att vi kan bygga norrskenshuset.

Hon gav upp ett litet glädjeskrik och slog armarna om hans ben, klängde sig fast vid honom medan han rakade sig. När han var färdig borstade och flätade han hennes hår. Han hade genomlidit otaliga Youtubevideor innan han bemästrade konsten, fast besluten att imponera på förskolepersonalen från dag ett. Han ville inte ge dem en endaste anledning att tro att han inte var en duglig pappa.

De stod intill varandra på badrumsmattan och borstade tänderna, spottade samtidigt i handfatet och grimaserade stora rena leenden åt varandra. Hennes skratt tände små eldar i bröstet på honom, fyllde honom med livet och värmen. När de lämnade garaget och gick ut i solskenet insåg han att han inte hade tänkt på Vidar Björnlund på en lång stund. Natten i Ödesmark var bara en dålig dröm när han gick där med henne. Nästan som att det aldrig hade hänt.

*

Liv var sex år gammal när polisen kom till Ödesmark. De klev på utan att ta av sig vare sig jackor eller skor och deras röster dånade mellan väggarna. Hon hade suttit under köksbordet och sett hur de lämnade våta avtryck efter sig i dammet. Handfängslen glimrade i deras bälten och Vidars knän skallrade mot varandra under bordet. Hon hade lagt en hand över revan i hans jeans och klappat den fuktiga huden som kikade fram därunder. De anklagade honom för tjuvjakt och det var första gången hon sett honom riktigt rädd. Hans röst blev lika försynt som snöflingorna som kittlade fönstren och när poliserna gick ut för att ta en titt i slaktboden hade han sträckt en hand under bordet och gripit tag om hennes.

– *Ska de sätta dig i fängelse, pappa?*
– *Nej, det tänker jag inte tillåta. Över min döda kropp.*

Men allt hon hörde var rädslan och snart hade den glidit från hans hand och in i hennes, ner i magen, där den krälade runt, runt, som ett förblindat djur. När en av poliserna böjde sig över Vidar och skrek i hans öra blev rädslan så stor att byxorna fylldes med kiss.

Urinblåsan drog ihop sig på nytt när hon nu såg billyktorna mellan granarna. Simon stod vid fönstret och såg polisbilen köra in genom den öppna bommen och parkera på uppfarten, allvaret runt ögonen gjorde honom så lik Vidar att hon glömde att andas. Ända sedan barnahullet runnit av honom var det tydligt att han hade ärvt Vidars kinder och haka, och den sega kroppen med armarna som var så långa att de mest tycktes vara i vägen. När hon nu betraktade honom var det fadern hon såg. Likheten brände hål i bröstet.

Simon visste ingenting om tjuvjaktshärvan på åttiotalet som hade hotat hela deras existens och närapå drivit dem från vettet. Poliserna hade växt fast i minnet som ansiktslösa monster i strama uniformer. Skräcken för att de skulle ta Vidar ifrån henne och sätta honom i fängelse var värre än någonting hon upplevt. Han var ju allt hon hade, förlorade hon honom skulle hon inte överleva. Det var i alla fall vad hon hade trott som barn och kanske trodde hon det fortfarande. Det var kanske därför hon aldrig lyckats lämna honom och Ödesmark.

Hon hade vankat genom huset hela natten och när det första gryningsljuset föll in hade hon ringt till polisen, trots alla minnen och rädslan för Vidars vrede. Nu stod hon andlöst intill Simon och såg en stor karl kliva ur bilen, uniformen stramade över kroppen och han var ensam. Det var Simon som fick gå och öppna medan Liv stod som förstenad i köket och kramade burken med liniment så att knogarna vitnade.

När polismannen klev in i köket slapp luften ur henne.

– Är det bara du?

Hassan såg sig omkring i rummet.

– Bara och bara, sa han. Jag har faktiskt blivit kallad för Arvidsjaurs finest både en och två gånger.

Han log och söp in rummet med ögonen – de slitna köksluckorna, hunden, den tomma stolen vid fönstret där Vidar borde ha suttit.

– Så det är så här ni bor?

– Känner ni varandra? frågade Simon.

– Känner och känner, Hassan brukar handla av mig på macken ibland.

Liv dukade fram en extra kopp och bad honom slå sig ner. Han satte sig mitt emot Simon, sträckte handen över bordet för att hälsa. Hon var glad att det var Hassan, ett bekant ansikte, ändå gjorde hans närvaro henne ostadig. Rösten var gäll när hon började berätta om Vidar, om den tomma sängen och morgontidningen som blivit liggande i brevlådan. Han hade inte kört någonstans, för bilen stod ju på uppfarten, vilket betydde att han måste ha gett sig ut i markerna. Det var inget konstigt med det, det gjorde han ju titt som tätt, men aldrig att han varit borta över ett dygn utan att säga något, utan att det vankades jakt. Och det var ju fortfarande kallt om nätterna. På tok för kallt för att vandra i markerna.

Simon berättade om söket kvällen innan, hur de hade lyst med ficklamporna i mörkret och ropat hans namn utan att få svar. De hade gått ett varv runt hela sjön, han och Felicia, men inte hittat någonting. Liv berättade om samtalet med Serudia, hur den gamla hävdat att hon hade sett Vidar springa som om han jagades av vargen – fast det fick man ta med en nypa salt. Man behövde bara titta på henne för att förstå att hon inte såg mycket nuförtiden, annat än hjärnspöken.

Hassan lyssnade uppmärksamt. De väldiga lovarna vilade på bordsskivan framför honom, han brydde sig inte om att anteckna vad hon sa. Någonting i blicken kröp in under huden på henne, brändes.

– Hur gammal är Vidar?

– Han är åttio.

– Har han några sjukdomstillstånd?

– Åldern börjar väl ta ut sin rätt, men annars är han frisk som en nötkärna. Han är aldrig sjuk.

– Det är bara stelheten som plågar honom, sa Simon.

– Stelheten?

– Ja, han blir stel i kroppen när han sover, speciellt händerna. Han kan inte knyta händerna när han vaknar, fingrarna är som klor.

Simon höll upp en hand och demonstrerade.

– Han käkar medicin mot det.

– Har han några problem med minnet?

– Aldrig, sa Liv. Snarare tvärtom, han glömmer ingenting.

– Har han uttryckt eller visat några tecken på att han skulle vara trött på livet?

– Nej, sa de i munnen på varandra.

Ute på gårdsplanen stod rönnen och gungade i vinden, det såg ut som om det gamla trädet skrattade åt dem.

– Han skulle aldrig begå självmord, sa Liv. Han tycker att det är det fegaste en människa kan göra – att ta bort sig innan livet är färdigt med en.

Hassans jacka gnisslade när han reste sig och gick in i Vidars kammare. Liv och Simon stod på tröskeln och såg på medan han huserade därinne, drog ut lådor och öppnade garderobsdörrarna. Liv kände magen krympa medan han blinkade mot kassaskåpet.

– Hur var han klädd när han gick iväg? Vet ni det?

– Hans vinterjacka är borta, sa Liv. Och kängorna. Jag förstår inte hur han lyckades knyta kängorna så tidigt på morgonen.

Hunden låg med svansen nära kroppen och följde dem vaksamt med blicken. Liv önskade att hon fick göra likadant. Krypa ihop och gömma sig, som den där gången för länge-sedan när Vidar kramat hennes hand under bordet. Så hårt att hon blivit rädd att fingrarna skulle gå av.

Hassan rörde sig genom huset, rum efter rum, och fortsatte sedan ut till ladan och bodarna. De stod i fönstret och såg hur vinden slet i honom när han korsade gårdsplanen. Det gick vågor genom skogen, träden böljade och riste och löven jagade varandra över det döda gräset. Simon blev otålig intill henne.

– Det här är bara slöseri med tid, sa han. Jag ska leta rätt på honom.

Han gick ut i hallen och började knyta skorna. Liv följde motvilligt efter. När de mötte Hassan på uppfarten hade det börjat snöa. Små vindpiskade korn som sved som nålar mot huden och försvann lika hastigt som de landat.

– Jag har bett om en hundförare, sa Hassan. Men de kommer från Piteå, så det kan dröja ett tag innan de dyker upp.

– Vi ska leta på egen hand, sa Simon. Vi kan inte bara sitta här och rulla tummarna.

Han var lika lång som polismannen, men smalare. Han hade fått en fientlig skärpa i rösten som fick henne att skämmas och strama med ansiktet. Simon drog upp huvan mot snön och började röra sig mot brynet, gjorde en otålig gest med huvudet att hon skulle följa efter.

– Är ni verkligen säkra på att han inte har åkt nånstans? sa Hassan.

– Bilen står ju här, sa Liv och nickade mot Volvon.

– Nån kan ha hämtat upp honom nere vid vägen.

– Vem skulle det vara?

– En vän eller bekant?

Liv såg efter Simon som redan försvunnit in mellan träden. Hon skakade på huvudet.

– Pappa har inga vänner.

*

Han kände modet svika honom i samma ögonblick som han släppte av Vanja. Radionyheterna skvalade medan han körde genom samhället, fortfarande inte ett ord om Vidar Björnlund, men det skulle inte dröja länge nu. Innan helvetet brakade lös. Men han kunde inte bara ge upp, han måste fortsätta framåt. Det var nu eller aldrig, om han ville få ordning på sitt liv. De skulle anställa honom på sågen, det var han säker på, farsans chef hade lovat dem det på begravningen. Min dörr står alltid öppen, hade han sagt, och Liam och Gabriel hade utbytt snabba blickar som sa att de hellre skulle dö än anta erbjudandet. Så kändes det fortfarande. Bara tanken på att dra på sig farsans blåställ fick munnen att surna. Det var en princip de hade utvecklat under åren, att aldrig röka samma märke eller dricka samma öl eller dra på sig samma blåställ som farsan. Den dagen man gjorde det var man körd.

Vad som helst, bara han slapp sågen. Han svängde in framför macken istället, parkerade vid en av pumparna och blev sittande. Spanade efter Vidar Björnlunds dotter genom det stora fönstret, hoppades att hon skulle stå därinne som ett bevis på att allting var som det skulle, att natten i Ödesmark bara var en dålig dröm. Men hon var inte där, det var ägaren själv som stod bakom kassan. Han var en kortväxt man med djupa skrattfåror. Det avslappnade sättet han rörde sig på skvallrade om att han var en människa som trivdes med livet, en sådan som trodde gott om folk och kunde se dem i ögonen utan att starta bråk. En sådan människa som Liam ville vara.

De hade snattat på macken fler gånger än han kunde minnas. Gabriel gjorde det fortfarande när andan föll på. Tryckte en Snickers under jackan av bara farten, mer av gammal vana än hunger. Men det var längesedan de hade åkt fast. Inte sedan sommaren när Liam var fjorton och de hade försökt tjuva cigaretter från lagret. Macken hade haft ett annat namn på den tiden. Ett biträde hade sprungit efter dem ända till kyrkan och lagt krokben för Gabriel och tryckt ett knä mellan skulderbladen på honom medan han låg ner. Han hade hotat med att ha ihjäl dem båda två tills polisen dök upp och tvingade honom att sansa sig. Straffet hade blivit stryk av farsan och några samtal på soc. Farsan hade redan tappat allt hår vid det laget, men det hade inte stoppat honom från att banka skiten ur dem. Han var mest arg för att de hade åkt fast, för att de hade skämt ut honom.

Liam vred backspegeln så att han kunde möta sin egen blick. Ett plötsligt infall landade i bröstet: det var här han skulle jobba, i medelpunkten, samhällets hjärta, så att varenda jävel kunde se hans förändring. Han kammade ner håret med handen, med ens ivrig. Inte en chans att de skulle anställa honom, men det var värt ett försök. Han såg ner på kläderna, jeansen var hela och rena och skjortan var som ny trots att den var flera år gammal. En julklapp från morsan på den tiden innan alla hennes pengar gick åt till hundmat och avmasknings-medel. Han hade aldrig använt den förrän nu, skjortan hade inte passat in i hans gamla liv. Ögonen som mötte honom i spegeln såg uppjagade ut. Han försökte sig på ett leende, men det ville sig inte, han såg mer ut som en skrajsen hund som blottade tänderna.

Han kände sig illamående när han rörde sig mot macken. En gammal man stod vid kassan när han klev in genom dör-rarna. Ägaren skrattade högt. Det lät som om de snackade hockey, något om ett nyförvärv från Motala. Liam mindes hur han hade tjatat på farsan om att få spela, han hade tjatat tills farsan fick nog och skrek att han minsann inte hade råd med alla skridskor och hjälmar och pungskydd och allt annat helvete som hockeyn krävde. *Måste du välja den dyraste jävla sporten? Kan du inte sparka boll istället?*

Den gamle mannen hade handlat färdigt, han nickade åt Liam när han passerade. Liam nickade tillbaka. Butiken var tom på folk nu, bara han och ägaren. Adrenalinet fyllde blodet när han rörde sig mot kassan, som om han hade tänkt råna stället. Det ilade i den dåliga tanden när han bet ihop och han undrade om det syntes på honom att han var en skitmänniska, att allt under huden var mörkt och ruttet.

Ägarens leende bleknade när Liam lade handen på disken.

– Kan jag hjälpa dig med nåt?

– Jag tror det, Liam tvekade, eller, alltså, jag tänkte höra om ni behöver folk?

– Du vill söka jobb? Hos oss?

– Ja.

Ägaren fladdrade förvånat med ögonlocken. En tjock tystnad uppstod. Liam sneglade på namnskylten, *Niila*, namnet sa honom ingenting. Han kunde inte erinra sig att deras vägar korsats någon annanstans, men säker kunde man aldrig vara. Han gömde händerna i jackärmarna för att dölja de tatuerade knogarna, men sedan ändrade han sig och lade en hand på disken igen. Om han skulle göra det här så kunde han inte hålla på och gömma sig. Det gick inte att ljuga sig till ett hederligt liv. Han såg hur Niila synade honom, hur han tog in ärren i hans ansikte och skjortan som kändes styv och ovan mot kroppen.

– Kan du jobba helger?

– Jag kan jobba när som helst.

– Har du stått i kassa förut?

– Nä, men jag är duktig på att räkna och sånt.

– Vi behöver faktiskt inte räkna så mycket längre, Niila klappade maskinen där växeln spyddes ut, den här gör det mesta åt oss.

Liams kropp kokade under skjortan, han stod emot impulsen att bara vända och gå.

– Ja, just det. Dumt av mig.

– Vad har du jobbat med tidigare?

Han lät uppriktigt intresserad, det fanns ingenting elakt eller nedlåtande i hans röst. Liam svalde. Han hade planerat att dra en historia om att han rensat fisk i Norge. Det var inte en total osanning, han hade ju rensat fisk en biljon gånger, fast aldrig i just Norge. Och han hade aldrig fått betalt för det. Han brukade inte ha några problem med att dra en rövare, men nu var det som om hans hjärna hade låst sig. Den ville inte släppa igenom några lögner, inte nu.

– Jag har aldrig haft ett vanligt jobb. Det har liksom alltid kommit grejer emellan. Men jag är bra på en massa saker och jag lär mig snabbt. Jag har en dotter, hon ska fylla sex, och hon har ingen mamma för hennes mamma har valt drogerna. Hon har bara mig, och jag har lovat att ta hand om henne. På rätt sätt. Jag behöver ett jobb och om du anställer mig så lovar jag dig att du inte kommer att bli besviken. Jag kommer jobba arslet av mig.

Det bara rann ur honom, allthop, och kanske var det något i hans röst, för han såg hur Niila fick ett allvar i blicken och han varken skrattade eller bad honom gå därifrån. Men innan han hunnit svara gled dörrarna upp och två unga tjejer kom in i butiken och Liam tog ett litet steg åt sidan för att lämna plats åt dem. De dröjde länge bland hyllorna och Niila sa ingenting förrän de hade betalat för sitt godis och sina blanka tidningar och gått ut igen.

– Jag vet vem du är, sa Niila, du och din brorsa. Bröderna Lilja från Kallbodan.

Liam glömde att andas, känslan av nederlag som ett knytnävsslag i magen. Det var klart att han visste, alla visste. Han skulle behöva åka längre än Arvidsjaur för att söka jobb.

– Det är ni som säljer gräs och piller till mina kusiner.

– Inte nu längre. Nu säljer jag ingenting.

– Knarkar du?

Liam skakade på huvudet. Ansiktet hettade, skammen och ilskan pulserade inombords. En impuls att sträcka sig fram och fatta tag om Niilas hals och dunka hans ansikte mot den glatta disken tills det bara var mos kvar. Ge honom svaren han sökte.

Men han såg Vanja framför sig, de stora ögonen fulla av allvar, och han stod alldeles stilla. Lät allting bara skölja över honom.

Niila rev sig tankfullt i nacken. En tatuering skymtade fram under den stärkta kragen.

– Vi skulle faktiskt behöva nån på helgerna, sa han. Men jag kan inte ge dig mer än tio–femton timmar, i alla fall till att börja med.

– Det gör inget. Jag tar vad som helst.

– Kom hit klockan tio på lördag morgon, så får vi se vad du går för.

De skakade hand över disken och Liam kände hur halsen svällde igen, han kunde bara le och nicka. När han gick ut genom dörrarna hade det börjat snöa och han lyfte ansiktet mot himlen och lät de blöta flingorna landa på honom. Ett skrik kittlade i halsen men han släppte inte ut det förrän han var tillbaka i bilen, först då slog han handflatorna mot ratten och ylade rakt ut.

Blicken fastnade på en man som stod vid dieselpumpen och betraktade hans utspel. Han hade både kragen och huvan uppdragna mot snön, det bleka ansiktet skymtade inne i det svarta tyget. Liam stelnade där han satt. För ett ögonblick kunde han svära på att det var Vidar Björnlund som stod där. Livs levande.

*

Skogen ekade av deras rop. Det hade slutat snöa, solljuset sträckte ut sig mellan träden och ångan steg ur marken och lade sig fuktig över deras ansikten. De följde stigen som löpte runt sjön, Simon gick före och Liv fick anstränga sig för att inte förlora honom ur sikte, med ens rädd att han också skulle försvinna ifrån henne. Vidars hund sprang in och ut ur snåren, lyckligt ovetande om vad som pågick och lika oduglig inför sökuppgiften som en knähund. Liv var förvånad att Vidar låtit den leva, han hade aldrig haft mycket till övers för dumma hundar.

Marken var våt och snårig och sög sig fast runt deras ben. Liv lyfte fötterna högt och rös åt ljudet av de bräckliga grenarna som bröts och knäcktes under henne. Hon fick för sig att det var benknotor de trampade över. En hel skog av döda kroppar som ruvade i myllan. Och överallt Vidars ansikte. Han kisade fram bakom tallarna och smackade med de tunna läpparna. För varje steg väntade hon sig att hans klonäve skulle resa sig ur riset och gripa tag i henne.

Simons röst vibrerade genom henne, hans rop gled över vattnets svarta spegel och fortplantade sig vidare över byn. Det dröjde inte länge förrän grannarna sällade sig till dem. Serudia kom först, hennes krokiga skepnad så höljd mellan granhängena att de inte lade märke till henne förrän hon började sjunga Vidars namn med samma kraftfulla stämma som om hon kallade på en flock kor.

Modigs kom också, med sin gödsellukt och sin upprymdhet. Felicia var svart runt ögonen och hennes blå hår fladdrade uppkäftigt i vinden. Ett leende skymtade i hennes mungipor när hon såg på Liv, som om någonting i den obekväma situationen roade henne. Eva hade rustat sig med långa skidstavar som hon använde för att tränga djupare ner i den lösa jorden. Bakom henne kämpade Douglas, blank och flåsande.

– Har ni ringt efter hjälp? frågade han.

– Hundförare är på väg.

– På väg, han spottade i mossan. Vi hinner väl nosa rätt på honom innan dess.

De nådde myren som bredde ut sig bortom sjön. Eva ledde vägen, pekade och dirigerade med stavarna. Douglas hängde Liv i hälarna, allt hon hörde var hans gläfsande andning och vattnet som rusade under mosstuvorna. Johnny anslöt sig också, frågade vad all uppståndelse handlade om. Det såg ut som om han nyss vaknat, han hade inte rakat sig och håret stod åt alla håll. En sårad blick när Liv berättade att Vidar var försvunnen.

– Varför kom du inte till mig?

– Jag försökte, men du var inte hemma.

Hon bad honom ta ytterflanken, längst bort från henne. Hon ville inte att han skulle röra vid henne eller komma för nära. Inte nu.

Den enda som inte erbjöd sig att hjälpa till var Karl-Erik, han stod vid sin markgräns med armarna knutna över bröstet och grimaserade mot solen och deras ansträngningar. När Douglas ropade på honom vände han ryggen till och försvann in i snåren som om han ingenting hört. Simon lyfte en pinne från marken och hytte den efter honom.

– Varför hjälper han inte till?

– För att han är en förbannad latoxe, sa Douglas.

– Låt honom vara, sa Liv. Pappa skulle inte ha letat efter honom heller om situationen var den omvända.

Douglas spottade i marken, tog ett kliv närmre. Små ryckningar i ansiktet som avslöjade hans upphetsning. Han tyckte att det här var spännande, hon såg det på honom. Vidars försvinnande hade gett honom ny vind i seglen.

– En människa kanske ligger och dör härute, sa han, då är det fan skandal att man inte hjälper till.

Liv vände sig bort och fokuserade på marken framför sig, den våta jorden och synvillorna. Allting blev tydligare i det skarpa ljuset, mindre hotfullt, men ändå såg hon Vidar under fötterna, hans ögonvitor skymtade under de döda grenarna och renlaven. Hans röst drog genom henne som en kall vind. Han var överallt och ingenstans.

När hundföraren kom hade deras rop tystnat. De satt vid ett av byns övergivna hus och vilade, Serudia skickade runt ett termoslock med kaffe som de delade mellan sig. Ödehuset hade tillhört en slaktare, men nu var det ingen som ville lägga anspråk på de grånade brädorna. Bara vinden och sorkarna som visslade och ilade genom det gamla virket.

Den grälla polisbilen såg malplacerad ut i slyn. En schäfer satt i bakluckan och dreglade långa strängar av förtjusning. Hundföraren presenterade sig som Anja Svärd, hon ställde samma frågor som Hassan redan hade ställt. Simon stod med armen om Liv medan hon svarade och de pekade ut stigarna och lederna där de redan hade sökt. Anja ville ha någonting med Vidars lukt på och Liv ledde dem tillbaka till Björngården där hon tog den gamles kofta från sin krok, koftan han ofta bar men sällan tvättade. Innan hon räckte över den satte hon näsan mot tyget för att försäkra sig om att den fanns där, den härskna doften av hennes far. Som övermogen frukt i det sträva tyget.

Hon stod i fönstret och såg efter dem när de gav sig av. Den svarta hunden slet och drog i kopplet som om den redan fått vittring. Anspänningen vibrerade i luften. Simons röst svävade någonstans bakom hennes rygg.

– De kommer hitta honom nu. Hunden kommer hitta honom.

Liv svarade inte. Hon kunde inte ens vända sig om och möta hans blick, för hon var säker på att han skulle se rakt igenom henne. Se alla skamliga tankar som gömde sig där. Tankar om att det var bättre så här, utan honom. Bäst att han aldrig kom tillbaka.

SEPTEMBER 2001

En knackig kärra kör upp intill henne med rutorna nervevade. Mannen bakom ratten har håret i ögonen och en mun som bara gapar. Ett spretigt skägg täcker halva ansiktet och kläderna är blekta och fulla av revor och skogsrester. Utan att ta blicken från henne sträcker han sig över sätet och skjuter upp passagerardörren.

– Ska du med, eller?

Flickan står kvar med en fot i diket. Hösten flammar i björkarna och klungor av ystra löv yr runt hennes ben och det uppfrätta underredet. Bilen vibrerar otåligt i gruset. Det är första gången som hon tvekar. Ljudet av ett annat fordon uppe på krönet avgör saken och hon hoppar in utan ett ord och smäller igen dörren efter sig. Mannen gasar så ivrigt att hennes huvud slår i sätet och en svans av avgaser jagar efter dem. Han viker av på en mindre väg utan att fråga vart hon vill åka. Flickan höjer volymen på radion mest för att dölja att hon är rädd. Fjantig dansbandsmusik som får honom att vissla.

– Vet du vem jag är? frågar han.

Hon nickar.

– Det var du som hade ihjäl din egen bror.

Han frustar till som om hon sagt något roligt. Vägen är dålig och fylld av gropar, gammalt regnvatten skvittrar över rutorna. Hon har ingen aning om vart de är på väg och hon bryr sig inte heller. Han stänger av musiken, blänger på henne.

– Jag hade inte ihjäl honom – det var en *olycka*.

Hon glor tillbaka. Inga ögon på vägen trots att bilen rusar framåt. En spindel kryper över hans skägg, den irrar in och ut mellan de styva stråna. Hon sträcker fram handen och mosar den mellan tummen och pekfingret, håller triumferande upp den i luften innan hon låter den flyga genom glipan i fönstret. En underlig glimt i hans ögon.

– Det där var väl onödigt.

Hon ler. Han får inte se hennes rädsla, det är det viktigaste. Männen är som vargarna, de luktar sig till rädslan och anfaller den.

Den smala vägen börjar klättra uppåt. Björkarna är små och krokiga och vinden sliter löven ifrån dem. Bilen är på väg att ge upp, den stånkar och rosslar och osar bränt. Inte förrän de når höjden låter han den vila. Ljungen lyser mellan de glesa tallarna och långt nere i dalen skymtar ett ensamt hus. Hon fingrar på dörren. Han kommer hinna ifatt henne om hon försöker springa. Skogen kan inte gömma henne från en sådan som han.

Med en snabb kattlik rörelse häver han sig över henne. Hon blundar och biter ihop, men det är bara handskfacket han vill åt. Den seniga överkroppen över hennes medan han gräver i den lilla luckan. Barr och lav regnar från hans kläder. Han halar fram pipa och tändare och en chokladkaka som han räcker åt henne. Värmen har kommit åt den och chokladen är mjuk och rinnig under papperet.

– Det är allt jag har att bjuda på.

Hon äter chokladen och ser på medan han fyller pipan. Svarta sorgkanter under hans naglar ler upp mot henne, armarna är solbrända och ådriga. En söt lukt fyller bilen när han tänder pipan, hennes fingrar är klibbiga av choklad när hon sträcker sig efter den. Han tvekar lite innan han låter henne ta ett bloss. Hon drar röken djupt ner i magen och låter den långsamt smyga ut genom näsborrarna. Snart blir kroppen alldeles tung och hon sitter stilla och ser på vindens vågor genom träden och guldet som regnar över dalen.

– Är det sant att du bor i skogen? frågar hon.

– Det gör vi väl allihop?

Skrattet bubblar i henne. All rädsla har runnit bort, hon ser på honom att han inte kommer röra henne. Han är vild och trasig och blicken skriker av ensamhet, men han vill henne inget illa.

– Jag vet vem du är också, säger han. Jag vet vem din farsa är.

Hon tappar pipan i knät, tobaken bränner jeansen och hon skrattar inte längre. Mannen blir inte arg, han bara borstar av henne med handen, försiktigt, som om hon var gjord av glas. Chokladen glänser i skägget på honom.

– Tror du farsan din ger mig hittelön om jag skjutsar hem dig?

– Jag ska inte hem.

– Nähä. Vart ska du då?

Hon pekar in bland skuggorna som växer och flackar i skymningen.

– Jag ska följa med dig, säger hon. Ut i skogen.

– Kan du komma hit, vi behöver snacka.

– Det går inte, jag måste hämta Vanja på förskolan.

– Kom hit en snabbis bara, det är viktigt.

Gabriel använde den där smeksamma rösten som betydde problem. Liam klickade bort samtalet, all glädje han känt över det nya jobbet hade ersatts av en molande oro. Han ville inte ha något med Gabriel att göra, men samtidigt kände han sig tvungen att hålla ett öga på honom, måste försäkra sig om att han inte gjorde allting värre.

Hyreshuset låg bara ett par kvarter från macken, så centralt som det kunde bli. Liam blev sittande på gästparkeringen och spanade upp mot de röda balkongerna. En död julgran hängde över räcket, fortfarande med en sträng av glitter i de gulnade grenarna. Balkongdörren stod på glänt och ett svagt ljus från en teve skymtade därinne.

Gabriel hade stuckit hemifrån när han var sexton. Han hade inte haft något val, morsan hade fått nog av hans droger och humör och kastat ut honom. Gjort det hon aldrig klarat av att göra med farsan. Hon hade slängt ut hans saker genom fönstret, så arg hade hon blivit, hela gårdsplanen full med jeans och stulna sneakers. Gabriel hade knuffat henne nerför trappan, lagt armen runt hennes hals och strypt åt. Morsan hade satt tänderna i huden på honom och bitit till. Det kunde ha slutat riktigt jävla illa om inte Liam hade gått emellan. Han hade slitit isär dem i sista stund, innan de hade ihjäl varandra.

Han hade varit säker på att brodern skulle komma tillbaka, men det gjorde han inte.

Gabriel hade aldrig haft en egen bostad, men det ordnade sig alltid ändå. Han bodde hos kompisar eller flickvänner. En smällkall vinter hade han till och med sovit på soffan hos en gammal A-lagare som förbarmat sig över honom. Allt för att slippa komma hem till Kallbodan.

Nu bodde han med Johanna, en ung tjej som alltid verkade sova. Till och med när hon var vaken hängde hon med ögonlocken som om hon när som helst skulle däcka. Rösten bara släpade de få gånger Liam pratade med henne. Gabriel sa att de skulle förlova sig. Han hade snott en ring på Smycka som han hade gett henne. Den var fel storlek så hon fick ha den på långfingret, och varje gång hon visade upp den för folk såg det ut som hon räckte finger.

Liam tog trapporna i långa kliv. Han hade kniven i bältet, drog skjortan över så att den inte skulle synas. Han hade aldrig varit rädd för Gabriel tidigare, inte på riktigt, inte som nu. Lägenheten låg på tredje våningen och en kväljande lukt av marijuana och pommes frites sipprade ut under dörren. Han fick ringa på tre gånger innan Gabriel öppnade. Han hade ingen tröja på sig och jeansen hängde löst på höftbenen. Det bleka bröstet och kinderna alldeles insjunkna.

Gabriel flinade när han klev in i hallen.

– Fan har du på dig?

Liam såg ner på den långärmade skjortan. Det styva tyget klibbade mot kroppen.

– Jag sökte jobb idag.

– Det var som fan. Jag trodde du bara snackade.

Gabriel rev sig över det bara bröstet, ögonen flackade. Lägenheten var mörk bakom honom, bara skenet från teven lyste upp. En glödande cigarett pyrde i ett askfat och luften därinne var tung av rök. Johanna låg på soffan i bara trosor och ett linne. Hon svarade inte när Liam hälsade på henne.

De gick in i kokvrån där chipspåsar och pizzakartonger trängdes intill tomglas och bitar av foliepapper. En fin filt av aska skimrade över alltihop. Där fanns inga stolar att sitta på så Liam lutade sig mot diskbänken, men någonting klibbade under händerna och han valde att ställa sig mot väggen istället. Gabriel gläntade på persiennerna och spanade ut mot gården. Båda hade svårt att möta den andres blick.

– Jag trodde inte du skulle komma.

– Vad vill du?

– Jag ville se hur det är med dig.

– Jag lever.

Liam knäppte upp de översta knapparna i skjortan, den unkna luften kändes svår att andas.

– Fan du är helt stirrig ju, sa Gabriel.

Han drog fram en påse ur jeansen.

– Här. Ta så många du vill. Innan du går sönder.

– Jag ska inget ha.

Men Gabriel slängde påsen åt honom. Liam tog emot den och lät den glida ner i fickan, trots att han inte borde, han hade redan grejer hemma, dessutom ville han sluta, men han orkade inte tjafsa med Gabriel. Han kisade ut mot lägenheten. I hörnet tronade en hundratjugos madrass, slarvigt bäddad med filtar och kuddar i olika färger och storlekar. Hörnsoffan var en sliten sak som hade lappats med isoleringstejp där stoppningen börjat tränga sig ut. Johannas bleka ben låg särade över det noppiga tyget och ilskna röda märken skymtade på insidan av låren. Det såg inte ut som om hon andades. Liam vände bort blicken. Han visste inte var Gabriel träffade sina tjejer. De var alltid unga, betydligt yngre än han, och han var bara snäll mot dem i början.

– Varför ringde du?

Gabriel sneglade mot rummet där Johanna låg, lutade sig närmre Liam.

– Jag tänkte att vi borde åka tillbaka.

– Varför det?

– Vi kan göra oss av med det som blev kvar, innan de hittar nåt.

– Det är för sent, fattar du inte det? Det kommer krylla av folk därute vid det här laget.

– Inte mitt i natten. Vi drar dit i natt och tar hand om det.

– Du är fan inte klok.

Gabriel strök en hand över det rakade huvudet, ärrvävnaden över knogarna lyste i det skumma ljuset. Han försökte sig på ett leende, men ena halvan av ansiktet var slöare än den andra och hängde inte riktigt med.

– Jag är orolig för dig, brorsan, sa han. Det är du som håller mig vaken om nätterna.

– Jag klarar mig.

Det var sant, för första gången i hela sitt liv kände han att det hade vuxit fram ett avstånd mellan dem, någonting som stod emellan dem. Så länge han kunde minnas hade han låtit Gabriel trampa upp stigarna åt honom, peka i vilken riktning de skulle gå. Det hade varit enklare, att låta någon annan fatta besluten. Även om det nästan alltid gick åt helvete så var de i alla fall två, han hade någon att dela smällarna med. Inte ens när Vanja föddes hade han klarat av att gå sin egen väg, det var först nu, när världen redan hade rämnat, som han insåg att det var möjligt. Vad det än var som hade hänt ute på myren hade det befriat honom.

Kanske kände Gabriel också av förändringen mellan dem, för han var försiktigare nu, nästan vädjande.

– När tror du de kommer hitta han?

– Jag är förvånad att det dröjt så länge.

Gabriel halade fram två cigaretter, satte den ena i mungipan och räckte den andra till Liam. Hans pupiller som knappnålar i skenet från tändaren. Små svettdroppar glänste på bröstet och skvallrade om oron som härjade inuti honom. Men ansiktet förrådde ingenting, rösten stadig och lugn. Gabriel hade alltid varit sådan, snäll och följsam i ena sekunden, för att explodera i nästa.

– Du har väl raderat bilderna? frågade han.

– Vilka bilder?

– Bilderna du tog när vi rekade, har du glömt det?

Liam drog röken djupt i lungorna och kvävde en hostning. Iphonen brände till i fickan. Han såg myren framför sig, kände fukten fylla lungorna. Den gamle mannen som svajade i gryningen, han hade sett så liten ut när solen steg över hans huvud, så liten och obetydlig. Bara en hårsmån från döden. Tanken på bilderna fick honom att må illa.

– Vad gör ni?

Johanna stod i dörröppningen och betraktade dem sömnigt. Hon drog i det tunna linnet för att dölja trosorna. Gabriel pekade på henne med cigarettstumpen.

– Gå och lägg dig.

Johanna såg på Liam, blinkade med de tunga ögonlocken.

– Hej Liam, det var längesen.

– Gå och lägg dig, säger jag!

Gabriel gjorde ett utfall mot henne. Han grep efter henne men fick bara tag i en flik av hennes hår. Johanna skrek och slet sig loss, skyndade tillbaka till soffan och försvann under en filt. Gabriel blängde efter henne.

– Liam är här för att snacka med mig och jag vill inte höra ett pip från dig, fattar du? Jag vill inte ens höra dig andas därborta.

Hennes späda kropp gick knappt att urskilja under filten, men tyget riste som om hon grät därunder. Gabriel hade blivit precis som deras farsa. Han behandlade kvinnan i sitt liv värre än en hund, värre än någon annan. Insikten gjorde Liam matt.

– Jag ska dra nu, sa han.

– Du har ju nyss kommit, stanna och chilla.

– Jag måste hämta Vanja på förskolan.

Gabriel följde honom ut i hallen. Han hade aldrig varit mycket för att kramas men nu lade han en arm om halsen på Liam och drog honom till sig, så nära att hans läppar snuddade vid Liams öra.

– Har du raderat bilderna?

– Mm.

– Får jag se?

– Det finns inget att se. De är borta.

– Bra.

Gabriel vred huvudet så att deras pannor vilade mot varandra, en metallisk lukt dunstade ur hans mun.

– Glöm gubben, viskade han. Glöm hela skiten.

*

Natten föll tung och djup men Liv kunde inte sova. Kroppen ömmade efter dagen i skogen, skrek efter vila, men tankarna gick inte att lugna. Det rörde sig i mörkret, skuggorna kröp och flackade i snåren. Temperaturen hade sjunkit till minus sex. Hon tänkte på Vidar, att han låg därute och frös. Hon såg hans händer framför sig, de stela fingrarna, och hon visste att hans kropp inte skulle klara många nätter.

Polishunden hade inte hittat någonting, trots att den varit så ivrig. Föraren hade räckt över koftan med en urskuldande min. Det kallvåta tyget luktade inte längre som Vidar när Liv satte det mot näsan. Hassan ville veta om han kunde ha rest bort, hade han kanske tagit sitt pass? Kontanter?

– Pappa har inget pass. Han har aldrig rest nånstans i hela sitt liv.

Han bad henne öppna kassaskåpet, men varken hon eller Simon kunde koden. Förmögenheten var ju inte deras, den var Vidars. Hassan ställde många frågor om pengarna, hur mycket kontanter kunde han tänkas ha på fickan, om han nu hade valt att ge sig av. Han ville ha namn på Vidars gamla affärspartner, alla bekanta som kunde tänkas veta någonting. Liv skrev en lista med de namn hon kom ihåg, men Vidar hade inte gjort en affär på över tjugo år så den blev kort och ofullständig.

– Han har inte åkt nånstans.

– Hur kan du vara så säker på det?

– Han skulle aldrig lämna mig och Simon. Vi är allt han har.

Den hösten tillbringar hon med ensamvargen från norra skogen. Hans bil står och slumrar vid rastplatsen närhelst hon kommer ut på stora vägen. Inte förrän hon är nästan framme tänder han lyktorna och drar igång motorn, ger henne ett leende som värmer upp henne inifrån. Hans lukt är stark och vild, fyller henne med frihet. De glider fram längs smala dimhöljda vägar och äter kött som han jagat och torkat och pratar om sådant de annars aldrig pratar om.

Han berättar om sin bror, om allt djävulskap de brukade ställa till med innan det dödliga vådaskottet. Allt liv de levde tillsammans.

– Jag höll honom i mina armar tills hjälpen kom, men jag minns ingenting av det. Det enda jag minns är att mamma vägrade släppa in mig i huset när jag kom hem. Hon hade låst dörren för gott. Det var så jag hamnade i skogen.

Han har kvar de blodiga kläderna, de ligger i en kista i rucklet som blivit hans hem. Det händer att han tar fram dem och begraver ansiktet i de stela tygerna. Sorgen och ensamheten har åldrat honom, han är inte trettio fyllda, men rynkorna sitter redan djupt. Och föräldrarna har aldrig förlåtit honom.

Flickan försöker föreställa sig hur det skulle vara om fadern låste dörren för gott, om han lämnade henne utanför. Hon vill inget hellre.

– Farsan din är skit, säger den ensamme. Men du, du skimrar.

Hon plockar skogen från hans kläder och berättar om alla platser de ska besöka, om palmträden och kullerstensgränderna och det gröna vattnet som slår mot klipporna. Vi kan åka tillsammans, säger hon och han ler det där överseende leendet som betyder att hon är för ung för att förstå sig på världen. Han är tio år äldre och han håller sina händer för sig själv, försöker aldrig röra vid henne på det sätt som alla de andra männen gör. Ibland röker han så mycket gräs att hon måste ta ratten. Han sover med huvudet i hennes knä och ett lyckligt leende på de trasiga läpparna.

När den första snön faller parkerar de på en höjd och ser hur flingorna klär skogen i vinterskrud. I ett svindlande slag är världen värkande vit och det rinner ur den ensamme mannens ögon när han betraktar dalen som brer ut sig under dem. Men han vill inte säga varför han gråter. Det ryker ur deras munnar och snart ser de bara imman framför sig. När han kliver ut i kylan följer hon efter och de vrider sina ansikten mot himlen och gapar glupskt mot snön. Hans skägg är styvt och gnistrande när han vänder sig mot henne och pekar ut över grantopparna.

– Hela norra skogen skulle ha varit min, säger han, om det inte vore för din farsa.

Hans röst vibrerar av vrede. Våta flingor sätter sig i ögonfransarna och hon är glad att de inte riktigt kan se varandra. Hon har hört talas om faderns hunger efter marken sedan den dag hon föddes, men hon vet inte vad den har med henne att göra.

– Han kom till mina föräldrar efter att brorsan dog, när de var som mest svaga i sin sorg. Han erbjöd sig att köpa marken av dem så att de kunde börja ett nytt liv nån annanstans, komma bort från alla minnen. Marken som funnits i vår familj i fyra generationer, de sålde den utan att blinka.

Flickan tar hans hand och de står länge och ser hur snön sakta väver en filt över dalen. Älvens frusna andedräkt sträcker sig mot himlen och han öppnar sin jacka och låter henne kliva in i värmen som gömmer sig där. Ur fickan halar han fram ett skimrande smycke, ett hjärta och en kedja i silver. Ordlöst lyfter hon håret så att han kan fästa det runt hennes hals.

– Det är ingen slump att vi träffades, säger han. Det var meningen att vi skulle slå våra påsar ihop. Så att vi kan ställa allt till rätta.

Rastlösa skepnader i ögonvrån, hennes blick irrade mellan vägen och granarna. Liv väntade fortfarande på att skogen skulle öppna sig och släppa ut Vidars seniga gestalt. Snart skulle han komma gående, som om ingenting hade hänt. Han skulle kliva in i hallen och se de främmande skoavtrycken och förbanna henne för att hon släppt in människor i hans hus, in i hans allra heligaste. Hon kunde nästan se hur han rynkade näsan och vädrade som en hund i den instängda luften. Hans såriga röst mellan väggarna: *Vad har jag sagt om att ta hem folk?*

Kanske ville han ge dem en läxa. Testa deras lojalitet en gång för alla genom att hålla sig borta. Det skulle inte förvåna henne om han stod därute, på tryggt avstånd, och höll sina vattniga på dem. Men det kunde hon inte säga till polisen, de skulle inte förstå. Inte ens Hassan.

– Är det okej om jag drar till Felicia?

Simon stod i dörren, hans röst var sprucken efter allt ropande, ansiktet färgat av gråt och dålig sömn. Hon önskade att hon kunde sträcka ut armarna och få honom att rusa in i hennes famn så som han gjort när han var liten, önskade att hon kunde be honom stanna.

– Du kan väl följa med? sa han som om han kände hennes tankar. Eva säger alltid att jag ska ta med dig.

– Nån måste vara här när morfar kommer hem.

Hon satt på Vidars stol vid fönstret och såg honom gå. Innan träden tog honom vände han sig om och vinkade. En impuls att öppna fönstret och ropa att han skulle komma tillbaka, in i värmen och tryggheten där ingenting kunde komma åt honom, men hon nöjde sig med att höja handen mot glaset. Kände kylan som ruvade därute.

Hunden låg på tröskeln till Vidars kammare, varje gång vinden smekte de gamla husväggarna lyfte den huvudet och lystrade, alltjämt väntande. Hon hade lämnat dörren på glänt, nästan som för att försäkra sig om att det faktiskt var tomt därinne.

Hon var på väg att somna där hon satt, för hon såg inte gestalten som rörde sig längs vägen. Inte förrän hunden kom på fötter och ett dovt morrande steg ur den magra bröstkorgen. Liv kisade bakom gardinen. Hon anade konturerna av en man som rörde sig i skuggorna. Han strök utmed vedboden som om han inte ville bli sedd.

Hundens morrande övergick i skall. Liv fick bråttom att plocka undan den extra kaffekoppen som fortfarande stod på bordet, den som Hassan druckit ur. Hon väste åt hunden att den skulle vara tyst innan hon smög ut i hallen. En hand längs väggen medan hon rörde sig, behövde någonting stadigt att luta sig mot. Det var för mörkt ute för att se någonting genom hallfönstret, men hon hörde att han klev upp på farstubron, de gamla brädorna knäppte och knakade under hans tyngd.

– Pappa, är det du?

Rösten ville inte bära och hon fick inget svar. Hon drog sig bakåt, lät sig omfamnas av vinterjackorna som hängde på sina krokar medan tankarna rusade i huvudet. Det var över nu, leken var slut. Vidar var tillbaka, redo att kliva in och ta kommandot igen. Hon sneglade på hagelgeväret som hängde på väggen, såg framför sig hur hon höjde vapnet och sköt, rakt genom dörren. En av vinterjackorna hade päls på huvan som kittlade henne i ansiktet. De glatta tygerna luktade av honom, av piptobak och hans oduschade gamla skinn. Hans ord ringde i öronen, alla olustigheter han brukade kasta efter henne när han var på det humöret.

– När jag dör blir du rik, brukade han säga, det är ett som är säkert. Det enda som kan göra dig arvlös är om du har ihjäl mig.

Sedan hade han skrattat, så där som man gjorde när ord blev för obehagliga.

En plötslig knackning på dörren fick hunden att skälla i falsett. Liv stod andlös bland jackorna och väntade. Vidar skulle aldrig knacka på sin egen dörr, då rev han den hellre ur gångjärnen. Tre försynta knackningar, innan handtaget trycktes ner. Mörkret och kylan föll in med en suck när dörren gled upp.

Det var inte Vidar som stod där. Skorna på tröskeln var tunna och leriga och hundens svans kröp in mellan benen. Ett mansansikte tog form i skumrasket och en svag doft av cigarettrök letade sig fram till henne, blandat med den där andra lukten, den som hon aldrig fick nog av.

– Johnny? viskade hon. Vad gör du här?

– Liv? Han kisade i dunklet. Var är du nånstans?

Sakta klev hon fram ur vinterjackorna, knäna alldeles matta av lättnaden.

– Du höll på att skrämma livet ur mig.

– Det var inte meningen, jag ville bara se hur det är med dig. Har han hört av sig?

Liv sträckte sig efter strömbrytaren och snart badade hallen i ljus. Hunden svansade försiktigt fram och drog nosen över Johnnys våta byxben. Liv sneglade mot Vidars kammare, nästan som om hon inte litade på att han faktiskt var borta.

– Kom, viskade hon, vi går upp till mig.

Han lät sig ledas uppför den gnyende trappan, förbi Simons stängda dörr och in till hennes rum. De lade sig på sängen, noga med att inte röra vid varandra. Hon kunde inte urskilja hans ansikte, kände bara värmen som dunstade från honom. Det var underligt att se honom där, i hennes flickrum. Hon hade svårt att se honom någon annanstans än i änkan Johanssons hus, som om han var en av de gamla möblerna hon lämnat efter sig. Liv höll ögonen på den stängda dörren, inbillade sig att det ryckte i handtaget.

– Jag har aldrig haft nån i min säng förut.

– Ta inte illa upp nu, men det har jag svårt att tro.

– Pappa tycker inte om när jag tar hem folk.

Han stelnade till när Vidar kom på tal, blicken svepte över väggarna.

– Var tror du att han håller hus nånstans?

– Jag vet inte. Vi har sökt igenom hela byn, polisen har spårat med hund. Men han finns ingenstans.

– Han kanske har åkt bort?

– Bilen står ju här.

– Men det går bussar ute vid vägen.

– Du känner inte pappa.

Hon tänkte på alla gånger hon stått därute, på Väg 95 med tummen i vädret, dåligt klädd eftersom ingenting var planerat. Ibland hade hon pengar på fickan, men oftast inte. Redo att hoppa i diket om hon skulle skymta Vidars Volvo i kurvan. Det hände ofta att han var den förste som kom körande, som om han hade en telepatisk förmåga att känna på sig när hon var på väg bort.

Johnnys sträva stämma pockade på henne.

– Jag måste berätta en sak för dig, sa han, jag ville inte säga nåt när vi var ute i skogen med de andra och letade, för det låter inte särskilt bra.

– Vadå?

– Vidar kom förbi hemma hos mig häromdan, började anklaga mig för både det ena och det andra. Det slutade med att han sa att jag skulle se mig om efter nån annan att hyra av. Han sa att han inte vill ha mig i sin by.

Liv knep ihop ögonen.

– Han får för sig saker ibland, om andra människor. Det har ingenting med dig att göra.

– Det lät som att det hade med mig att göra. Han verkar ha ett jävla humör, din farsa. Måste vara ett rent helvete att leva med.

– Jag har väl vant mig, antar jag.

Han sträckte sig efter jackan. Hon blev rädd att han skulle lämna henne, att det var över nu, men så hörde hon klicket från en tändare, såg glöden från hans cigarett som ett irrbloss i mörkret.

– Får jag fråga en sak? sa han.

– Fråga på.

– Hur kommer det sig att du bor kvar här, hos din pappa?

Där var den, frågan hon alltid bävade för. Ångesten i bröstet som en eld, det sved och dunkade.

– Det har blivit så. Jag var så ung när jag fick Simon, jag klarade det inte ensam. Det var pappa som hjälpte mig. Och sen har vi blivit kvar.

– Men varför? Han kväver dig ju.

– Du vet inget om oss.

– Jag vet att du smyger omkring på nätterna som en tonåring, och att han skjutsar dig till jobbet som om du vore en skolunge. Det är fan inte normalt, Liv. Och alla snackar om er häromkring, om dig och Vidar och pojken. Så fort jag säger att jag hyr av er får jag höra både det ena och det andra.

– Folk tycker om att prata.

– Vet du vad de säger?

Liv drog upp benen mot bröstet och vilade ansiktet mot knäna, kramade ihop sig till en hård boll. Hon hörde hur han vankade intill sängen, det uppgivna lätet när röken lämnade hans mun.

– Vet du vad de säger om er? upprepade han.

Hjärtat slog så hårt i bröstet att hon var säker på att han också kunde höra det.

– Jag vill att du går nu.

– Va?

Hon lyfte ansiktet och försökte fästa blicken på honom i mörkret.

– Jag vill att du går nu.

Hon såg hur han sjönk ihop, tyngden i kroppen när han drog på sig jackan, men han sa inte emot, försökte inte stanna kvar. Askan från cigaretten flimrade omkring honom när han slog upp dörren, hans steg dröjde kvar i henne långt efter att han försvunnit nerför trappan. Hon låg kvar under täcket, klamrade armarna kring den egna kroppen som om hon var rädd att den skulle gå i bitar. Skälvde av ensamheten tills sömnen tog henne.

NOVEMBER 2001

Rimfrosten skimrar i björken när den ensamme kör iväg med henne. Snön fyller skogen med nytt ljus, nu kan de inte gå någonstans utan att lämna spår. Kylan kommer och han håller hennes händer i sina och blåser varsamt liv i dem, låter dem vila under hans jacka, innanför lagren av kläder, så att hans värme blir hennes egen. Med honom behöver hon aldrig frysa, och det dröjer inte länge innan hon inser att hon älskar honom. Inte som en man utan som en bror. Någon hon kan lita på, den förste.

– Jag har något åt dig, säger hon.

– Jaså?

Hon väntar tills de når höjden. Han parkerar på samma plats som första gången de träffades. Nu är berget deras, världen vit för deras fötter. Flickan lyfter det ihopvikta papperet ur fickan, känner pulsen i fingrarna medan hon räcker över det. Han ger henne en lång blick innan han vecklar ut det. Hon håller andan medan hon väntar. Den ensamme håller upp papperet i ljuset och synar hennes darriga linjer.

– Vad är det här?

– Det ser du väl? Det är en karta.

Det är en ritning över faderns hus, men det behöver hon inte säga, för den ensammes ögon har redan fyllts med nytt liv och underläppen skälver. Hon lutar sig nära och pekar på krysset som markerar husets hjärta.

– Där finns mer pengar än din familjs mark var värd, säger hon.

Försiktigt, nästan vördnadsfullt, viker han ihop papperet och gömmer det i bröstfickan.

– Vad ska du ha i utbyte? frågar han.

– Ingenting.

– Kom igen nu, nånting ska du ha.

– Jag vill bara att du tar mig härifrån.

De gör upp en eld och sitter på var sin sida om lågorna. Han har en kåsa i sitt bälte som de dricker ur och solen växer på himlen och slickar frosten ur träden. Han rullar en joint och röker den sakta och snart slutar hans ansikte att rycka. Fingrarna vilar i skägget och det vibrerar en spänning mellan dem, ett slags allvar som inte funnits där tidigare. Hon ser i hans ögon att han älskar henne också. På det där vidunderliga sättet som det inte går att sätta ord på.

När han släpper av henne vid rastplatsen står faderns bil där och väntar. De kliver ut samtidigt alla tre, fadern har ett märkligt leende på läpparna.

– Här är ni ju, säger han. Jag hade nästan gett upp hoppet.

Hans ögon är lika grå som himlen när han klappar handen över hennes axel och ger henne en blick som får henne att krympa. Den ensamme säger ingenting, han bara står intill henne och andas.

– Gå och sätt dig i bilen, säger fadern åt henne, så får jag prata lite med din nye vän här.

Hans röst är mjuk som mossa, ändå vågar hon inte protestera. Hon sätter sig i baksätet och ser genom fönstret hur fadern närmar sig den ensamme. De står intill varandra och talar med låga röster, det är mest fadern som talar, hans händer fladdrar i luften. Den ensammes ansikte skiftar färg, men det slutar med att han nickar. När han vänder sig om för att gå lutar hon sig nära fönstret och väntar på att han ska skjuta henne en blick, mima ett par ord, ge henne någonting att hålla fast vid. Men han sätter sig i bilen, lägger i växeln och kör ut på stora vägen utan att se åt hennes håll.

Fadern griper efter henne när han återvänt till bilen. Gräver med handen innanför hennes tröja. Det är halsbandet han vill åt, det skimrande hjärtat som gömmer sig där. Med en hastig rörelse sliter han loss kedjan från hennes hals, låter smycket falla ner i sin egen ficka.

– Honom ser du aldrig igen, säger han. Inte så länge jag är i livet.

Hela vintern lång besöker hon rastplatsen, hon pulsar genom mörkret och snön, står länge under norrskenet och väntar. Granarna tysta och tunga omkring henne, håller henne sällskap. Kölden biter sig fast utan att hon märker det, men den ensamme kommer aldrig. Hon tänker på kartan hon gav honom, hans ord om att de skulle ställa allt till rätta. Vägen så stilla och öde.

Nu är de ensamma igen, på var sitt håll. Men hon vägrar tro att han är borta för alltid.

Hon vaknade av att Vidar ropade på henne, den trasiga rösten ljöd över den frusna gårdsplanen. Halvt vaken, halvt i drömmen lämnade hon Björngården och följde det ensliga lockropet in i skogen. Vacklade in bland tallarna som rodnade i ljuset, stigen ojämn och glatt ända ner till vattnet. Solen hade inte hunnit lyfta dimman från sjön, hon kunde inte urskilja gårdarna på andra sidan, bara ana mörka skuggor där livet pågick. Ett ensamt hundskall studsade mellan träden och tycktes komma från alla riktningar. Ny frost frasade under stövlarna och Vidars röst hördes inte längre i henne. Nattens kyla steg ur jorden och letade sig in under hennes kläder och hon frös och svettades om vartannat. Hon var vaken nu, vid sina sinnen, men kunde ändå inte släppa taget. Han fanns därute, hon visste det.

Serudias hus reste sig plötsligt intill stigen och fick Liv att glida in bland granarna. Yster fågelsång sjöd i gläntan och när hon kom närmre såg hon holkarna och fågelmatarna som hängde som julgransprydnader i träden. Marken var fylld av utspillda frön och fåglarna var överallt – flaxande och hungriga med klara röster. Hennes rörelser fick dem att försvinna bland trädkronorna.

Rösten kom som en oväntad vindpust.

– Vem är det som stryker omkring och skrämmer mina fåglar?

Serudia stod som en fallen ängel bland granarna. Hon hade en mössa på huvudet och det vita håret vällde fram därunder, lösa slingor yrde runt de väderbitna kinderna. Ögonen förunderligt ljusa.

Liv klev fram ur snåren.

– Det är bara jag, Liv. Det var inte meningen att skrämma dina fåglar. Jag är ute och letar efter pappa. Jag drömde om honom i natt.

Den gamlas ögon letade förgäves efter henne, stannade någonstans strax intill, precis utom räckhåll. Hon höjde en ådrad näve i luften, lät den hänga där ett par ögonblick innan hon öppnade fingrarna och lät nya frön regna ner i mossan, lockade fåglarna till sig.

– Vidar kommer när han kommer, sa hon. Det har han alltid gjort.

Den gamla hade bara nattlinnet på sig under kappan, det skira tyget släpade i den våta marken. Men det var mössan på hennes huvud som fick Liv att haja till. Den hängde långt ner i pannan, flera storlekar för stor och det var något med det röda garnet som fick luften att fastna i lungorna.

– Var har du fått mössan ifrån?

Serudia tog sig åt huvudet, trevade försiktigt med fingrarna. Fåglarna sjöng hysteriskt.

– Jag hittade den, sa hon. Den låg och väntade på mig i en glänta.

– Det där är pappas mössa. Det var min mamma som stickade den för längesen.

Rädslan gjorde rösten vass. Snart var hon framme och lyfte mössan från den gamlas huvud och tryckte den mot sitt sprängande bröst. Serudia blinkade stumt mot henne, munnen gapade förskrämt, men hon protesterade inte. Liv lyfte mössan mot sitt ansikte, kände lukten av väta och skog och Vidars liniment. Doften så stark att det var som om han åter stod intill henne.

En sista blick på den gamla innan Liv vände henne ryggen och sprang.

DEL II

Skördaren sträckte in sin svarta arm mellan träden, tycktes tveka ett par sekunder innan den sjönk och lät aggregatet gripa tag om en av stammarna. Höll trädet i ett kraftigt kärleksgrepp innan sågsvärdet började skala av barken. Tallarna runt omkring skälvde i vinden. En blek sol bevakade förödelsen och när den stod som högst på himlen stannade maskinen och mannen bakom spakarna klev ur. Han hängde hörselkåporna runt halsen och ruskade hundlikt på sig medan han klev över bråten han nyss fällt. Han drog ner gylfen och pissade in bland snåren innan han tog sikte på en ödegård som ruvade bland träden. De blekta väggarna såg sorgsna ut i solskenet och ytterdörren stod halvöppen och gnisslade i sina fästen. Rankor av vissnad humle klamrade sig fast vid stuprännorna.

Mannen slog sig ner på farstutrappan, de gamla brädorna knarrade oroväckande under hans tyngd. Han bar en väska över axeln och ur den halade han fram en termos och smörgåsar i skir plast. Han åt och lyssnade till vinden som rörde om i det gamla huset. Då och då svepte den med sig en lukt som fick maten att smaka illa i munnen. Mannen skruvade locket av termosen och vilade ansiktet i den heta kaffeångan. Han kunde skymta skördaren inne i snåren, där den stod och väntade på honom, och han önskade med ens att han ätit sin lunch där, i den solvarma hytten.

Han svalde det sista av smörgåsen och reste sig. När han vadade tillbaka genom det övervuxna gräset växte sig lukten än starkare. Den sköljde över honom i fräna pustar och fick magsäcken att dra ihop sig. Han vände sig om och såg på huset, de tomma fönstren gapade mot honom. Han fick för sig att det låg någon därinne, en död kropp i en bortglömd säng. Han vände tillbaka mot skogen, fötterna snubblade över varandra i det våta gräset när han började springa. Men lukten förföljde honom in i snåren och ledde honom mot en övergiven stenbrunn som reste sig ur mossan. Han stannade en bit ifrån och drog en flik av arbetsskjortan över ansiktet för att värja sig, fyllde näsborrarna med den egna rädslan. Han ville inte gå fram, hela hans inre skrek åt honom att återvända till skördaren och tryggheten i hyttan. Men kroppen ville inte lyda. Sakta, sakta, rörde sig fötterna mot brunnen. Ett brunnslock i grånat trä täckte hålet och när han lyfte på det reste sig ett moln av flugor ur djupet. Han höll andan medan han böjde sig fram över öppningen. En rostig kedja hängde ner i hålet och försvann i skuggorna. Han skymtade inget vatten, bara ett ogenomträngligt mörker. När han ryckte i kedjan möttes han av en orubblig tyngd. Vad som än hade sänkts ner i djupet skulle det inte återbördas av honom. Stanken så stark nu att den gjorde honom sjuk. En kraftig kväljning fick honom att huka sig över mossan och hosta upp maten han nyss hade svalt. När han hämtat sig fick han syn på blodet. Mörka fläckar som sugits upp av vitmossan och bredde ut sig över brunnsstenarna. Han ryggade tillbaka så häftigt att han föll baklänges i vätan. Kvickt kravlade han sig på fötter och började springa. När han nådde skördaren hade himlen fyllts av svarta fåglar.

FÖRSOMMAREN 2002

Hon kan redan känna lukten av det nya livet. Om kvällarna när hon sitter mitt emot fadern vid köksbordet är allting bara på låtsas, ingenting går längre in under huden. Huvudet är fyllt av framtid, och hon betraktar skogsväggen därutanför och räknar nätterna och dagarna tills hon ska vara på andra sidan. Faderns bleka ögon letar redan efter henne över randen på glasögonen, som om han anar att hon är på väg bort. Att hennes huvud är fullt av frihet.

Han letar igenom hennes rum när hon är i skolan, gräver sig in i hennes lådor och hemligheter. Spåren av hans händer bland hennes kläder och anteckningsböcker, i den undangömda dagboken där hon bara skriver sådant som hon vill att han ska läsa, sådant som inte betyder något.

De verkliga hemligheterna har hon gömt i skogen. Hon går i avledande cirklar innan hon närmar sig myren. Den gungande marken ett slags skyddande vallgrav som håller människorna borta. I skuggan av älgtornet faller hon på knä och kryper den sista biten. Häver sig uppför den trötta stegen med oron bubblande i kroppen. Som ett barn i en trädkoja sitter hon innanför de glesa väggplankorna och väntar tills andningen lugnat sig. Hon trevar sig sakta fram till skottgluggen, kisar ut över faderns öppna marker och inbillar sig att han går där med ryggen mot henne. Ett osynligt vapen vilar mellan hennes händer och hon höjer pipan och avlossar ett skott i hans riktning.

Han faller handlöst i vätan. Den väldiga kroppen rycker och kränger som en fisk på torra land. Hon kniper ihop ögonen och ser allting framför sig tills de sorglösa trastarna börjar sjunga i träden, drar henne långsamt tillbaka till verkligheten.

Hon letar efter den lösa brädan i väggen, finner den och för in fingrarna under det murkna träet och lirkar fram skatten som gömmer sig där. Hjärtat slår ända ut i fingerspetsarna medan hon vecklar ut den hårt förslutna plasten – tre påsar allt som allt för att hålla fukten stången. Däri vilar sedelbunten, hon väger den i handen, räknar varje sedel som så många gånger förr. Blodet rusar i henne, fingrarna vibrerar av längtan efter världen. Snart bär det av. Snart.

Men sommaren kommer och sedelbunten blir liggande i älgtornets gömma. Det är en sjukdom som smyger sig på, en våldsam trötthet och ett illamående som vänder ut och in på henne, tömmer alla krafter. Varje natt tar hon beslutet att ge sig av i gryningen, men när morgonen kommer ligger hon återigen på det kalla badrumsgolvet medan världen kränger omkring henne. Faderns skugga vankar utanför den låsta dörren.

Vad är det som felas dig?

Att jobba var som att spela teater. Liam stod bakom kassan och svettades i arbetsskjortan. Han hade knäppt den ända upp till sista knappen och kragen skavde mot den nyrakade halsen. I fikarummets smutsiga spegel hade han nästan sett ut som en av dem, en av de vanliga, men när han stod därbakom kassan hade han ändå svårt att se kunderna i ögonen. Det lät som om han läste repliker när han önskade en bra dag. Och han inbillade sig att de snörpte på munnarna åt hans renskurade nylle och utstyrseln. Så enkelt skulle de inte låta sig luras.

Niila verkade i alla fall nöjd, efter morgonruschen kom han med kaffe i porslinsmugg.

– Du lär dig snabbt.

Det var allt han sa, men Liam kände hur det sved till i halsen och han drack av det skållheta kaffet så att det inte skulle märkas hur berömmet rörde om i honom. Själva arbetet var inte svårt, det var människorna han inte var van vid.

Allting hade gått så fort, han hade provjobbat under helgen och redan på måndag morgon hade Niila ringt och frågat om han kunde tänka sig att jobba vardagar också. En av mina anställda befinner sig i något av en krissituation, hade han sagt, hennes gamle far är försvunnen. Visst, sa Liam med hjärtat i halsen, jag kommer.

Och nu stod han under lysrören och svettades, försökte förgäves smälta in. Efter lunch var det glest mellan kunderna, de flesta skulle bara betala för bensinen. Niila visade hur han skulle hålla ögonen på pumparna därute, läsa av registrerings-skyltarna på dem som tankade. Det fanns kameror men de egna ögonen var bättre. Niila bar på ett lugn som smittade av sig. Hans röst var som det stilla suset genom en gammelskog, fick pulsen att sakta ner.

– Röker du? frågade han.

– Det händer.

– Du får ta rökpaus om du vill, det är bara du säger till.

– Jag ska ändå sluta.

Niila gjorde en min som sa att han inte trodde honom.

– Du ska inte vara för hård mot dig själv, då går det bara åt helvete. Nån last måste man få unna sig.

Han försvann in på kontoret, lämnade Liam ensam bakom kassan, en enkel gest som visade att han hade klarat provet. Att han gick att lita på.

Hon måste ha anlänt genom lagret för han hörde inte när hon kom. Han stod med ryggen mot disken och fyllde på i cigaretthyllan när hon plötsligt stod intill honom, Vidar Björnlunds dotter. Hon hade en sliten jacka på sig som var flera storlekar för stor och ansiktet lyste blekt ovanför kragen, han kunde skymta de blå ådrorna under huden. Hon såg inte riktigt levande ut, en porslinsdocka med tomma ögon.

– Vem är du?

– Jag heter Liam, jag jobbar här.

– Sen när då?

– Sen alldeles nyss.

Hon liknade inte sin farsa, inte ett dugg. Han lät blicken glida över den blanka pannan, läpparna, det tunna håret som hon försökt dra tillbaka i en svans. Men av den gamle mannen fanns inte ett spår. Kanske gick det inte att jämföra de levande med de döda.

Hon sträckte fram en hand. Han fumlade med cigarett-paketen, fick bråttom att lägga dem ifrån sig, hennes fingrar kändes frusna i hans, beröringen sände ilningar längs ryggen. Han hade bävat för den här stunden, när han skulle tvingas se henne i ögonen, rädslan för att hon skulle se allt som gömde sig i honom.

– Liv Björnlund, men det visste du väl redan.

– Niila sa att du inte skulle jobba den här veckan.

– Jaså?

– Han sa nåt om att du har en kris i familjen, att din pappa är försvunnen.

Han såg hur golvet gungade till under henne, hur hon tappade fotfästet för en bråkdels sekund. Men hon hämtade sig snabbt och lutade sig närmre, för nära.

– Jag vet vem du är, viskade hon.

Liam sneglade mot lagerdörren bakom henne, sökte flykt-vägar. Hennes ansikte intill hans medan hon synade honom i sömmarna, varje kvissla och reva i den blodfyllda huden. Rädslan slog gnistor i bröstet, oron att hon skulle ha sett honom i Ödesmark när han smög runt rucklet som var hennes hem.

– Du brukar komma in hit och snatta med din bror, sa hon.

– Det var längesen.

Skuggan av ett leende drog över hennes ansikte.

– Oroa dig inte, jag menar inget illa. Niila är svag för allt som behöver lagas, och människor är inget undantag. Hur tror du jag hamnade här?

De log osäkert åt varandra. Hans blick föll på hennes skor, grova manskängor, större än hans egna, täckta av skog och jord. Jeansen var det inte mycket bättre med, benen var blöta och skitiga, och hon luktade illa, en blandning av svett och ruttet hö. Det syntes lång väg att hon var en människa i kris och det dåliga samvetet lade sig som ett tryck över bröstet.

Kanske såg hon det, för hon började säga något, men sirenerna kom från ingenstans och avbröt henne. Genom de strimmiga fönstren såg de två polisbilar med blåljusen på skynda förbi i sådan hastighet att smältvattnet skvätte höga ridåer kring däcken.

– Vad är det som händer? sa Liv.

– Jag vet inte.

Men hon hade redan vänt sig bort. Kängorna kippade mot golvet när hon sprang mot dörrarna. Liam såg hur hon ställde sig vid dieselpumparna och spanade bort mot kyrkan med händerna hårt tryckta över hjärtat. Regnet hade färgat världen mörk och hon såg liten och blek ut under den lågt hängande himlen. Vacklade som om hon skulle rasa ihop vilken sekund som helst.

Niila kom utrusande från kontoret.

– Nu jävlar händer det grejer!

Liam såg efter honom när han sprang ut till pumparna och lade en beskyddande arm runt Liv, hon lutade sig tungt mot honom. Själv blev han stående bakom kassan, en känsla av undergång fyllde honom. Poliserna körde norrut, mot Ödesmark, och innerst inne visste han att väntan var över. Nu var det kört.

Han stödde sig mot disken, blundade hårt. Bakom ögonlocken gömde sig Vidar. Han såg honom så tydligt, den blodlösa huden och munnens svarta hål som stack upp ur mossan och gapade efter honom. Kanske hade rovdjuren varit framme, rivit och slitit honom till oigenkännlighet. Han visste att det inte gick att ligga orörd därute någon längre stund, skogen tog hand om sina döda.

Han stod alldeles stilla när Liv och Niila kom in i butiken igen. Niila ledde henne varsamt mellan hyllorna och höll upp lagerdörren åt henne. Innan hon gick vände hon sig mot Liam och gav honom ett långt menande ögonkast, som om de delade en hemlighet. Som om hon visste.

*

Axlarna darrade av utmattning när yxan föll, ändå lyfte hon den igen och igen. Klöv veden med ett slags ursinne som ekade över byn. Hon såg inte att han närmade sig. Inte förrän han stod alldeles intill henne och skrek att hon måste sluta. Ett kallt regn hade börjat falla men det hade hon inte heller märkt, först när hon högg fast yxan i kubben kom känseln tillbaka. En ilande smärta längs ryggraden och det frusna regnet i nacken. Simon lade en jacka över hennes axlar och började leda henne mot gården och värmen, bestämt som om hon vore ett djur som skulle låsas in för natten. Hon haltade i det våta gruset.

– Nåt måste jag göra medan jag väntar.

Hon hade ringt till Hassan redan från macken. Han hade haft en klang i rösten som skvallrade om att allting inte stod rätt till, men han ville ingenting säga på telefon. Vi kommer till er, var allt han sa, men minuterna tickade förbi och de kom inte.

De satt i det nersläckta köket och såg på skogen. Bytte inga ord, bara oron som fyllde luften mellan dem. Liv gick ut i vardagsrummet och fyllde ett glas med Vidars vodka. Tillbaka vid köksbordet drack hon ett par rediga klunkar och sköt sedan över glaset åt Simon. Han drack glupskare än hon väntat sig. Hon önskade att han skulle säga något, att han skulle beklaga sig, kalla henne patetisk. Vad som helst, bara någonting. Tystnaden vibrerade outhärdligt i trumhinnorna, hjärtslagen sprängde.

Bommen stod öppen och regnet föll som silvriga spjut i skenet från strålkastarna när polisbilen äntligen körde in på gårdsplanen. De mötte dem i farstun. Hassan hade tagit av sig mössan och det rann ur hans hår. En yngre kollega stod som en skugga bakom honom. Stela sorgmasker över deras ansikten, de behövde inte säga något.

– Han är död, eller hur? Pappa är död.

– Det kanske är bäst att vi kommer in, sa Hassan, så att vi kan sätta oss ner.

Hans ord var nära att drunkna i det smattrande regnet och hon kände hur kroppen fylldes av kolsyra. *Nu händer det,* tänkte hon. *Nu är det på riktigt.* När hon klev åt sidan för att släppa in dem hotade benen att vika sig under henne. Hon stödde sig tungt mot Simon, kände hur han också skakade. Hon fick svårt att fästa blicken, svårt att stå upprätt, ändå ville hon inte sätta sig. Hon ville skrika åt dem att gå därifrån, de behövde inte säga någonting, hon ville inte veta. Hon visste redan.

– Har ni hittat honom? sa Simon.

– Vi har hittat Vidar, sa Hassan och hans röst lät avlägsen. Vi har hittat honom och tyvärr så är han avliden. Han anträffades av en skogsarbetare vid lunchtid, drygt fem kilometer norr om Ödesmark, i byn Gråträsk.

Det droppade ur hans hår medan han talade. Liv kände hur halsen tjocknade, tungan satt hårt mot gommen. Gråträsk, vad skulle Vidar dit och göra, det kunde inte stämma. Hon såg på Simon, all färg hade runnit av hans ansikte och hakan darrade. Hon grep efter hans hand medan nyheten lade sig till rätta i henne, hans fingrar lika frusna som hennes egna. Vidar fladdrade förbi på näthinnan, hon såg honom ligga därute i skogen, med ögonen mot himlen och kroppen sockrad av snö. Hon såg fåglarna stå på hans huvud och picka i de döda ögonen.

– Vad har hänt? frågade hon. Hur dog han?

– Vi kan inte gå in på några detaljer i nuläget, men det står klart att han har bragts om livet.

Hon nickade, halsen kändes konstig och stel, kroppen tung. Hon slog en arm om Simon, kände hur han skakade, hörde hans tänder skallra i tystnaden. Golvet kändes mjukt under fötterna när hon reste sig för att hämta en filt i vardagsrummet som hon lindade runt hans skälvande kropp. Poliserna följde hennes rörelser, som om de var rädda att hon skulle göra någonting galet. Hon smekte Simon över ryggen, alltmedan rädslan läckte i magen och gjorde henne arg.

– Ser ni vad ni gör? sa hon till poliserna. Nu har ni skrämt upp min pojke.

Vidar var borta, han var död. Orden ringde i öronen men fick ändå inget fäste. Månen sken över skogen och hon kom på sig själv med att svepa blicken över brynet, fortfarande på jakt efter honom. Hon såg honom där, bortom polisernas allvar, djupt inne i skuggorna stod han och log åt henne.

– Vill ni att vi ringer någon? frågade Hassan. Någon vän eller anhörig?

– Vi har ingen annan. Det är bara vi.

Orden gjorde honom ledsen, hon såg det, att han tyckte synd om dem. Lugnt och stilla berättade han om polisens arbete, att de skulle fastställa brottsplats och kartlägga Vidars sista dygn i livet. Liv nickade och hummade trots att huvudet var en enda röra, försökte dölja kaoset som härjade inuti. När Simon gick på toaletten hade hon ingenting att hålla sig fast vid, golvet rörde sig i vågor under fötterna, furubordet seglade på ytan. Hon såg på Hassan, på kollegan, ansträngde sig för att nicka åt allt de sa för att de inte skulle märka hur det brusade inuti henne.

Hon kunde ju inte säga att hon inte alls trodde på dem, att hon fortfarande väntade sig att han skulle kliva in genom dörren vilken minut som helst. Hon försökte erinra sig gårdarna i Gråträsk, Stor-Henriks och Granlunds, de sista som blivit kvar, men hon kunde inte se Vidar där, hur mycket hon än försökte. Hennes blick fastnade på rönnen, tyckte sig se en tom ögla som vajade i vinden.

– Har han hängt sig? viskade hon medan Simon var på toaletten.

Hassan bara skakade på huvudet.

– Som jag sa innan så var det inte självförvållat.

Hon uppfattade orden, men kunde inte ta dem till sig. Ville inte.

– Min mamma hängde sig, hon nickade mot rönnen som stod och spretade mot stjärnhimlen.

Hassan följde hennes blick men hon såg att han inte alls förstod. Han var för ung, det hade skett långt före hans tid. Valborgsnatten då Kristina Björnlund hängt sig i rönnen. Liv kunde inte minnas, ändå hade hon hela tiden bilden av det fastbränd i sitt inre. Brudklänningen som släpade i snön och de multna löven. Vinden som rev och slet i det långa mörka håret. Alla gånger som hon hade önskat att det varit Vidar som lämnat henne och inte mamman.

Simon stannade länge på toaletten. Hassan frågade om det fanns några mediciner därinne, något som skulle kunna skada honom. Liv skakade på huvudet.

– Han vill vara ensam med gråten.

Vidar hade aldrig haft något tålamod med pojkar som grät. Redan i unga år hade Simon lärt sig att smyga iväg så fort det brast. Men det sa hon inte. De trodde inte att hon var riktigt klok, poliserna. Hon såg orosskimret i deras ögon, rädslan över att hon inte förstod. För det rörde sig inte om en hängning – Vidar hade inte tagit sitt eget liv. Någon hade haft ihjäl honom. Det hisnade när sanningen började sjunka in.

– Jag vill se honom, sa hon till sist. Får jag det?

*

Polisbilen rörde sig utanför butiksfönstret, gled sakta in mellan pumparna och stannade. Liam såg sig omkring, letade snabba flyktvägar. Niila stod vid frukten och staplade äpplen på varandra, hans kinder blänkte ikapp med de röda skalen. När hans blick föll på Liam sprack ansiktet upp i ett leende.

– Hur går det därborta?

– Bra.

– Säg till om det är nåt du undrar över.

Han var för snäll, nästan som om han hade tänkt göra honom illa. En avledningsmanöver innan han skulle blotta sitt rätta jag. Liam kände olusten krypa längs armarna. Det hade varit ett misstag att tro att han kunde jobba här.

En polisman klev ur bilen, Liam kände igen honom, han var en av de yngre, en av dem som fortfarande hade någonting att bevisa. Han höjde en hand åt Liam, vinkade som om de kände varandra. Liam besvarade gesten med stela rörelser, försökte påminna sig om att han var en av dem nu, en av dem som jobbade och betalade skatt. En av dem som kunde lita på vänligheten.

Kunderna såg det på honom, att han inte riktigt passade in, men de var snälla ändå, uppmuntrande. Han var som ett barn som skulle lära sig att cykla, det bästa var att bara göra, att inte tänka för mycket. Ändå var det precis det han gjorde, tänkte. Han hade räknat sjuttiofem steg till lagerdörren, till bilen och friheten. Han kunde välta omkull hyllorna på flykten, skapa en hinderbana av konserver och glänsande äpplen. Ingen skulle hinna ikapp honom om han väl bestämde sig, varken Niila eller polisen. Det gamla gömstället i skogen stod fortfarande och väntade på honom, det som han och Gabriel hade byggt på den tiden när det fanns mycket att gömma sig från. Innan de växte upp och förstod att allt bara skulle bli värre med tiden.

Sekunderna tänjde ut sig, en evighet passerade innan polismannen satte tillbaka pumpen i sin klyka. Han hade betalat med kort och gjorde ingen ansats att komma in i butiken. Kastade bara en sista blick på Liam innan han gled ner i förarsätet och körde därifrån. Det var allt. Borta vid frukten stod Niila och visslade, omedveten om anspänningen som fyllde luften mellan dem. Hur nära det hade varit.

Mobilen vibrerade i fickan, pockade på uppmärksamheten. Oron över att det var morsan som ringde, att det hade hänt Vanja något, men mellan kunderna sneglade han på displayen och såg att det var Gabriel. Om och om igen ringde han, som gällde det livet. Liam sket i att svara.

– Är det hos dig det surrar? frågade Niila.
– Nä.
– Är det tjejen som ringer?
– Jag har ingen tjej.
– Du kan ta rast om du vill svara.
– Tack, men det behövs inte.
– Glöm inte att ta rast, i alla fall. Det är viktigt att få rensa skallen mellan varven.

Men när arbetspasset var förbi hade Liam fortfarande inte tagit rast. Huvudet var dimmigt av intryck när han gick genom lagret, han passerade en hylla med bilbatterier och kom på sig själv med att undra hur mycket han kunde sälja dem för. Sedan skämdes han. Han satte en cigarett i mungipan och knäppte upp de översta knapparna i skjortan innan han öppnade lager-dörren. En stank av sopor slog emot honom när han klev ut i det fuktiga mörkret.

Slaget kom innan ögonen hunnit vänja sig. En vit smärta över näsroten, tätt följt av det varma blodet. Han famlade efter dörren, men den hade redan gått igen bakom honom.

När nästa slag föll hade han sträckt upp armarna för att skyla sig. Två händer tryckte åt om halsen, dunkade hans huvud mot det sträva teglet. Tjockt blod rann över munnen och hakan och ner i svalget.

*

De skulle få se Vidar, men de skulle inte få veta hur han hade dött. Polisen ville inte lämna några detaljer, för utredningens skull, och Liv tänkte att det kanske var bäst så, att de slapp höra. Det viktigaste var att hon fick se honom, att hon fick försäkra sig om att han verkligen var död.

Hon kramade Simons hand i sin egen, hans kropp vibre-rade intill hennes på sätet. Eller så var det hon som skakade. Mörkret sved i de sömnlösa ögonen, men några tårar hade hon inte gråtit.

Skogen skingrades och lämnade plats för staden. Alla gat-lyktor och lampor som trängde sig på och suddade ut stjärn-himlen. De körde över en bro och hon kunde se älven åla sig därunder. En ensam vandrare hukade sig under ett paraply och på andra sidan skrek neonljusen från en snabbmatsrestaurang. Hon andades imma på glaset och tänkte tyst för sig själv att här kunde han inte vara. Död eller levande spelade ingen roll, Vidar Björnlund skydde staden.

De körde in under jorden och parkerade. En långsam hiss

suckade sig mellan våningarna och Simon hade fortfarande inte släppt hennes hand. Hans ansikte var blekt och stilla under lysrörens skärpa. De klev ur hissen och gick genom en lång korridor kantad av stängda dörrar. Deras fotsteg skallrade i tystnaden och lukten av sjukdom och rengöringsmedel växte sig stark och kväljande. De stannade vid ett par vita svängdörrar. Hassan gick före in i ett rum fullt av blanka ytor och missfärgat kakel som gav intrycket av att väggarna blödde. En lång rad av små fyrkantiga skåp löpte längs ena långväggen och fick halsen att dra ihop sig. Livs fingrar värkte runt Simons, de fuktiga skinnen hade svetsats samman.

– Är du säker på att du orkar?

– Jag vill se morfar.

En mörkhårig kvinna i blå sjukhuskläder uppenbarade sig.

– Följ med mig.

Liv kände hur varenda muskel i kroppen drog ihop sig när de gick genom dörren. Det luktade ingenting och det förvånade henne. Hon undrade hur de hade lyckats sudda ut dödslukten därinne. Vidar låg utsträckt på en brits av rostfritt stål. Luften fastnade i lungorna när hon såg honom. Det var ett skal mer än en kropp, huden grå och blodlös, men det gick inte att ta miste på att det var Vidar. Ansiktet var sårigt, fullt av små jack och blessyrer som inte funnits där när han levde, som om ett vilddjur satt klorna i honom. Ett vitt lakan täckte bålen och benen, men hon inbillade sig att hon kunde skymta skador därunder – trasig uppfläkt hud och ett mörkt hål där hjärtat en gång suttit.

Hans händer, som genomsyrats av blå ådror, låg mjuka och stilla intill honom. Försiktigt sträckte hon fram en hand och rörde vid hans fingrar. De var inte längre värkande klor, döden hade rätat ut honom, gjort honom följsam och medgörlig. Gjort honom bättre.

Simon började gråta bredvid henne, en vild häftig gråt som ekade mellan de sterila väggarna. Skar djupa hål i henne. Hon drog honom till sig, gömde hans ansikte mot sitt bröst så att han inte skulle behöva se kroppen. Själv kunde hon inte ta ögonen från den. Hon varken grät eller skrek eller förbannade. Stod bara där med ögonen på sin döde far och kände hur ett tyst jubel tog form bakom bröstbenet. Hon nickade åt Hassan.

– Det är han, sa hon. Det är pappa.

*

– Så det är här du jobbar, väste Gabriel. Av alla ställen så valde du det här? Med henne?

– Det var Niila som gav mig jobbet. Det har inget med henne att göra.

Vinddraget från ännu ett slag, men den här gången lyckades han väja undan, föll ner i en kvarbliven snödriva och kände kylan sprida sig i kläderna. Gabriel stod över honom, de ryckiga rörelserna vittnade om att han var speedad. Liam klämde åt med fingrarna om näsan för att få stopp på blodet, en blick på lagerdörren för att försäkra sig om att ingen hört dem. Om Niila fick syn på honom nu, i det här skicket, skulle han garanterat tänka om och ge honom kicken.

Gabriel gav honom en knuff med foten.

– Sätt dig i bilen, sa han. Vi ska åka en sväng.

Han dirigerade Liam in i skogen, bort från människorna, in på spruckna bortglömda vägar som inte längre ledde någonstans. Rå fukt steg ur träden, lämnade en glänsande kondens över bilen, suddade ut alla skarpa linjer. Gabriel trummade fingrarna mot jeansen, kastade tankfulla ögonkast på Liam.

– Jag kan inte lita på dig, sa han om och om igen. Du tänker inte, du använder inte hjärnan.

Liam såg den gamle mannen framför sig. Det hade gått så snabbt, som att blåsa ut ett ljus. Några sekunder bara, sedan var ett helt liv borta. Han höll koll på Gabriels jacka, på vad som gömde sig därunder. Gabriels händer på låren, de kliande fingrarna, med jämna mellanrum sökte de sig till fickorna, grävde fram cigaretter och tändare. Varje gång drog Liams hjärta igång.

– Fatta chocken när jag går förbi och ser dig därinne, där hon brukar stå.

– Det har inget med henne att göra.

– Det är ditt dåliga samvete som ligger och trycker, eller hur? Du tycker synd om henne.

– Jag vet inte vad du snackar om.

Liam körde för fort, det var svårt att ta kurvorna. Vägen började luta uppåt, skogen magrade allt eftersom, träden blev mindre, lämnade plats för himlen som bredde ut sig mörk och stjärnlös ovanför deras huvuden. Klockan hade passerat Vanjas läggdags, han skulle inte få säga godnatt till henne ikväll.

De nådde en höjd där vägen slutade. Natten slukade utsikten och det gick bara att ana milsvidderna av skog och sjöar och hyggen som bredde ut sig under dem. Det kunde lika gärna ha varit ett hav som omringade dem, svart och stilla. Några ljus i fjärran skvallrade om liv, annars ingenting. Liam kände igen platsen, de hade varit där när de var små. Under tillfällena när farsan hade satt dem i bilen och sagt till morsan att det var slut, att han skulle ta ungarna och sticka, en gång för alla. Ett sexpack öl på huven, medan farsan stod där och svepte med armen. *Häruppe skulle man bygga ett hus,* hade han sagt, *så att ingen jävel kan se ner på en.*

Liam parkerade och de öppnade dörrarna som på kommando, satt kvar och lät den kalla luften skölja över dem. Han kastade en blick på sig själv i backspegeln, en mustasch av levrat blod på överläppen, men ingen större skada.

– Vad gör vi här?

Men Gabriel svarade inte, han gläntade på jackan och halade fram ett cigarettpaket, försökte inte dölja vapnet som gömde sig därunder. Liam fäste blicken på dalen därnere, försökte mäta avståndet till skogsbrynet, intalade sig att han skulle hinna fly, bara han valde rätt tillfälle. Mörkret skulle gömma honom.

Det dova mullret av en bilmotor avbröt tankarna. Snart såg de en trött kärra komma körande uppför slänten, ett kallt vitt sken mellan granarna. Liam kände igen bilen, den trasiga framlyktan och den sönderrostade karossen. Det var ett under att den fortfarande rullade. Lilatonade rutor skymde sikten men han visste redan vem som gömde sig därbakom.

– Vad ska vi säga?

– Du ska inte säga ett skit, du har redan gjort tillräckligt.

Förardörren gled upp och Juhas gestalt uppenbarade sig sakta i mörkret. Han lämnade billyktorna på och den kattlika kroppen gjorde en vid lov mot dem, närmade sig från sidan. Det glesa skägget hängde nerför bröstet och han var klädd i stora kläder som kunde gömma mycket. Gabriel klev ur bilen och gjorde en gest åt Liam att följa efter. Det sprängde i den döende tanden.

Juha stod med de bländande strålkastarna i ryggen så att de inte kunde se hans ansikte. Hans magra gestalt trampade i gruset. Gabriel gick fram och räckte över varorna, höll en hand framför ansiktet för att skydda sig mot ljuset. Juha drog åt sig påsen och ryggade tillbaka, han brydde sig inte om att undersöka gräset som han brukade. Hans rörelser var kvicka och oberäkneliga, ögonvitorna lyste i mörkret.

– Jag vill veta vad som hänt, sa han.

– Vad snackar du om? sa Gabriel.

– Ute i Ödesmark. Jag vill veta vad som hänt.

Juha tog ett kliv närmre och spottade en loska i deras riktning. Vinden rev i hans hår och fyllde natten med den syrliga lukten av honom. Liam höll sig i utkanten, rädslan skvalpade i magen när han såg hur Gabriel burrade upp sig. Oron för vad han skulle ta sig till om Juha sa fel saker, om det blev bråk.

– Du har två månaders röka i påsen, sa Gabriel, sen får du hitta nån annan att köpa av.

Långsamt satte Juha en hand innanför jackan, tiden stod stilla medan han lyfte sedlarna ur innerfickan och räckte över dem. Han drog tillbaka handen, som om han var rädd att bli biten.

– Jag är en ensam man, sa han, men fågelsången kan jag inte undkomma, hur mycket jag än försöker. Och nu viskar fåglarna att Vidar Björnlund är död, de säger att nån har haft ihjäl han. Och jag gissar att ni två vet nåt om saken?

Gabriel räknade sedlarna, låtsades inte höra. Liam höll sig utanför ljuskäglornas sken, såg ut över skogen och himlen och den svarta dalen därnere. Han ville säga åt Juha att sätta sig i bilen och köra därifrån, innan allt blev mycket värre, innan Gabriel tappade tålamodet.

– Det var som fan, sa Gabriel. Ikväll har han lyckats klämma fram hela summan. Det tackar vi för.

Han lät sedlarna sjunka ner i jeansfickan, nickade uppfordrande åt Juha.

– Jag har gett dig några av mina bästa plantor, de kommer ta död på alla nojiga tankar som rör sig i din skalle, det garanterar jag. Nu tycker jag att du ska åka hem till ditt lilla ruckel och glömma bort att vi finns.

Men Juha stod kvar och gungade i gruset, han andades som om nattluften höll på att kväva honom.

– Det var jag som skickade er till Ödesmark, sa han. Och nu vill jag veta vad som hänt. Så mycket är ni skyldiga mig.

Gabriel skrattade, ljudet hade en obehaglig klang som färdades över dalen. Han kastade en blick på Liam, gjorde en gest med huvudet.

– Sätt dig i bilen, uppmanade han. Jag vill prata med Juha ensam.

Motvilligt drog sig Liam tillbaka mot bilen. Blodet rusade, en känsla av att marken rörde sig under honom gjorde stegen ostadiga. Han satte sig bakom ratten, ville helst bara köra därifrån, lämna dem där, men Gabriel hade tagit nyckeln, som han alltid gjorde, nästan som om han visste att Liam bara var ett steg från att vända ryggen till och fly. Han slog igen dörren och torkade händerna på jeansen, fingrade på kniven som låg gömd under sätet men lät den ligga. Om det blev bråk skulle han hålla sig utanför.

Han såg hur Gabriel närmade sig Juha, deras huvuden sjönk tätt ihop så att han inte längre kunde urskilja deras ansikten. Bara Gabriels hand i luften medan han pratade, de bleka fingrarna som en nattfjäril i mörkret. Sedan såg han hur Juhas huvud rörde sig som om han nickade i medhåll, eller samförstånd. Liam öppnade en glipa i fönstret, lutade sig nära men kunde ändå inte urskilja vad som sades.

Äntligen tog Gabriel ett steg tillbaka, gav Juha en klapp på armen. Juha tog av sig mössan och rev sig över hjässan innan han satte tillbaka den, verkade betydligt lugnare nu. Han kastade en lång blick på Liam innan han lyfte handen till avsked. Liam ryckte till som om han fått ett piskrapp över ryggen, vinkade tafatt tillbaka. Han såg hur Gabriel och Juha skakade hand, all spänning och fientlighet mellan dem som bortblåst, vad de än hade sagt till varandra så var de överens.

När Juha äntligen drog sig tillbaka hade det börjat tjuta i öronen.

Hassan och hans kollegor upprepade sina frågor gång på gång utan att nöja sig med svaren. *Hade Vidar några fiender? Var det någon som ville honom illa? Hade de bråkat?* Liv och Simon fick sitta i skilda rum och svara på samma frågor tills orden kletade ihop och blev till en obegriplig sörja. Överallt klirret från nyckelknippor. Huset hade blivit ett fängelse av dörrar som inte fick stängas. Ljuset skulle in i varje skamvrå. Varenda nyckel skulle räckas över, poliserna skulle in i bilen och vapenskåpet och bodarna. Främmande händer som rörde om i varje skrubb och skrymsle och vräkte fram allting som gömde sig där, medan den skoningslösa vårsolen lyste över alltihop – alla foton och värdepapper och Kristinas nattlinne som fortfarande hängde som en vålnad längst in i Vidars garderob. Liv satt med armen om sin pojke, tillsammans skapade de en liten ö av stillhet som ingen kunde inkräkta på. Dit fanns ingen nyckel.

Så fort polisen gav sig av var Felicia där och nästlade sig in emellan dem. Hon smög in genom ytterdörren utan att knacka och tog sikte på trappan som ledde till Simons rum utan att ta någon notis om Liv. Som en osalig ande rörde hon sig genom det nersläckta huset, och Liv spelade med, låtsades varken höra eller se. Sedan stod hon länge på den mörka trappavsatsen och lyssnade efter deras röster bakom den stängda dörren, kände ensamheten som en tyngd i kroppen.

När hon inte stod ut längre satte hon knogarna mot det slitna träet och innan de hann svara gläntade hon på dörren. Därinne satt Felicia med ryggen mot den gulnande tapeten och Simons huvud i knät. Hans rödflammiga ansikte var vänt mot datorn och Felicias fingrar rann genom hans hår. Liv harklade sig efter deras uppmärksamhet.

– Felicia, sa hon, jag visste inte att du var här.

– Var skulle jag annars vara?

Samma trots i blicken som den där dagen vid sjön, samma utmanande leende som när hennes fötter varligt balanserade på isflaken.

– Är ni hungriga?

De utbytte långa blickar innan de ruskade på sig, eniga i sitt motstånd.

– Vad tittar ni på?

– En film, bara, sa Simon.

Liv stod kvar i dörröppningen, kramade handtaget med fingrarna och försökte komma på något mer att säga, något som kunde vinna deras uppmärksamhet. Helst ville hon gå in i rummet och sätta sig med dem, ta fram flaskan som hon anade under sängen och dricka ett par rediga klunkar. Men det var så tydligt att det inte fanns någon plats för henne, att hon inte var välkommen, och det enda hon kunde göra var att sakta dra igen dörren och återvända till det tysta köket.

Hon tände Vidars pipa och gläntade på fönstret medan hon rökte. Vinden rörde om bland träden och förde med sig en kör av välbekanta röster. Hon kunde urskilja flera av grannarna i sorlet och det lät som om de var nära. Hon gick ut i hallen och lät pipan hänga i munnen medan hon klädde på sig skor och jacka. Hon tog nyckeln från kroken och låste dörren om ungdomarna. Det var första gången hon någonsin låst ytterdörren och rörelsen kändes trög och ovan, nyckeln stel och främmande i låset. Hon drog upp huvan och lät rösterna leda henne in i skogen.

De hade samlats nere vid sjön, Douglas och Eva och Karl-Erik, samt ytterligare två gestalter som satt med ryggen mot henne. En eld sprakade hetsigt mot skyn. Hon blev stående i brynet en stund för att samla sig, men Douglas fick syn på henne och vinkade henne till sig. Hans ansikte var blankt och blodfyllt i skenet från lågorna.

– Liv, kom och sätt dig med oss. Inte ska du vara ensam nu.

Allas blickar på henne medan hon motvilligt närmade sig. Johnny var också där, han reste sig när hon kom och gjorde plats åt henne i värmen. Försökte vila en hand över hennes, men det ville hon inte veta av. Hon lade armarna i kors och stack nävarna i armhålorna trots att hon såg att det sårade honom. Det kunde inte hjälpas, om hon lät någon hålla om henne nu skulle hon aldrig låta dem släppa taget, då skulle allting inuti henne lossna och välla ut. Hela byn skulle fyllas av hennes skam och lättnad och den där stumma känslan som hon fortfarande inte kunde sätta ord på. Känslan av att det var över nu. Att livet äntligen kunde börja.

– Varför sitter ni här? frågade hon.

– Vi sitter här och försöker förstå vad fan det är som händer och sker i vår by, sa Douglas med en röst som vibrerade över de sprakande lågorna, blicken utmanande fäst på Johnny. En man är död och någon måste stå till svars.

Liv såg på deras ansikten, ett i taget, bistra och sammanbitna satt de där i det flackande skenet. Bara Serudia såg inkännande ut, hon hade en sorgsen glans i de dimmiga ögonen och läppar som darrade av sinnesrörelse. Liv stoppade pipan i fickan och ångrade att hon hade kommit. Gemenskap hade aldrig gett henne tröst tidigare och den skulle inte göra det nu. Hon kunde höra Vidar skrocka inne i granmörkret, hörde hur han förbannade dem allihop, en efter en, med det där hatet som nästan övergick i lidelse. Hatet var hans mest passionerade tillstånd.

– Polisen har letat igenom hela gården, sa hon, men några svar har de inte gett mig.

– De har letat igenom våra gårdar också, sa Douglas och spottade i marken. Det är nästan som om de tror att vi haft ihjäl en av våra egna.

Orden ringde kvar inuti henne, skorrade. Det förvånade henne att Douglas plötsligt kände en sådan samhörighet med Vidar, att han kallade honom för en av deras egna, för någon sådan tillgivenhet hade sannerligen inte märkts när fadern var i livet. Och Vidar hade protesterat innerligt mot sådant prat om han hade kunnat, det visste hon. Men nu var hon ensam kvar och protester låg inte för henne. Det kändes obekvämt nog att sitta där, runt en eld med människor hon lärt sig att undvika. Människor som avskytt Vidar, oavsett vad de nu sa.

Karl-Erik lyfte en plunta till läpparna och tog en rejäl klunk innan han skickade den vidare.

Tystnaden bredde ut sig mellan dem. Liv kände de nyfikna blickarna på sig där hon satt intill Johnny, som om de visste att de hade någonting ihop. Nykomlingen och Vidars dotter, det var sådant som satte fart på skvallret. När pluntan nådde henne drack hon länge och djupt, kände värmen sprida sig innanför jackan.

Hon såg Vidar i lågorna. Trots att hon hade sett honom på bårhuset var det inte hans döda ansikte som förföljde henne. Det var hans händer, vigselringen som satt djupt i den lever-fläckade huden och de förtvinande fingrarna som sträckte sig efter henne. Hon mindes våren när hon lärt sig cykla, hon hade ramlat och skrapat upp ansiktet och Vidar hade slickat på sina händer och tvättat hennes kinder med sitt eget saliv. Slickat henne ren så som de vilda djuren gjorde med sina små. Vinden i tallkronorna förde med sig hans röst, den druckna och bedjande. *Lämnar du mig vet jag inte vad jag gör.*

De andra pratade om bilarna som körde genom Ödesmark både dag och natt, trots att biltestsäsongen var över. Svaret på vad som hänt Vidar låg hos dem, menade Eva, hos de okända förarna som inte hade där att göra.

Liv mindes plötsligt bilen hon sett den där morgonen när han försvann, den mörka bilen som varit farligt nära att hamna i diket. Hade hon berättat om den för polisen? Hon mindes inte.

Det var för varmt vid elden, jackans krage klibbade i nacken och Johnny envisades med att sitta för nära. Hon visste att det var så här det fungerade i den vanliga världen, att man sökte tröst och skydd hos varandra. Men närheten hade motsatt effekt på henne, den gjorde henne nervös och stirrig, fick klådan att riva huden på nytt. Hon reste sig häftigt upp, spriten hade hunnit ut i blodet och gjorde henne lätt på fötterna.

– Jag lämnade Felicia och Simon hemma på gården, sa hon. Det borde jag inte ha gjort.

Det var en ursäkt som ingen kunde protestera mot. Den kyliga luften svalkade de eldsvedda kinderna när hon styrde stegen mot skogen, att tumla in mellan träden var som att djupdyka i en kallkälla. Hon stod en stund och fyllde lungorna, hörde sorlet som steg när hon lämnade dem, hörde deras rop jaga efter henne in i mörkret. Hon borde inte vara ensam, ropade de. Inte nu. En desperat klang i deras röster som fick henne att skynda på stegen.

*

Skogen fylldes av bleka vålnader i skenet från helljusen. Grusvägen slingrade sig oberäkneligt genom mörkret, tvingade Liam att hålla ratten med båda händer. Han ville ringa morsan, höra henne säga att Vanja redan somnat, att allt var lugnt, men mobilen saknade täckning. Jag måste hem, förkunnade han om och om igen för Gabriel, men Gabriel verkade inte höra honom. Han satt djupt nersjunken i passagerarsätet och rökte, höjde bara handen med jämna mellanrum för att visa var Liam skulle svänga. När Liam frågade vart de skulle fick han inget svar. En nojig känsla av att han var på väg mot sin egen avrättning fladdrade i bröstet, han försökte skaka den av sig, intalade sig att det var löjligt.

– Vad sa du till Juha? frågade han.

– Inget du behöver bekymra dig om.

– Han är inte stabil. Får han för sig att snacka är det över. Gabriel blåste röken åt hans håll.

– Juha kommer inte att snacka.

– Hur vet du det?

– Killen bor i en koja, för helvete. Han skulle hellre dö än snacka med snuten. Och det är ingen som skulle lyssna på han ändå.

Grusvägen övergick i dålig asfalt, groparna och guppen fick skallen att värka. Liam bet sig i kinden tills han kände blodsmak på tungan. Han kunde ana vatten intill vägen nu, en öppning bland träden där månskärvan speglade sig. De fick inga möten, här var det ingen som körde om nätterna, men han kände igen sig nu. Bara en halvmil till så skulle han vara hemma i Kallbodan, allt han behövde göra var att behålla lugnet och fokusera på vägen, inte ställa till något bråk. Snart skulle han vara hemma hos Vanja, han kunde redan se henne där hon låg, djupt nerbäddad i hans gamla pojkrum, omringad av slitna mjukdjur och morsans stenar. Han skulle bädda åt sig på golvet, som så många gånger förr, och somna till ljudet av hennes andetag.

Men Gabriel stötte till hans axel med handen, vägrade låta honom vara.

– Stanna vid rastplatsen härframme.

– Varför det?

– Stanna, säger jag.

Ratten var glatt under händerna, att stanna var det sista han ville, men om han inte gjorde det skulle det bli bråk. Liam saktade ner, försökte dölja oron som rusade genom kroppen.

Rastplatsen bestod av en avlång träbyggnad med toaletter och en inplastad karta över området på ena kortväggen. De hade tillbringat mycket tid där när de var yngre, ritat graffiti på väggarna och gett felaktiga vägbeskrivningar till vilsna turister. För några somrar sedan hade en utländsk bärplockare skjutits på platsen. Rykten om händelsen hade florerat vilt, men polisen hade aldrig fått fast den skyldige.

En lampa tändes när Liam körde in och parkerade. En av toalettdörrarna stod på glänt och rörde sig i vinden. Han kände olusten kittla nacken.

– Jag måste hem, sa han, morsan kommer börja undra var fan jag håller hus.

– Låt henne undra.

Gabriel höll cigarettpaketet under hakan på honom och trugade cigg. Ärret över hans läpp lyste i dunklet, men ögonen var tomma, blicken lika svart som natten därute. Liam satte en cigarett i mungipan och stängde av motorn, känslan av undergång tyngde över axlarna när han klev ur bilen. Han kunde höra hur älven rusade alldeles intill, vårstinn och full av liv.

En mager stig ledde fram till byggnaden, Gabriel nickade åt honom att gå före. Själv gick han efter och knyckte på nacken så att muskler och senor knakade. Ljudet fick Liam att rysa. Han stannade vid bänken som stod uppställd intill toaletterna. En blöt rulle toalettpapper låg på marken och stanken av piss fyllde luften. Han ville inte sätta sig. Läppen sved efter Gabriels slag, och svullnaden gjorde det svårt att röka. Han undrade hur han skulle förklara det för morsan och Vanja. För Niila och kunderna.

Gabriel lutade sig mot den slitna väggen, en svart glöd i ögonen.

– Minns du bärplockaren som fick skallen bortskjuten härute? frågade han.

– Klart jag minns.

– Fy fan, sa Gabriel. Hela väggen full av hjärnsubstans, det är en syn man aldrig glömmer så länge man lever.

Det började dunka i huvudet, dunka i den onda läppen. Det hade ryktats om att det var en drogaffär som gått snett, att det var därför bärplockaren fick sätta livet till, men det här var första gången Gabriel antytt att han hade med saken att göra, att han varit där. Liam sög på cigaretten, försökte att inte visa kaoset som spred sig inuti honom.

– Vad gör vi härute egentligen? sa han och spottade. Det är kallt som fan.

Gabriels tänder lyste i mörkret.

– Jag vill bara att du ska veta att jag har ögon på dig, sa Gabriel. Många ögon. Och det spelar ingen roll att du är min brorsa, ett enda litet snedsteg och jag kommer inte skona dig, fattar du?

Kanske var det rädslan, eller tröttheten, för Liam kände skrattet bubbla upp i halsen och hörde hur det klingade ut i mörkret innan han kunde hindra det. Ett hest nervöst kacklande. Han sprätte den halvrökta cigaretten i Gabriels riktning, hoppades att den skulle bränna honom. Gabriel gjorde ett utfall, men Liam svarade med att gripa tag om hans nacke och pressa hans huvud under armhålan. Snart låg de på den kallvåta marken och slog och slet i varandra som så många gånger förr. Han visste hur Gabriel slogs, han drog sig inte för att använda tänder och tillhyggen, vad som helst, bara han fick övertaget. Drogerna hade försvagat honom, men avsaknaden av spärrar gjorde honom oberäknelig.

Liam fann sig själv på rygg med Gabriels händer runt strupen, kylan från den blöta jorden sipprade in genom kläderna och huden och in i benmärgen. Han fick ingen luft, det blev svårt att fästa blicken, Gabriels skugga och trädens kronor flimrade ovanför honom. Ett gurglande läte som bara kunde komma från honom själv. Han såg Vanja framför sig, hennes tandlösa leende som lyste ikapp med morgonsolen. Med ett vrål lyckades han knuffa Gabriel ifrån sig och häva sig upp, riktade en spark mot Gabriels bröstkorg som fick honom att falla in bland snåren. Ilskan svart och het i honom. De hade slagits många gånger förut, gett varandra hjärnskakningar och brutna fingrar, men han kunde inte minnas att han någonsin känt en sådan vrede. Han såg hur Gabriel kom på fötter, hur han ruskade på sig och borstade skogen ur kläderna. Han blödde ymnigt från ett jack i tinningen, men det verkade inte bekomma honom, istället log han ut i mörkret.

– Jag svär att du blir mer och mer lik farsan för varje dag, sa Liam och torkade sig om munnen.

– Dra åt helvete.

Liam satte en hand över den värkande halsen och spottade. Han höll avståndet, trots att ilskan fortfarande darrade genom honom. Gabriel tände en ny cigg och började dra sig mot bilen, signalerade att det var färdigbråkat för den här gången. Han öppnade förardörren och nickade mot Liam.

– Jag har ögon på dig, sa han, glöm inte det.

Sedan smällde han igen dörren och drog igång motorn. Liam stod kvar i mörkret och pisslukten och såg honom köra iväg.

*

Hon hann fram till gården innan hon märkte att någon följde efter henne. Hon hörde andetagen långt innan hon såg honom, hesa och ansträngda, och hon sjönk ner på altanen för att vänta ut förföljaren. Karl-Erik staplade ut mellan granarna och vilade händerna på knäna en bra stund innan han orkade räta på sig och se henne i ögonen.

– Man kan nästan tro att du springer för livet, sa han, snabb som en jävla vessla är du.

– Vad vill du?

– Jag ville bara se till att du kom hem ordentligt.

Karl-Erik lutade sig tungt mot altanräcket, det ruttna träet gnydde oroväckande under honom. Han blev en yngre man i mörkret, rynkorna slätades ut och ögonen fick en annan glans. Liv grimaserade ner i marken, försökte lugna andningen. För ett ögonblick hade hon fått för sig att det var Vidar som följt efter henne.

– Vidar är död, sa Karl-Erik som om han kunde läsa hennes tankar. Nu blir inget som förut igen.

– Jag såg honom på bårhuset, jag såg med egna ögon att han är borta. Ändå känns det som att han bara är ute en sväng, som att han när som helst ska komma gående ur snåren.

– Det kommer ta tid innan sanningen sätter sig. Du måste bli kvitt chocken först.

Hon vågade inte berätta för honom om hur tom hon kände sig, hur overkligt allting var, trots att hon hade sett den döda kroppen. Vidar som en blodlös docka framför henne. Hon hade inte gråtit ännu, vare sig när Hassan gav henne beskedet eller senare, på bårhuset. Det enda hon kände var en smygande lättnad i bröstet, och huden som hade slutat klia.

Karl-Erik satte en fot på trappan, vägde med den tunga kroppen. Hon undrade om hon borde bjuda in honom. Det var väl dags att hon började bete sig som folk, nu när Vidar var borta. Kanske var det bäst att göra sig vän med byn innan hon lämnade den. Fast hon kände alltid en oro i kroppen när Karl-Erik var i närheten, den påminde om oron hon brukade känna med Vidar: en smygande känsla av att vilja krypa ur det egna skinnet.

– Vi måste hålla ihop nu, sa han, vare sig vi vill eller inte.

– Hur är vi släkt egentligen? frågade hon, trots att hon visste.

Karl-Erik dröjde med svaret, först trodde hon att han inte hade hört henne, hans blick vilade på dörren bakom henne.

– Vidars mamma och min mamma var halvsystrar, de hade samma pappa. Fast de kände inte varann, vad jag förstår. Din farmor var en oäkting. Hon fick aldrig komma hem till mammas familj.

– Är det därför du och pappa alltid haft svårt för varann?

Karl-Erik frustade till. Spriten ångade ur porerna på honom, men han verkade inte full, inte det minsta.

– Nä, vår skit gick djupare än så.

– Vad handlade det om?

– Det är en lång historia, och jag är trött. Men kom förbi nån dag om du har orken så ska jag berätta alltihop för dig.

Den mörka klangen i hans röst fick henne att sträcka sig efter dörren. De gamla brädorna knarrade under henne när hon långsamt vaggade fram och tillbaka. Hon ville fråga varför Vidar hade kallat honom för en dålig förlorare, ville veta vad det var som hade gått förlorat, men det kändes som att han stod därute i mörkret och lyssnade till dem. Som att hans vrede fortfarande kunde falla över henne om hon sa för mycket.

– En sak ska du veta, sa Karl-Erik och pekade på henne. Det är inte blodsbanden som gör en familj, utan det är skammen. Det är den som binder oss samman.

Hans ögon i hennes och det dröjde innan hon hittade andningen igen, innan kroppen fungerade som den skulle. En känsla av att orden brändes, att de kom för nära. Hon slöt armarna om den egna kroppen, försökte skyla sig.

– Jag vet inte vad du pratar om.

Karl-Erik log ett sorgset leende.

– Det tror jag visst att du gör.

En vindpust förde med sig de andras röster och doften av deras eld. Karl-Erik lutade sig närmre och viskade som om han var rädd att hans röst också skulle färdas för långt i natten.

– Vad vet du om den där karln egentligen?

– Vem då?

– Han som hyr av er, Johnny, eller vad han heter.

– Han gör inget väsen av sig. Jobbar och betalar hyran och håller sig mest för sig själv. Jag har inget att anmärka på.

Karl-Eriks fingrar frasade betänksamt i skägget. Det såg ut som om han tänkte protestera, men istället lyfte han foten av trappan och halade pluntan ur fickan, drack några smuttar utan att ta blicken från henne.

– Du må vara försiktig med vem du släpper in, viskade han. För ingen av oss går säker nu. Det enda vi kan göra är att hålla ögon och öron öppna och inte lita på en jävel. Inte ens på varann.

*

Liam famlade genom nattsvart skog, månen hade försvunnit bakom molnen och ett fruset regn rev hans såriga ansikte medan han sprang. Det kippade om skorna och jeansen klibbade i kallvåta sjok runt benen, men ändå svettades han. Det var inte första gången Gabriel lämnat honom mitt ute i ingenstans, men han svor på att det skulle bli den sista.

Gårdarna låg tysta och nersläckta när han äntligen nådde Kallbodan. Hundarna skällde långt innan de såg honom och morsan stod i fönstret och spanade ut i mörkret när han sprang in på gården. När han klev in i hallen var hon redan där.

– Herregud, vad är det som har hänt?

– Det var Gabriel, sa han bara.

Det räckte. Hon ställde inga fler frågor, ville inte veta, istället sträckte hon sig efter hans våta kläder och svepte in honom i ett badlakan som så många gånger förr, ledde in honom i köket och lyfte en älgstek ur frysen att lägga mot den svullna läppen. Han frågade efter Vanja trots att han visste att hon hade somnat för längesedan. Morsan eldade i vedspisen och han satt på stolen närmast lågorna medan värmen spred sig i de frusna lederna så att de värkte. Kanske var det något med hans tystnad, eller sättet han andades, för morsan ställde sig bakom honom och knöt sina smala armar runt hans överkropp och vilade kinden mot hans. Han lät henne hållas, trots att hon kramade så hårt att det gjorde ont i hans redan ömmande kropp.

– Gabriel tog min bil, sa han, får jag låna din imorgon för att ta mig till jobbet?

– Det vet du att du får.

– Tack.

– Du vet vad jag har sagt, viskade hon. Bara för att man är bröder behöver man inte umgås.

När han hade återhämtat sig smög han upp på övervåningen. Vanja låg och sov i hans gamla pojkrum med armen runt mjukiskaninen som hade varit hans en gång i tiden. Han hämtade täcke och kudde och bäddade åt sig själv på golvet. Ångesten kröp i honom medan han låg där och lyssnade till sin sovande dotters andetag. Han tänkte på alla kvällar när han inte kommit hem, på alla dagar han legat död för världen medan Vanja satt med morsan och väntade på att han skulle vakna. Hennes glädje när han äntligen gjorde det, som om han var det bästa som fanns, trots allt. Han försökte trösta sig med att han hade blivit bättre, det var längesedan han missat en nattning eller sovit bort en hel dag, men skammen ilade ändå i honom, insikten om att han inte förtjänade henne.

Tankarna malde. Alla sena nätter när folk ringde och skulle ha grejer. Han hade alltid träffat köparna nere vid vägen, aldrig låtit någon komma nära huset, aldrig låtit dem se Vanja. Men den tiden var över. Han hade slutat ha grejer hemma. Folk hade fattat snabbt, nu ringde de Gabriel istället, det var han som skötte odlingen, som skötte allt. Liam hade dragit sig ur mer och mer för varje månad, försökt skärma sig från det gamla livet en dag i taget. Pengarna hade sinat, men det spelade ingen roll. De smutsiga pengarna rann ändå bara mellan fingrarna, de räckte aldrig till någonting. Och själv hade han slutat. Det hände att han tog något för att tysta nerverna, men aldrig som förut.

Både polisen och socialen hade haft ögonen på honom. Om han inte fick ordning på livet skulle de ta Vanja ifrån honom, det var bara en tidsfråga. Hade det inte varit för morsan hade de gjort det för längesedan. Men hon hade alltid varit där och hållit honom om ryggen, fyllt i luckorna när han inte var där, när han gjort bort sig. Han visste inte varför, hur hon orkade. Visste bara att det var hennes förtjänst att han fortfarande hade Vanja. Men inte ens morsan kunde rädda honom nu, om sanningen kom fram om natten i Ödesmark. Då var allt över, då skulle hans dotter växa upp utan honom. Tyst gråt rann nerför kinderna när han tänkte på det. Hur förbannat nära han var att förlora henne.

Liv visste att nyckeln till Vidars hemligheter fanns i hans kammare, ändå visste hon inte var hon skulle leta. Hon kunde känna hans missnöje bränna i fingrarna när hon rörde om bland de övergivna sakerna. Den förbjudna känslan av att dra ut hans lådor och dyka ner bland allt som gömde sig där. Billig piptobak, en gedigen samling sameknivar, en klocka i rostfritt stål som han slutat bära för längesedan. Överallt fanns tydliga spår i dammet efter polisernas framfart. En hopplös känsla av att hon inte skulle hitta någonting som de inte redan lagt vantarna på.

Vidar hade ännu inte lämnat rummet, det spelade ingen roll hur länge hon vädrade, den sötsjuka lukten av honom satt fortfarande i den slitna tapeten. Hon fyllde en hink med såpa och varmt vatten och började skura både golv och väggar. Lät fönstret stå på vid gavel medan hon arbetade för att släppa in skogsdoften.

Hon drog ut nattduksbordet för att bättre komma åt och upptäckte att hans kalender fallit ner i dammet därbakom. Den svarta kalendern som Vidar burit omkring på som en Bibel, men som ingen fick röra. Han köpte en ny varje år och förvarade de gamla i en låda i källaren. När hon var yngre hade det hänt att hon tjuvläste, men hon insåg snart att hade man läst en hade man läst dem allihop. Så torftigt var hans liv.

Hon lade ifrån sig skurtrasan och började bläddra i kalendern, kunde höra Vidars protester i tystnaden. Sidorna var fyllda med kortfattade anteckningar om allt han hade uträttat om dagarna: skjutsat Liv till arbetet, rökt lax, lagat gångjärn i slaktboden, hämtat Liv. Att skjutsa och hämta henne var de mest frekvent återkommande aktiviteterna, det som resten av dagen rörde sig runt. Vissa dagar var det allt han gjort. Det var en sorglig existens, fångad i en spretig och förlegad handstil.

Här och var hade han även gjort andra anteckningar som skvallrade om hans aldrig sinande kontrollbehov.

Liv lämnade huset kl. 01.16, tillbaka 04.32.

Liv på joggingrunda, borta i över tre timmar.

Simons cykel parkerad utanför Modigs gård kl. 21.22.

Liv lämnade huset kl. 00.12, tillbaka 03.31.

Såg två män på tomten kl. 02.13.

Den sista anteckningen fick henne att haja till. Han hade pratat om vargar på tomten, inte män. Iakttagelsen var daterad till den 25 april, en vecka innan han försvann. Hon lade ifrån sig kalendern och vilade huvudet i handen. Det borde hon ha förstått. Vidar hade alltid kallat männen för något annat – de var odjur, hundar, gamar – aldrig människor.

Hon började knappa in Hassans nummer, men ångrade sig halvvägs. Vidars anteckningar var för skamliga, de avslöjade för mycket om deras liv, om hans besatthet. Det var en loggbok över en sjuklig tillvaro som inte tålde att visas för någon.

*

Vanja satt lutad över honom när han vaknade. Hennes ögon så nära hans att de smälte ihop.

– Din mun är alldeles svart, viskade hon.

– Jag ramlade och gjorde mig lite illa bara.

– Det ser jätteläskigt ut.

Försiktigt kände han med fingrarna, blodet hade levrat sig i en mäktig sårskorpa på underläppen. Huvudet dunkade när han tog sig upp i sittande. Det kändes som om hela kroppen skulle sprängas i bitar. Vanja vilade sina händer varsamt på hans kinder.

– Ska jag blåsa?

– Ja, gör det.

Hon tog sats som om hon stod i färd med att blåsa ut ljusen på en födelsedagstårta. Liam blundade och lät hennes varma andedräkt skölja över hans ansikte, satt alldeles stilla och försökte svälja bort gråten som börjat svida under ögonlocken. Han undrade vad han skulle säga till Niila på jobbet, vad kunderna skulle tro när de såg honom. Oroade sig för att han skulle få sparken.

En mansröst från nedervåningen fick dem båda att rycka till. Vanjas ögon växte.

– Gabriel är här, sa hon.

– Det låter så.

Innan han hann reagera hade hon släppt honom och börjat springa på bara fötter mot nedervåningen. Hon sprang nerför trappan också, trots att hon visste att hon inte fick, och han var för omtöcknad för att säga åt henne. Skallen och hjärtat bankade i takt när han reste sig från sovplatsen och hasade in på toaletten där morsan hängt hans kläder på tork. Han klädde sig snabbt och blaskade kallt vatten över det ömmande ansiktet. Hittade påsen som Gabriel gett honom i jeansfickan och tog en benzo som fick smälta under tungan, stod en bra stund med händerna mot handfatet för att samla sig.

Gabriel satt på farsans stol när Liam kom ner till köket. Rastlösheten i hans kropp fick bordet att vibrera. Rummet doftade av bärkok och morsan stod och tryckte vid diskbänken som om det var ett främmande djur hon hade framför sig och inte sin egen son. Vanja satt i Gabriels knä och skimrade i solljuset, vibrerade i takt med hans galenskap. Hans blick gled över Liam, de skitiga kläderna från kvällen före. Den trasiga läppen.

– Fan, brorsan, det ser ut som du haft en jobbig kväll.

– Vad gör du här?

Gabriel snurrade Vanjas fläta som ett rep runt handen, utmanade honom med ögonen. Liam tog ett par motvilliga steg in i rummet. Morsans örtte stod och ångade i en kanna på bordet, bredvid det hembakta rågbrödet. Hon började duka fram koppar och pålägg med nervösa rörelser, hennes smycken rasslade och klirrade, förde tankarna till en kedjad fånge. Hennes röst var skör när hon till sist ursäktade sig och gick ut till hundarna, ivrig att komma därifrån. Gabriel hade samma effekt på henne som farsan hade haft, han fyllde hela huset med bävan.

När dörren slog igen bakom henne gjorde han en gest mot Liam.

– Sätt dig.

– Jag hinner inte, jag ska jobba.

Gabriel vilade hakan på Vanjas hjässa, virade in henne i sina ådriga armar som om han tänkt krama livet ur henne.

– Sätt dig, säger jag.

Rösten var alldeles lugn, bara ögonen förrådde ilskan. Liam sneglade på klockan, tio minuter kunde han offra, inte mer. Gabriel viskade något i Vanjas öra som fick henne att skratta. Hon började bre en macka åt honom, klädde den rikligt med ost och kött och skivad gurka, en riktig monstermacka. *Piteå-Tidningen* låg utfläkt på bordet framför dem, Gabriel sköt den mot Liam och knackade knogen mot rubriken. De svarta bokstäverna tycktes skrika åt honom:

Försvunnen man hittad död i brunn.

Hela rummet gungade till. Gabriel lutade sig över bordet, brände fast honom med blicken.

– En brunn, minsann. Hur fan förklarar du det?

Liv satt på första bänkraden och försökte locka fram tårarna. Kyrkan var fylld till bristningsgränsen, folk hade vallfärdat från byarna, de kom från Moskosel och Auktsjaur och Järvträsk. Luften var tjock av parfym och rakvatten och allt det andra, nyfikenheten och frågorna. Hon kände deras blickar i nacken. Alla hade känt till Vidar, men ingen hade känt honom. De hade nu kommit för att se dem, dottern och barnbarnet. Hon kände sig som en räv som tvingats ut ur sitt gryt, rädd och blottad i ljuset. Armen om Simon, ville skydda honom från nyfikenheten och alla ögonparen som trängde sig på. Felicia satt på hans andra sida, deras händer noga sammanflätade. De var alltid tillsammans nu, släppte aldrig taget. Livs hand snuddade vid Felicias hår, där den vilade på Simons axel. Det var mjukare än hon väntat sig, inte alls lika plastigt och konstlat som det såg ut. Hennes smink hade runnit, svarta ränder som skyltade med känslorna. Men det var ingen riktig gråt, tänkte Liv, flickan var bara duktig på att spela med.

Inuti Liv var allt stilla och blankt. Polisen var där också, hon hade skymtat Hassan innan hon satte sig. Mörk skjorta och slips, ingen uniform i det här sammanhanget, men hon förstod ändå varför han var där. Insikten om att Vidars mördare kunde befinna sig i det överfyllda utrymmet hängde över henne, kanske satt han på en av de hårda bänkarna och betraktade sitt verk. Framför henne stod den enkla furukistan med blommorna som redan börjat vissna. Det var Eva och Douglas som hade tagit hand om allt, som hade insisterat på att Vidar måste få en värdig begravning. Själv hade hon protesterat, sagt att han inte skulle ha velat att hon slösade pengar på sådana onödigheter. När jag är död får ni bränna upp mig, hade han sagt både en och två gånger. Jag vill inte ha några krusiduller. Han skulle ha gått i taket om han kunnat se dem nu, alla människor som samlats för att beklaga hans öde. Hon kunde höra hans protester medan prästen orerade, den raspiga stämman så tydlig inuti henne: *Förbannade gamar, hela bunten. Nu får man inte ens dö ifred.*

Hon kastade en blick över axeln, såg på människomassan som trängdes på bänkarna, de som inte fick plats stod upp med ryggarna mot den gula väggen. Hon skymtade Johnny bland de stående, han var större än hon hade förstått där i änkans hus, tornade över församlingen som en fura. Det såg ut som om han tittade rakt på henne, sökte kontakt. Hon skyndade vidare, svepte blicken över alla bekanta ansikten. De var där allihop, grannarna och kunderna från macken. Sorgsna hinnor över deras ansikten.

Simon satte sin mun nära hennes öra.

– Ingen härinne brydde sig ett skit om morfar, viskade han. Varför är de här nu?

Till kaffet kom de fram och beklagade. En korus av röster som alla sa samma sak. Det var förjävligt det som hänt, skrämmande, vidrigt. Vidar var knepig, svår till och med, men ingen förtjänade ett öde som detta. Några delade anekdoter från ungdomen, från tiden då Vidar tog för sig av livet, när han gjorde affärer och sprang efter kvinnor. Berättelser som gav upphov till ihåliga skratt, fruktlösa försök att liva upp stämningen, att göra honom till en människa de kunde minnas med värme. Men Liv varken skrattade eller grät. Hon bara satt och höll ett öga på klockan och undrade hur snart de kunde tacka för sig och åka hem, utan att det skulle verka otacksamt eller väcka för mycket uppmärksamhet.

Grannarna slöt upp runt henne och Simon och försökte avleda uppmärksamheten, Douglas och Eva och Karl-Erik.

Det hade hon inte väntat sig, inte efter murarna som Vidar byggt upp under åren. Nu hade de raserats över en natt. Serudia satt också där och drack kaffe på fat, när ingen lyssnade lutade hon sig fram och lade en benig hand över Livs.

– Minnet sviker mig allt oftare numer, sa hon. Men en sak vet jag alldeles säkert: det växer hjortron på platsen där jag hittade Vidars mössa.

– Det växer inga hjortron nu heller, snön har ju knappt smält.

– Du vet vad jag menar. Mössan hans låg mitt i hjortronlandet.

Det viskades om henne. Liv uppfattade lösryckta meningar ur sorlet, kände blickarna bränna. Stumma anklagelser som sved mot huden.

– Det här är en begravning, hörde hon Douglas säga flera gånger. Det är inte rätt tid eller plats för skvaller och spekulationer. Vi måste låta polisen göra sitt jobb.

Hon satt länge på toaletten med ansiktet i händerna. Människorösterna kraxade fågellika omkring henne. Golvet gungade under fötterna när hon letade sig tillbaka till sitt bord, till grannarna. Johnny satt i utkanten av de andra, hon såg hans ansikte lysa genom lokalen, ett främmande skimmer i hans blick när deras ögon möttes. Simons ljusa hår som ett solsken på stolen intill hennes tomma plats. De kändes så långt borta, så många kroppar som skilde dem åt, ett svart hav av polyester och anklagande blickar. Liv stapplade fram mellan de uppklädda människorna, klänningen klibbade som ett sladdrigt skinn mot kroppen och håret var fuktigt i nacken. Bara munnen var torr. Tungan hade fastnat i gommen, hon kunde inte ge svar på tal, även om hon hade velat. En het ilska vällde upp i henne, hon ville riva de vita pappersdukarna från borden, spilla hett kaffe i deras rättfärdiga knän och fylla deras finskor med krossat porslin. Hon ville sätta en skärva mot sin egen hals, inför allas åsyn, men det enda hon förmådde var att lyfta huvudet och möta deras blickar, en efter en. De tystnade när hon passerade, som om någon gick bredvid och sänkte volymen. Och hon förstod att de alla tänkte samma sak, fast ingen vågade säga det när hon hörde. Övertygelsen så tydlig i deras spända axlar och läpparnas tunna streck att de lika gärna kunde ha basunerat ut det som de innerst inne trodde: att det var hon som hade haft ihjäl sin egen far.

VINTERN 2002

Hon ignorerar alla tecken, de ömma brösten och luktsinnet som blivit så känsligt att hon knappt kan gå någonstans. Allting stinker – människornas brinnande andedräkter, bensinångan från skotrarna som kör genom byn och den söta slaktdoften från grannens gård där djuren ligger i prydliga stycken på stallbacken. Ingenting undgår henne.

Hon gömmer den svällande kroppen under lager av bylsiga kläder, tacksam för kylan och midvintermörkret. När magen inte längre går att dölja slutar hon att gå till skolan. Hon ligger på sitt rum och känner hur barnet rör sig, det vrider sig som en mask inuti henne, en jättelik parasit som suger livskraften ur henne.

När fadern kommer drar hon täcket till hakan, men han vågar ändå inte titta på henne, hans ögon svävar någonstans ovanför hennes huvud. Tre gånger om dagen bär han upp mat till henne – blodpudding och leverpalt och benmärgsbuljong – mat som är rik på järn och fett och som ska göra henne stark nog för att föda fram ett liv. Barnet vaknar när hon äter, sparkar och vrider sig, som om det hungrar efter något.

Fadern vill inte att hon ska lämna gården de sista månaderna, hon får nöja sig med att stå i skogssnåret och andas in snödoften och stillheten, men hon känner hans blickar från huset och kroppen får ingen ro. Hon öppnar fönstret istället och lyssnar på den fallande snöns viskningar och vinden genom granarna. Byn ligger nerbäddad i mörkret och människorna och den vanliga världen känns avlägsna. Fadern motar bort alla som försöker komma nära. Säger att de inte behöver någon annan.

Oroa dig inte, hjortronet mitt. Vi ska klara det här tillsammans.

Den sista tiden är barnet så tungt att hon ändå inte orkar sig ut, hon blir stående i mitten av trappan för att hämta andan och när fadern skriker att hon ska stanna på rummet gör hon det. Hon ligger på flicksängen med de rosa lakanen och ser magen torna upp sig. Hon kan ana barnets fötter under huden när han sparkar, för hon vet redan att det är en pojke – en blivande man och ett monster. Hon bävar för den dagen när han ska tränga sig ut ur henne, när hon ska tvingas möta honom.

Hon tänker på bilarna och männen, bensinstationens neonljus och deras kalla händer under hennes jacka. Smältande is när de tränger in i henne, hur de lämnar henne med knottrig hud och skallrande tänder. Minnena av ensamvargen är de enda som värmer. Ibland om nätterna står hon och spanar efter honom i fönstret. Hon förnimmer den vilda lukten och berusningen av hans närhet i blodet. Hans passagerarsäte är det närmsta friheten hon lyckats komma.

Döden trängdes under lysrören. Svarta kostymer och klänningar flockades mellan hyllorna, en kylig mättnad över deras ansikten. Utanför macken hotade regnet, himlen hängde som ett smutsigt lakan över alltihop, lika urvattnad som människorna som rörde sig in och ut mellan dörrarna och drog fukten med sig. De hade precis begravt Vidar Björnlund och ingen kunde prata om någonting annat. Liam stod bakom kassan och sög i sig allt som föll ur deras munnar.

– Jag trodde hon skulle svimma, flickstackarn.

– Jag undrar vad det ska bli av pojken. Det är han som är den största förloraren i den här soppan.

– Man ska inte tala illa om de döda, men Vidar fick vad han förtjänade. Han har gett mig kalla kårar ända sen frun dog.

Det spekulerades en hel del om tillvägagångssättet – en karl med snaggat hår och yvigt skägg lutade sig över disken och viskade åt Liam att han hade hört från säker källa hur det hade gått till.

– Först fick han huvudet bortskjutet och sedan körde de över resten av kroppen med en fyrhjuling så att varje ben i kroppen knäcktes. Han var bara en slapp säck när de drog honom ur brunn!

De var så upptagna med pratet om den döde att de inte tycktes lägga märke till hans trasiga läpp och jacket i kinden. Bara Niila hade frågat vad som hänt och Liam hade hasplat ur sig något om en hockeyträning, trots att han aldrig spelat hockey i hela sitt liv. Trots att det var allt han drömde om när han var liten.

Under rasten var han så utmattad att han måste ta stöd mot den stinkande containern för att inte falla ihop. Påsen med tabletterna som Gabriel gett honom krympte för varje dag. Han ville inte ta dem, men kunde inte låta bli, behövde någonting mot stressen. Nerverna så sköra att varje litet ljud fick honom att hoppa till. Han hade svalt två benzo innan arbetspasset men kände ingen effekt, huvudet var fortfarande fyllt av nojiga tankar. Han höll utkik efter Gabriel medan han rökte, alltid rädd att brodern skulle komma glidande ur mörkret och ansätta honom med nya problem, nya krav och lögner.

Liam visste att det var Gabriel som flyttat kroppen, trots att han nekade. Han hade suttit där vid morsans köksbord och försökt spela dum, försökt skylla ifrån sig. Det gick inte att nå fram till honom längre, inte sedan natten ute på myren. Gabriel var värre däran än farsan någonsin varit, drogerna lät honom leva i sin egen verklighet, lät honom tro sina egna lögner. Och det enda Liam kunde göra var att hålla avståndet, inte låta sig dras djupare ner i skiten än han redan var.

Han hade precis fimpat ciggen när lagerdörren rycktes upp och Liv Björnlund uppenbarade sig. Hon hade en svart klänning på sig som hängde som en säck över henne. Ansiktet var blekt och sammanbitet.

– Vad har hänt med dig? frågade hon.

– Klantade mig på hockeyträningen.

– Får jag tjuva en?

Han försökte stilla sina darrande händer medan han fumlade med paketet. Hon hade ingen tändare heller och när han höll upp lågan mot hennes ansikte kunde han se att hon bar på samma utmattning som han. Hennes ansikte fullt av trötta skuggor och fåror. Men han såg inga tecken på att hon hade gråtit.

– Jag begravde min pappa idag.

– Jag hörde det, jag beklagar.

– Niila vill inte att jag ska jobba alls den här månaden, han säger att folk är för nyfikna. De kommer inte lämna mig ifred. Han säger att du kan jobba mina pass.

– Bara tills du är tillbaka. Då blir allt som vanligt igen.

Hon spanade oroligt ut i skymningen, som om hon var rädd att någon stod därute och lyssnade. Hon drog snabba hårda bloss på cigaretten, gungade med överkroppen.

– Säg inget till Niila, men jag tror inte att jag kommer tillbaka alls.

– Varför inte?

– Jag är färdig här. Pappa är borta och det finns ingen anledning för mig att stanna kvar. Jag ska sälja huset och ta min pojke och flytta nånstans långt, långt härifrån.

En upprymdhet i hennes röst som inte funnits där tidigare, ett ljus i ögonen när hon strök håret ur ansiktet och såg på honom. Det här var bättre än någonting han vågat hoppas på, om hon och sonen gav sig av skulle det inte finnas några dagliga påminnelser längre, då skulle allting snart falla i glömska.

– Jag måste gå tillbaka in, innan Niila börjar leta efter mig.

– Jag hörde att du har en dotter?

– Det stämmer.

– Niila säger att det är därför du jobbar här. För hennes skull.

Liam sänkte huvudet, såg ner på deras skor, två strumpor i olika färger stack upp ur hennes svarta kängor, en vit och en svart.

– Jag har lovat henne ett hus.

– Oj, det var inte illa.

Hon lyfte på foten och knölade cigaretten under kängan. Liam sträckte sig efter lagerdörren och höll upp den åt henne, nickade att hon skulle gå före. Hon hejdade sig på tröskeln, böjde sig nära och viskade:

– Vet du vad som är viktigare än att ge henne ett hus?

– Nä?

– Att se till att hon en dag vågar lämna det.

*

Vidar hade skjutits till döds innan han dumpades i brunnen. Löpsedlarna tycktes skrika efter dem när Liv körde genom samhället. Och överallt brände människornas blickar. Simon satt intill henne med huvan uppdragen, försökte dölja att han grät. Hon ville trösta honom, ville säga något om att morfar i alla fall inte behövt lida, att det måste ha gått så fort att han inte hann känna något. Men orden kändes obehagliga i munnen och när de nådde byn satt de tysta, förenade i allt det nya mörkret som omgav dem.

Vid bommen till deras uppfart väntade två främlingar, en kvinna och en man, journalister av kamerorna och den bulliga mikrofonen att döma. Liv kände igen dem, de hade häckat utanför kyrkan också, som ett par svultna kråkor.

Simon lade en hand på dörren när hon saktade ner.

– Ska jag be dem dra åt helvete?

– Nej, vi ska inte ge dem nånting.

Hon gick ut och lyfte bommen för att han skulle slippa. Hur mår du, Liv? sa den kvinnliga journalisten. Vill du prata med oss lite? Rösten var mjuk, nästan vädjande, men Liv bara hukade sig djupare in under jackans huva och vägrade titta på henne. Med stela rörelser lyckades hon manövrera bommen och köra dem i säkerhet. Väl hemma drog hon ner persiennerna för att undkomma all nyfikenhet som ruvade därute. Blickarna som slet och rev i henne.

Hon väntade tills mörkret sänkte sig över byn innan hon vågade sig ut. Hon satt på altanen med blicken i skogen och Vidars pipa mellan läpparna när Hassan ringde och sa att han var på väg. Journalisterna var borta när hon gick för att lyfta bommen och släppa in honom.

– Man kan tro att du bor här numer, sa hon när han klev ur bilen.

– Säg inget till min sambo, hon tycker redan att jag är borta för mycket.

Han slog sig ner intill henne på altanen. Liv sög på pipan, studerade hans ansikte i ett försök att utröna varför han kommit. Hon erbjöd honom pipan men han bara skakade på huvudet.

– Hur är det? frågade han.

– Det har varit bättre.

Hon väntade på att Hassan skulle säga något, kände otåligheten krypa i kroppen, en känsla av att han bara låtsades bry sig för att kunna hålla ett öga på henne.

Piteå-Tidningen låg slängd på bordet, hon knackade ett finger på den svarta löpsedeln.

– Det står här att han sköts med två skott.

Hassan suckade med hela kroppen.

– Det stämmer.

– Varför måste vi läsa om det i tidningen? Varför kunde vi inte få höra det från dig?

– Därför att det var en läcka. Det var inte meningen att de skulle skriva om tillvägagångssättet. Utredningen befinner sig fortfarande i ett känsligt läge.

– Har ni några teorier om vem som ligger bakom?

– Inga som jag kan diskutera med dig, inte som läget är nu. Han såg uppriktigt ledsen ut. Han vred sig så att han kunde se henne bättre. Liv höll blicken på skogen, såg hur träden och himlen smälte samman i mörkret.

– Ni tror att det var jag som sköt honom, eller hur? Det är därför ni letar igenom gården, och det är därför du inte berättar nåt för mig.

Hassan drog en hand över ansiktet, förvanskade de vackra dragen.

– Det går inte att utreda ett mord utan att titta på dem som stod offret närmast. Så är det bara. Jag kan inte be om ursäkt för att vi gör vårt jobb, allt jag kan säga är att ni inte ska ta det personligt. Det är så här det går till.

Pipan slocknade i samma ögonblick som horisonten slukade det sista av solen. En fuktig kyla steg ur mörkret. Liv huttrade till, ändå ville hon inte gå tillbaka in i huset. Allt kändes främmande därinne nu, uppfläkt och blottat. Hassan lutade sig närmre, talade med låg röst:

– Tro det eller ej, men jag är på din sida, Liv. Även om jag inte kan berätta precis hur vi tänker eller varför vi gör som vi gör, vill jag att du ska veta det. Vi är här för er skull och för Vidars. Ingen förtjänar ett sånt öde.

Ögonen rann i vinden, hon brydde sig inte om att torka, kanske skulle han missa det för tårar. För kärlek.

– Jag vet att du och Vidar stod varandra väldigt nära, fortsatte han. Det här är en otroligt tung tid för dig och Simon, och jag vill att du ska veta att jag finns här om det är nånting ni behöver. Inte bara som polis, utan som medmänniska.

– Vad får dig att tro att vi stod varandra nära?

Frågan förvånade honom, hon såg att han kom av sig, drog en hand genom det tjocka håret.

– Annars hade du inte bott kvar under samma tak, eller hur? Och annars hade han inte burit omkring på ett foto av dig.

Hassan famlade i jackan, mumlade något om Vidars kläder och bevisning, drog fram en liten plastpåse som han räckte henne. Fotot hade legat i bröstfickan på Vidars skjorta när de hittade honom. Liv slöt fingrarna om plasten, brydde sig inte om att titta, hon visste redan.

– Det är inte jag på fotot, det är mamma.

– Det var som fan. Ni är förbannat lika, jag kunde ha svurit på att det var du!

Fotot var nött av tummar och tid, Kristina ung och leende med håret utslaget. Bara ögonen skvallrade om allvaret som gömde sig inuti henne, mörkret som snart skulle kräva sitt spelrum. Liv räckte tillbaka fotot. Vidar hade burit omkring på bilder av Kristina så länge hon kunde minnas. När hon var liten hade hon tyckt om att titta på dem, hade suttit långa stunder med det vackra ansiktet framför sig utan att kunna se sig mätt. Men allt det hade förändrats när hon blev äldre och det bara var sig själv hon såg.

– Hon tog sitt liv när jag bara var några månader gammal.

– Det måste ha varit otroligt tufft, sa Hassan, att växa upp utan en mamma.

Liv reste sig upp och visslade på hunden. Kroppen värkte av utmattning, varje steg gjorde ont, vid ytterdörren stannade hon och gav honom ett sista ögonkast.

– Folk säger att det var pappas fel att hon gjorde det. De säger att han älskade ihjäl henne.

*

Alla rykten fick huvudet att snurra, förde tankarna till bilderna han haft i mobilen. Liam väntade tills natten sänkte sig och hundarna tystnat. Vanja sov med ansiktet mot väggen, sprickorna i tapeten bredde ut sig som spindelväv ovanför den lilla kroppen. Han satt i skenet från datorn och betraktade bilderna som snart täckte hela skärmen. Vidars rygg som krökte sig över marken, hans händer djupt i den ångande jorden, som om han letade efter något.

Liam hade flyttat över bilderna till datorn innan han raderat dem från telefonen. Det kändes inte tryggt att ha dem där heller, men han klarade inte av att radera dem fullständigt, någonting inom honom knöt sig varje gång han försökte. Han måste titta, måste förstå vad som hände den där natten, trots att det gjorde honom sjuk.

Han hade tagit flest bilder av själva gården. Det ensamma fönstret som brann ut i natten och stigarna som erbjöd sina flyktvägar i månskenet. De tre dörrarna som ledde in till huset, en på framsidan, en på baksidan och en källardörr på ena kortsidan. Äppelträdet på gaveln som kunde agera stege om man behövde hoppa från andra våningen eller taket. Volvon som stod parkerad på sidan, med nosen inkörd bland svartvinbärsbuskarna, de rostiga fälgarna som guld i gryningen.

De suddiga bilderna precis innan allting hände. Den gamle mannen med ansiktet mot jorden. Hans bräckliga skugga mellan granarna medan himlen ljusnade och solens första strålar föll över den sjudande marken. Älgtornets skugga som sträckte sig över honom. Han hade hållit sig ifrån stigen, nästan som om han också smög på någonting.

Liam drog upp ljuset och zoomade in. Allting blev så mycket tydligare på dataskärmen, minnena sköljde över honom, fåglarnas skrin och krutlukten. Kallsvetten över den bara ryggen fick honom att huttra, ändå kunde han inte låta bli. Vanja rörde sig borta i sängen, fick honom att stelna där han satt. Ett mjölkigt ljus hade redan börjat bre ut sig i rummet och kastade ett sjukligt skimmer över hennes sovande ansikte.

Han vände blicken mot skärmen igen. Vidar stod på knä, hans händer i jorden. Någonting i vänstra hörnet som fick Liam att haja till. Han zoomade in, kisade mot skärmen, skymtade en skugga som inte tycktes höra hemma där. En ljusblå färg lyste fram ur skogens mörker, kanske ett klädesplagg av något slag, en jacka på en människokropp som tryckte mellan träden. Kunde det vara Gabriel? Men han hade ju befunnit sig på den andra sidan. Liam zoomade tills allting blev en kladdig massa av pixlar. Drog upp ljuset och kontrasterna, men allt som syntes var ostadiga blå konturer. Han kunde inte vara säker på att det faktiskt stod någon där. Det kunde lika gärna vara tröttheten som spelade honom ett spratt.

Vanja gav ifrån sig ett svagt läte och han skyndade sig att klicka bort bilderna. I skenet från datorn såg han hur hon skruvade på sig, den skimrande flätan dinglade över sängkanten, men hon vaknade inte. Sömnen höll henne i en sådan djup omfamning att det var svårt att se om hon faktiskt andades. Han smög fram till henne på stela leder och vilade handen mellan hennes skulderblad för att försäkra sig om att livet rörde sig i henne, precis som han brukat göra när hon var nyfödd och rädslan att förlora henne var så stark att han knappt kunde sova om nätterna.

Han kurade ihop sig på madrassen, drog både täcke och filt över sig men frös ändå, huttrade tills sömnen svepte in honom i mardrömmarna och Gabriels hosta fyllde rummet.

*

Grannbyn slumrade djupare än Ödesmark. De tomma ladorna och de vindbitna husen gapade efter dem när de gled förbi. Liv satt djupt nersjunken i sätet, hela tiden känslan av att någon stod bakom de dunkla glasen och spanade efter henne. Det var Simon som körde, han behövde övningen. De ledsna skuggorna under ögonen hade gjort honom vuxnare. När de passerade en gungställning saktade han ner, trots att det var längesedan några barnskratt hörts från dessa gårdar. Liv försökte svälja olusten.

– Om polisen är där vänder vi om, sa hon.

– Det kan vi inte göra, de hör ju att vi kommer.

– Jag orkar inte med deras blickar.

Polisen hade kartlagt Vidars sista dagar i livet, men de verkade fortfarande inte tro henne när hon sa att han varken hade vänner eller fiender. Ensamheten hade blivit hans trygghet, de enda han stod ut med var sina närmsta. Och skulder hade han aldrig befattat sig med. Polisen hade letat igenom huset och bilen och tagit vapnen från vapenskåpet i källaren. Men värre än frågorna och intrånget var de där blickarna som försökte gräva sig in i henne, djupt in under huden skulle de och rota. De skar hål i henne med sina ögon.

När de passerade Stor-Henriks hus stod han på stallbacken och glodde efter dem, fleecetröjan lyste som en vintersol i det snåla ljuset. Simon höjde handen men fick bara svartblicken till svar.

– Skit i det då.

– Det är ingen som vill veta av oss nu, sa Liv. Vi för olyckan med oss.

– Det var väl ingen som ville veta av oss förut heller.

De såg avspärrningen på långt håll. Hjulspår skar kors och tvärs över grusvägen och polistejpen fladdrade över slyn. Bortom tomtgränsen och ogräset bredde ett kalhygge ut sig som en sjukdom i allt det dunkelgröna. Där fanns inget liv, bara molnens skuggor som sakta rörde sig över marken. Simon körde så nära att kofångaren snuddade vid avspärrningsskylten.

– Det är ingen här, sa han.

– Var tror du brunnen ligger?

– Den måste väl stå inne på tomten nånstans. Det är jävligt igengrott, bara. Hade det inte varit för avverkningen hade de aldrig hittat honom.

Kanske var det den annalkande stormen, eller övergivenheten, för plötsligt var gråten där och växte i svalget. Gråten som lyst med sin frånvaro ända sedan dödsbudet. Liv blinkade och blinkade och tårarna fick leta sig ut genom näsan istället. Hon slickade i sig sältan och sträckte sig efter dörren. Hon hade inte ro att sörja.

Poliserna hade trampat upp spår som rann som små svarta bäckar genom slyn och flöt ihop kring brunnen som stod innanför en ring av kala björkar och gapade mot regnets första tunga droppar. De stannade framför de mossklädda stenarna och Liv lyfte beslutsamt på locket.

Hon undrade om han hade slängts i med huvudet före. Brunnen var djup och vattenlös, när hon lutade sig över stenarna kunde hon höra ett stillsamt sus, en viskning från jordens innandöme. På nära håll syntes mörka fläckar där blodet stänkt över laven och stenarna, Liv vred bort blicken, såg på Simon som spanade ut över kalhygget, som om han sökte en förklaring bland de skördade träden.

– Det finns de som säger att det är Juha som varit framme, sa han.

– Juha Bjerke? Vem säger det?

– En av djurskötarna som jobbar hos Modigs. Hon säger att hon sett Juha smyga runt i byn flera gånger senaste tiden. Han brukar visst jaga häromkring, trots att han inte har licens. Och det vore inte första gången han tog fel på djur och människa.

Liv skakade på huvudet.

– Folk ska alltid skylla på Juha så fort nåt händer. Jag tvivlar på att han har nåt med det här att göra.

Hon hoppades att Simon inte skulle höra skälvningen i hennes röst. Hon hade inte sett Juha Bjerke på många år, hade nästan glömt bort hans existens, men hon kunde fortfarande se det vildvuxna skägget framför sig, den jagade blicken. Det var många år sedan nu, men hon skulle aldrig glömma hur de hade kört omkring i hans trötta bil medan hösten flammade utanför fönstren, pratat om friheten och rökt gräs. Det hade varit en ljus tid fylld av hopp, innan Vidar lade sig i och förstörde allt. Hon visste inte vad han hade sagt för att göra sig av med Juha, visste bara att ensamvargen från norra skogen aldrig mer kommit för att hämta henne.

– Känner du Juha? frågade Simon.

– Känner och känner, alla vet väl vem han är.

– Du är skitdålig på att ljuga.

Bara för dig, ville hon säga, för dig kan jag visst aldrig ljuga. Hon gick några varv runt brunnen och de överväxta snåren. Om det var sant att Vidar hade skjutits till döds hade det inte skett här. Blodmängden var för liten, bara några enstaka fläckar kring brunnslocket. Enda förklaringen var att han hade släpats hit för att gömmas, släpats från en plats där hjortronen växte, om hon skulle tro på Serudias utsagor. Här kring brunnen hade det aldrig vuxit några hjortron, marken var alldeles för torr.

En cigarettfimp gömde sig under granriset, Liv höll upp den i ljuset, det var en Marlboro Röd och den var bara halvrökt, det såg ut som om någon knölat den under skon.

– Vad har du där?

– Inget.

Kvickt slöt hon fingrarna runt fimpen och lät den glida ner i fickan.

– Nu åker vi, jag vill inte vara här längre.

Stor-Henrik stod inte längre på stallbacken när de passerade, men hon kunde skymta hans skugga bakom gardinen. Utan att tänka lade hon en hand över Simons.

– Kör in här.

– Varför då?

– Jag vill veta vad som pågår i den här jävla byn.

*

Gabriel svarade inte när han ringde längre. När han åkte till lägenheten var det Johanna som öppnade. Hon var klädd i Gabriels kläder och det mörka håret hängde i ansiktet på henne, ett svullet öga skymtade under testarna.

– Gabriel är inte hemma.

– Får jag komma in och vänta? Det är viktigt.

– Han har sagt att jag inte får släppa in dig.

– Vet du var han är?

Hon skakade på huvudet, bet sig i läppen. Liam såg att hon visste mer än hon ville säga men han ville inte bråka med henne, hon fick uthärda tillräckligt som det var.

– Om du ser honom kan du väl hälsa att jag varit här?

Hon började dra igen dörren, lämnade bara en liten springa åt det friska ögat.

– Han är orolig för dig, sa hon med den trögflytande rösten, han säger att du tappat huvudet.

Liam log.

– Sist jag kollade satt det där det ska.

Han hittade honom på Frasses. Gabriel satt ensam vid ett av borden på uteserveringen och tryckte i sig pommes så att kinderna buktade. Han reagerade inte när Liam klev ur bilen, inte förrän Liam satt mitt emot honom lyfte Gabriel på huvudet. Den lata halvan av hans ansikte såg slappare ut än vanligt i solljuset, en röd ketchupstrimma rann ur ena mungipan. Han sköt ifrån sig maten och torkade händerna på jeansen.

– Jag tappar aptiten bara jag ser dig.

– Jag kan bara säga detsamma.

– Vad vill du?

– Kan vi åka en sväng? Jag har en grej jag vill visa dig.

– Jag kan inte, jag väntar på nån.

– Ge mig tio minuter bara, jag skjutsar tillbaka dig när vi är färdiga. Det är viktigt.

Sjön låg blank och övergiven, det var ingen som badade ännu. Ett grönt skimmer i björkarna men sommaren kändes fortfarande långt borta. Gabriel vevade ner rutan och tände en joint, han rökte och hostade om vartannat, undvek att se på Liam. En skrikande fågel fick dem att rycka till båda två, de sköra nerverna hela tiden spända och kroppen redo för flykt.

Han är också rädd, tänkte Liam. Vi är rädda för varandra.

Borta var tiden när de sökt tryggheten hos varandra, som de gjort genom de oändliga nätterna när mörkret låg som en kvävande filt över gården och huset vibrerade av tårar och bråk. Det var alltid Liam som kröp upp i Gabriels säng, aldrig tvärtom. Gabriel brukade hålla sina händer över Liams öron för att han skulle slippa höra allt som skedde på våningen under, allt som krossades och gick sönder, som aldrig skulle gå att laga. Ibland, när det var som allra värst, brukade Gabriel sjunga så att luften vibrerade under täcket. Han sjöng tills Liam somnade.

Liam tog ett bloss av jointen för att brygga gapet mellan dem, han fumlade med mobiltelefonen.

– Jag tror inte att vi var ensamma därute, sa han till sist, det kan ha varit nån annan där.

– Börja inte nu.

Liam höll upp mobilen framför Gabriel. Visade bilden där den gamle mannen satt på knä och gryningssolen kastade ett varmt skimmer över skogen. Gabriel sög på jointen, lät röken sitta i lungorna medan han talade.

– Jag trodde jag sa åt dig att radera skiten.

– Jag vet, men kolla noga på den här. Kolla i vänstra hörnet.

– Vad är det jag tittar på?

Liam tryckte mobilen i ansiktet på honom. Det syntes inte särskilt tydligt på den ynkliga skärmen, men om man ansträngde sig kunde man urskilja den blå skuggan som svävade bakom Vidar.

– Där, inne bland träden, ser du skuggan?

Gabriel blåste ut röken och kisade ner på skärmen.

– Jag ser ingenting annat än en bildjävel som du borde ha raderat för längesen.

Han fimpade jointen i en tom Colaburk som stod i kopphållaren, lutade sig tillbaka i sätet och såg på Liam under tunga ögonlock. Små ryckningar i ansiktet som skvallrade om ilskan som sjöd under huden. Han knackade en knoge mot Liams skalle.

– Ibland undrar jag om det är nån hemma därinne överhuvudtaget, sa han. Du vägrar lyssna, du vägrar göra som du blir tillsagd. Jag vet inte vad jag ska göra med dig längre. Kanske borde jag ha låtit Juha ta hand om dig, trots allt. Så hade jag sluppit.

Liam lutade sig bort från honom, låtsades inte höra. Han betraktade bilden igen, med ens osäker på sina egna sinnen.

Det kunde vara vinden i träden som fick honom att se skit som inte fanns, som fångade ljuset och gav världen nya färger och skepnader. Kanske hade Gabriel rätt, kanske var det bara hans sönderstressade hjärna som lekte med honom, som sökte andra förklaringar. En väg ut.

Innan han hann reagera slet Gabriel telefonen ur handen på honom och klev ur bilen. Liam såg hur han höjde telefonen över huvudet och slängde den med all kraft i asfalten innan han stampade på den, om och om igen stampade han tills det bara var skärvor kvar, ursinnet som en vit mask över hans ansikte. När han var färdig plockade han upp resterna och kastade dem långt ut i sjön, en efter en.

Liam satt alldeles stilla och lät det ske, betraktade ringarna som bildades på vattnet. Han kände markens skiftningar under honom, det sprakande ljudet när jorden sakta svällde och öppnade sig. Väntade på honom.

*

En mager katt satt på farstubron till Stor-Henriks hus och betraktade dem missnöjt när de klev ur bilen. Ingen öppnade när Liv ringde på trots att hon kunde höra att någon rörde sig bakom dörren.

– Det är lika bra att du öppnar, ropade hon. Jag vet att du är hemma.

Simon hade redan börjat gå tillbaka mot bilen när dörren gnisslade till och Stor-Henrik stack ansiktet i springan. Hennes huvud nådde honom bara till bröstet och hans väldiga kroppshydda fyllde dörröppningen. Ändå vågade han inte lyfta blicken från hennes skor.

– Vad vill ni?

– Vi vill komma in och prata med dig.

– Vad ska ni prata med mig om?

– Det kan du säkert räkna ut.

Stor-Henrik vägde på tröskeln. Ett minne från skoltiden rann genom Liv: januarikyla och snötyngd skog, bussen hade fått punktering och hon och Stor-Henrik hade gått tillsammans längs skoterspåret, pratat hela vägen till Ödesmark, trots att de aldrig ens sett åt varandra förut. Där snön låg som djupast hade han pulsat före, så att hon kunde kliva i hans spår. Dagen efter var det som om det aldrig hade hänt, inget som förrådde stunden de haft. Och likadant var det nu, det skrynklade ansiktet ville inte kännas vid henne.

– Kom in då, för all del.

Huset var stort och tyst och sparsamt möblerat. Stor-Henrik visade in dem i köket och bjöd dem att sätta sig. Ett brokigt mönster av kafferingar på vaxduken avslöjade vilken plats som var hans. Han bodde ensam nu, sedan mamman hans hade dött. Av alla syskonen var det bara Stor-Henrik som blivit kvar i byn.

– Ni ska väl ha kaffe, gissar jag.

Utan att vänta på svar matade han in en träklabbe i vedspisen och började sleva kaffe i pannan.

– Du behöver inte göra dig nåt besvär för oss.

Hon ansträngde sig för att göra rösten följsam, ville inte att han skulle sätta sig på tvären. Simon satt intill henne och bet på nagelbanden. Stor-Henrik dukade fram koppar i nätt porslin med guldkant. Han hade en kal fläck på huvudet dit fingrarna hela tiden sökte sig, rev och kliade.

– Det är förjävligt det som hänt, sa han. Jag var på begravningen, det hade ni ordnat fint, tycker jag.

– Det var Modigs som hjälpte oss, annars hade det inte blivit nån begravning alls.

Stor-Henrik gjorde en gest mot fönstret.

– Det är svårt att fatta att han låg härute, bara ett stenkast från mig. Jag blir mörkrädd bara jag tänker på det.

– Så du har inte sett nåt?

Hans ögonlock fladdrade.

– Jag har redan berättat allt jag vet för polisen. Hur Vidar hamnat i brunnen övergår mitt förstånd.

– Du har inte sett nån obehörig köra förbi härute på vägen?

– Det är ingen som kör förbi mitt hus numer. Skogsbolaget kommer in från andra sidan, de har röjt sin egen väg. Det är ingen som har anledning att åka förbi mig. Inte förrän det här eländet hände. Nu har de kört sönder vägen, polisen och tidningsfolket och alla andra nyfikna jävlar.

Den kala fläcken på hans huvud glödde medan han hällde upp kaffet. Simon vilade armarna på bordet, hans blick stint på den store mannen medan han smuttade på den heta drycken. Själv kunde hon inte förmå sig att dricka något, magen var redan i olag.

– Jag gissar att det snackas en hel del? Några rykten har du säkert hört.

Finporslinet såg komiskt ut i Stor-Henriks labbar, som om han lekte med en dockservis.

– Nog har jag hört både det ena och det andra, men inte vet jag om det är sånt ni vill höra.

– Oroa dig inte för oss. Vi vill bara veta vad som sägs.

Stor-Henrik suckade och tog sig åt huvudet, kastade förstulna blickar på dem båda två.

– Ja, ni får ursäkta om det här låter hårt, men det är många häromkring som velat sätta en kula i pannbenet på Vidar Björnlund. Mycket ilska som grott under åren. Egentligen är det väl ett under att det dröjt så länge.

Simon släppte ifrån sig kaffekoppen med ett klirr, Liv kunde se hur pulsen slog ovanför kragen på honom.

– Är det nån särskild du syftar på? frågade hon.

– Jag har inte tänkt hänga ut nån stackare, för jag har hört det sägas från fler munnar än en. Han var illa omtyckt, farsgubben din, och det vet du också. Vidar har skott sig på andras olycka, han lurade marken av hederligt folk bara för att sälja den vidare till skogsbolag och andra utomstående. Flera familjer förlorade allt över en natt, och sånt glömmer man inte. De såren svider fortfarande.

– Pappa har inte gjort en affär på över tjugo år.

– Förvisso, men hans framfart har lämnat ringar på vattnet. Nu har de fått tillstånd att hugga norra skogen också, efter alla dessa år, trots att det är en riktig gammelskog. Och det var ingen annan än Vidar som satte den bollen i rullning när han köpte upp Bjerkes mark och sålde den vidare.

Nu var det Livs tur att titta ner i vaxduken. Hon kände Simons frågande blickar kittla huden. Hon var inte säker på hur mycket han hade hört om det gamla, om allt som hänt innan han föddes. Sådant som ingen av dem kunde stå till svars för nu, en livstid senare. Hon visste att det funnits folk som var arga på Vidar, men allt det var så längesedan nu, borde vara bortglömt.

– Är det pengar du vill ha? frågade hon.

Stor-Henrik gav ifrån sig ett klanglöst skratt.

– Du har aldrig varit klok, du.

– Nämn en summa, vilken som helst. Jag betalar vad du vill, bara du berättar vem som haft ihjäl pappa.

Nu lyfte han äntligen blicken och såg rakt på henne. Den väldiga kroppen skakade av ilska när han lutade sig över bordet.

– Jag minns när du stod nere vid stora vägen med tummen i vädret och skulle bort härifrån. Men trots att du hoppade in i var och varannan gammkärra så kom du aldrig nånstans.

Och nu är det för sent, nu har du blivit precis som farsan din. Nu tror du att allting handlar om pengar.

Hon reste sig så häftigt att det odruckna kaffet rann ut över bordsduken. Den gamla skammen flammade upp i henne medan hon skyndade genom den dunkla hallen och ut i skymningen som föll från ingenstans och virade sin kyla runt henne när hon sprang till bilen. Hon hann starta motorn och göra en snäv sväng i gruset innan Simon hann ifatt henne. Han gled in på passagerarsätet och fumlade med bältet, och det tog en god stund innan han hittade rösten.

– Vad handlade allt det där om?

Liv sträckte ut armen och sökte hans hand.

– Det spelar ingen roll. Ingenting som hände innan du föddes spelar nån roll.

VÅRVINTERN 2003

Barnets skrik skär djupa hål i henne. Ändå orkar hon inte resa sig ur sängen. Spjälsängen förvandlas till en bur i månskenet, ett fängelse betydligt mindre än hennes eget. Husets slitna väggar kan inte hålla barnaskriket inne, hon ser framför sig hur det färdas över byn och skrämmer fåglarna ur träden.

Det är fadern som lyfter den lille till sitt eget bröst och vaggar honom genom de mörka rummen med en beskyddande hand över den hårlösa hjässan. Hela nätterna vandrar han så, outtröttlig i sin kärlek. Med jämna mellanrum smyger han in i hennes rum. Flickan låtsas sova när han kastar sin skugga över henne.

– Han behöver matas.

– Jag sover.

– Du vill väl inte att han ska dö?

Han försöker skrämma henne, men kroppen reagerar inte på rädsla längre. Det är som om hela hennes inre läckt ut under förlossningen och lämnat henne tom och ekande. Hon har varken magsäck eller hjärta längre, inget blod att bära skräcken.

Hon hade hoppats att de skulle ta barnet ifrån henne efter förlossningen, att barnmorskan och sköterskorna skulle se hur det var fatt och förbarma sig. Men de såg ingenting och de förbarmade sig inte.

Fadern sätter henne upp i sängen, lyfter tröjan och blottar de svullna brösten. Barnet är en oerhörd tyngd i hennes armar.

Hon sitter i mörkret och ser hur det kämpar för att suga sig fast, bröstvårtorna svider och värker under den lilla glupska munnen, och när han äntligen släpper henne har den sköra huden spruckit upp och börjat blöda.

Hon sitter med ögonen ihopknipna medan fadern berömmer henne.

– Nu ska du se att han blir stor och stark.

Snön tynger på granarna och ingenting andas, bara den nyföddes skri som vibrerar över allt det tysta vita. Flickan vilar kudden över huvudet, låtsas att hon också är begravd i kylan. Hon ser barnets spegelbild i de mörka fönstren, det rynkiga ansiktet och det tandlösa gapet som vrålar efter allt hon inte kan ge honom. Ett skarpt ljus fyller rummet, men hon orkar inte ta emot dagen. Det enda hon kommer sig för är att sticka handen under madrassen och krama kniven som väntar där. Hon låter den vassa eggen glida över underarmarnas mjuka bleka. Det finns alltid en väg ut, även om den inte leder någonstans.

Kristinas svarta ögon betraktade henne tvärs genom rummet. Hon gick fram och befriade fotot från den slitna ramen, satt länge med det i handen och smekte ett finger över det gryniga ansiktet, så likt hennes eget att det var som att hålla i en spegel. Bara håret skilde dem åt, Kristinas var tjockt och svart som olja, fick de bleka ögonen att lysa som stjärnor.

Liv vände på fotot, noterade några siffror i högerkanten. Hon trodde först att det var ett datum, men siffrorna stämde inte, de var för många. Elva stycken. De var skrivna med Vidars retliga hand, slarviga och sneda. Hon såg på den stängda garderobsdörren, därbakom gömde sig kassaskåpet. Det stod fortfarande låst och gäckande i skuggorna. Polisen hade sagt att de skulle skicka ut en tekniker som kunde öppna det, men att det kunde dröja. Ostadigt reste hon sig upp och ropade på Simon.

Hon hade glömt att Felicia var där. De kom släntrande nerför trappan båda två, rufsiga i håret och med blossande kinder som om de ertappats med något.

– Vad skriker du om?

Liv tvekade, sneglade på Felicia, flickan log mot henne, det vilda blå håret fick henne att likna en älva, någonting ur en saga. Till sist höll hon upp fotot av Kristina.

– Jag tror jag har hittat koden, till kassaskåpet.

Simon tog fotot ifrån henne och synade siffrorna. Ett smatter av ilskna finnar bredde ut sig över hans bara axlar. Liv kunde höra Vidars spruckna stämma vibrera i henne. *Ta på dig en tröja, pojk, så man slipper se dig.*

– Kom så provar vi, sa han.

Garderobsdörren gled upp med en tung suck. Det såg så mörkt och naket ut därinne sedan hon gjort sig av med Vidars kläder. Kvar fanns bara några ensamma galgar som rasslade i vinddraget, och så kassaskåpets svarta öga. Det satt fastborrat i golvet och gick inte att rubba. Liv hade sett sedelbuntarna däri när hon var mycket liten, men det var längesedan nu och minnet kändes inte längre pålitligt.

Liv och Felicia hängde över Simons axel när han började snurra på låset. Varje klick ljöd genom Liv som ett pistolskott. Felicia märkte det och lade en hand på hennes rygg, klappade henne tafatt. En svag doft av sprit dunstade från henne, eller om det bara var parfym, Liv kunde inte vara säker. Hon hade ett tigeransikte tatuerat på överarmen, det gapade lömskt, de stora tänderna blänkte verklighetstroget i käften på den.

– Vet ni vad som gömmer sig därinuti? frågade hon.

Liv skakade sakta på huvudet.

– Jag har inte sett pappa öppna skåpet sen jag var barn. På den tiden när han fortfarande litade på mig.

– Min pappa är likadan, sa Felicia, han har börjat sova med börsen under kudden om nätterna.

Hon hade skratt i rösten när hon sa det, men hennes hand kändes frusen mellan skuldrorna. Simon satt på huk, fuktiga svettränder bredde ut sig över ryggen och han luktade som om han sprungit genom regntung skog. Hans hand varsamt kupad över kodlåset. Elva skrällande klick innan skåpdörren gled upp. Det skedde så plötsligt att de ryggade bakåt allihop, som om de väntade sig att Vidar skulle sitta därbakom och sträcka sig efter dem. Där var det, det svarta gapet som gäckat henne så länge hon kunde minnas. Hon tänkte på Juha, hur hon alltid inbillat sig att det var han som skulle stå där och glänta på skåpet för att komma åt förmögenheten. Men nu fanns där varken sedelbuntar eller skatter, bara dammet som yrde i den mörka öppningen. Simon vände sig mot henne.

– Det finns ingenting här. Det är tomt.

Förvåningen skälvde i henne.

– Han måste ha en annan gömma. Eller så har han satt in allt på banken, trots allt. Men det har jag svårt att tro.

Vidar hade aldrig litat helt och fullt på bankerna, han hade alltid sagt att man måste ha en egen skattkista också. För säkerhets skull.

Simon stack in en hand i kassaskåpet och lät den svepa längs de glatta hyllorna, hejdade sig när någonting klirrade till under fingrarna. Varligt lyfte han upp fyndet och höll upp det i ljuset. Liv höll andan. Huvudet fylldes av minnen när hon såg halsbandet, doften av frihet och torkat kött sköljde över henne. Den trasiga kedjan och hjärtat hade missfärgats av tiden, men det rådde inget tivel om att det var samma halsband som Juha gett henne en gång för längesedan.

– Vad är det här? sa Simon.

– Det är mitt.

– Vad gör det i kassaskåpet?

– Jag vet inte.

Men hon visste. Halsbandet var en hälsning till henne, en påminnelse om hur hon gått bakom hans rygg den där hösten med Juha. Deras naiva planer på att ta pengarna och sticka – den ungdomliga dumheten och det ultimata sveket. Det var därför Vidar tömt skåpet, trots att de aldrig gjorde slag i saken hade han aldrig förlåtit henne. Hon kunde höra hans förbannelser genljuda i huvudet när hon sträckte sig efter halsbandet. Rädslan lika djup i henne som om han fortfarande levde.

Liam satt i personalrummet och scrollade bland husen på Hemnet. De var för dyra, allihop. Och rucklen han hade råd med ville han inte bo i. Drömmen var ett hus vid vatten, med skogen i ryggen och en egen trädgård. Långt bort från morsans hundar, från Gabriel och det gamla livet. Han skulle anstränga sig med grannarna, bjuda på kaffe och småprata, bete sig som folk. Bara han fick chansen.

Den nya telefonen var större än den som Gabriel slagit sönder, allt blev tydligare på skärmen. När Niila kom in i rummet blev han stående över Liams axel, såg de rödmålade drömmarna fladdra förbi på telefonen.

– Det är billigare att köpa mark och bygga eget, om du vet hur man gör, vill säga.

– Jag kan ingenting om att bygga hus.

– Farsan din har inte lärt dig?

– Han dog när jag var tretton.

Farsan hade bara lärt honom hur man slog sönder saker. Det fanns fler hål i väggarna därhemma än morsan hade tavlor att hänga över, men det var inte sådant man snackade högt om. Niila klappade honom på axeln, Liam stelnade under beröringen.

– Jag kan lära dig, om du vill gå den vägen. Jag har byggt både mitt eget och brorsans hus. Det är ett förbannat slit, men känslan när det är färdigt är oslagbar – att veta att man byggt ett hem för egen hand. Den kan man leva länge på.

Liam svalde, kände hur det började värka i halsen. Han var inte van vid att någon ville hjälpa honom, visste inte vad han skulle säga, så han bara satt där som en idiot och försökte harkla bort känslorna. Kanske såg Niila hur det var ställt, för han sa inget mer, log bara sitt halvleende och fyllde på kaffe i deras koppar innan han försvann ut i butiken igen.

Liam hade precis smygit en tablett under tungan när kodlåset till dörren knastrade på nytt. Han trodde att det var Niila som glömt något, men istället var det Liv Björnlund som klev in i rummet. Dörren slog igen hårt efter henne, ljudet ringde kvar mellan väggarna medan de såg på varandra.

– Finns det kaffe? frågade hon.

– Jag tror det.

En bitter smak fyllde munnen när hon gick fram till kokplattan och hällde upp kaffet, han skyndade sig att svälja tabletten, kämpade mot kväljningarna som följde. Telefonen låg fortfarande framför honom på bordet, men skärmen hade svartnat. Hon skulle inte se husen han drömde om.

– Ska du jobba? frågade han.

– Nej, Niila tycker inte att jag är redo att kliva upp på scenen än.

– Vilken scen?

Hon slog sig ner mitt emot honom. Överkroppen drunknade i röd flanell, med slitna förstärkningar på armbågarna och mörkt kaffespill över bröstet, som en liten flicka som lånat sin pappas kläder.

– Kassan är som en scen, har du inte märkt det? Det är dit alla blickar dras. Och själv måste man stå där och leverera samma trötta repliker, dag ut och dag in.

Liam blinkade mot henne, han hade trott att det bara var han som kände sig uttittad. Som spelade teater.

– Jag vet vad du menar.

Hon log. Slingor av tovigt hår föll fram i ansiktet, men ögonen lyste därunder. Han kunde skymta barnet hon en gång varit, innan axlarna börjat hänga och skuggorna brett ut sig över hennes ansikte.

– Jag är bara här för att lämna några papper åt Niila, sa hon, eftersom han envisas med att jag ska sjukskriva mig.

– Du vill hellre jobba?

Hon ryckte på axlarna.

– Här får man i alla fall höra allt som sägs – alla rykten och spekulationer. Det får man inte om man sitter hemma.

– Det är ändå bara en massa skitsnack, sa Liam. Lika bra att slippa.

Hon lade huvudet på sned, gav honom en intensiv blick.

– Kan du inte berätta vad du hört?

– Om vadå?

– Om pappa, om mig. Jag vet att det snackas. Alla som kommer in och handlar har sina teorier om vad som har hänt. Konstigt vore det väl annars.

Liam drack ur kaffet och sneglade på klockan, tre minuter bara, innan han måste ställa sig bakom kassan.

– Jag lyssnar inte på skvaller.

– Kom igen, du behöver inte skona mig. Det är mig de skyller på, eller hur? De tror att jag haft ihjäl min egen far.

– Om jag vore du skulle jag skita i vad folk säger.

Dagsljuset föll på hennes ansikte och hennes ögon var så bländande blå att han var tvungen att vika undan.

– Du tror också att det var jag som gjorde det.

Han reste sig upp och sköljde ur koppen, kände hur hon följde honom med blicken, andlöst väntande. Han försökte le åt henne över axeln, på det där betryggande sättet som han brukade göra med Vanja när hon oroade sig för någonting. Han log trots att det dåliga samvetet bredde ut sig som en sur klump i magen. Det var hans fel att hon satt där och led, det var han som trängt sig in i hennes värld och skapat kaos av alltihop.

Innan han lämnade rummet snuddade han försiktigt vid hennes axel, harklade sig hårt för att hitta rösten.

– Jag tror att Niila har rätt, du borde åka hem och vila upp dig.

Hon kunde inte vila, klarade inte av stiltjen. Hon måste hela tiden vara i rörelse, fick inte sitta stilla och tänka. Hon lutade pannan mot fönstret och såg på den styckade rönnen. De svarta grenverken spretade som benknotor i det slumrande gräset. Hon skulle elda upp dem tillsammans med fjolårslöven och slita ut den sorgsna stumpen med rötterna. Precis som hon hade lovat sig själv under alla dessa år.

Huset luktade såpa. Ytorna blänkte där solen föll in och golvet var sopat och skurat och hunden hade trampat fram mönster med sina tassar över de våta plankorna. Dörren till Vidars kammare stod på vid gavel. Rummet var nu lika tomt och själlöst som mannen som ägt det.

Fönstren på bottenvåningen stod öppna och vårluften drog in och tog med sig allt det gamla sura. Av Vidar fanns ingenting kvar, inte ens hans lukt. Alla hans kläder hade hon samlat i en hög ute på gårdsplanen, en salig röra av dun och fleece och flanell. Gamla gulnade brynjor och hålätna strumpor. Det såg ut som om ett stort brokigt djur låg och kurade i gruset. Alltihop skulle brinna så småningom, i ett bål av minnen.

Felicias skimrande skratt föll från övervåningen. Liv hade förväntat sig att Simon skulle protestera mot utrensningen, att han skulle vilja behålla Vidars rum precis som det varit, men han hade inte sagt ett ord. Kanske förstod han henne, kanske tyckte han också att det gick lättare att andas nu. Eller så var han bara uppslukad av flickan med det blå håret.

Det var skratten som drev iväg henne, den plötsliga ensamheten bland de blanka ytorna. Det renskurade huset kändes med ens främmande. Hon stod framför den spruckna spegeln och borstade håret med fingrarna, vaskade armhålorna med kallt vatten och nöp liv i kinderna. Sedan ropade hon åt ungdomarna att hon skulle ge sig ut en sväng. *Hejdå!* kom deras röster, ivriga att bli av med henne. Deras skratt följde efter henne ut på gårdsplanen.

Hon sprang förbi högen med Vidars paltor och fortsatte in mellan tallarna där de sista resterna av vintern ångade bort i värmen. Vattnet brusade i marken och fåglarna hade funnit sina röster efter den långa tystnaden. Hon kände hur våren fyllde henne också, hur solen värmde huden och fick allting att gro och spritta inuti. Tankarna på Vidar och mörkret rymdes inte där.

Hon tog genvägen över myren, ivrig att komma till änkan Johanssons hus. Nu var det hennes tur att skratta, att få försvinna för en stund. Men hon hann bara en bit över den svajande mossan innan någonting blänkte till och fick henne att sakta ner, en bit metall som fångade ljuset och kastade det vidare. Hon vinglade sig närmre, hoppade mellan tuvor och lavklädda stubbar tills hon stod böjd över det skinande föremålet. Drog häftigt efter luft när hon såg vad det var. Glasen hade spruckit och metallbågarna hade böjts i fel riktning, men det gick ändå inte att ta miste. Det var Vidars glasögon, utan dem var han så gott som blind. Försiktigt lyfte hon de trasiga bågarna ur vätan, höll dem varligt mellan tummen och pekfingret som om det var ett dött djur hon egentligen inte ville röra. Hon stoppade dem i jackans innerficka och klafsade försiktigt ett varv runt platsen på jakt efter något mer, en förklaring. Men där fanns bara mossa och sörja och markens våta andetag som steg mot himlen. Minnet av Vidar vid köksbordet, hur han hade suttit med kikaren pressad mot glasögonen och siktet ut mot mörkret, övertygad om att det var vargen som strök omkring på hans marker.

Några meter bort skymtade spåren efter en fyrhjuling, två mörka fåror som försvann in mellan tallarna. Tvåhundra meter åt andra hållet höjde sig älgtornet som en sorgsen skugga över alltihop och hon kunde nästan höra skotten eka över byn, kunde känna vinddraget från kulorna och se fåglarna lyfta från träden. Det var så det hade gått till. Serudia hade haft rätt. Det var här han hade stupat, mitt i hjortronlandet.

Svulstiga vattendroppar låg som smycken i träden, sprack och regnade över henne när hon trängde sig genom kvistarna. Granarna luggade henne i håret och hon kände de vilda djurens ögon på sig där de bligade fram ur sina gömmor. Det var ironiskt att tänka på alla vittnen som följt Vidar i dödsögonblicket, korparna som seglat mellan träden och drömt om de mjuka delarna, läpparna och ögonen. Rovdjuren i fjärran som hade höjt nosarna mot skyn och insupit den där första doften av död, då kroppen fortfarande var rykande färsk och blodfylld. Det var kanske därför han hade släpats till brunnen, inte bara för att gömmas, utan också så att han skulle slippa slitas i stycken på sin egen mark. En sista gest av barmhärtighet?

Marken klafsade under fötterna när hon tog sikte på älgtornet. Vidars glasögon hade legat intill en fallen fura, hon stödde sig ett slag mot det murkna träet, försökte bedöma avståndet till älgtornet. Femtio meter, inte mer. Vidar hade inte haft en chans. Hans mördare måste ha lockat ut honom i skogen den där morgonen, fått honom att kliva rakt in i fällan. Hon såg det så tydligt framför sig.

Fyrhjulingen hade skurit djupa fåror i terrängen, men svart vatten steg ur jorden och sköljde bort däckmönstren. Spåren var överallt och ingenstans. Hon var noga med att kliva i samma vatten så att hennes egna avtryck också grumlades i gyttjan. Låga moln kom från ingenstans och trängde undan solen, hon hukade sig så nära marken att hon nästan kröp den sista biten, letade efter något, vad som helst. När hon nådde den rangliga stegen som ledde upp till älgtornet dröp kläderna av vatten och kylan trängde in under lagren och fick tänderna att skallra. Hon hörde Vidars hesa stämma som en sång i huvudet medan hon klättrade uppför stegen. *Än så länge är det myggfritt,* sjöng han, *än ska det dröja innan hjortronen blomma. Snart skall vi åter älska på ängen, snart skall barnet vårt komma.*

Tornet var tomt, sånär som på alla barr och kottar som drivits in genom de generösa gliporna. Hon sjönk ner på knä och drog handflatorna över det ojämna golvet i jakt på hylsor eller cigarettfimpar eller något annat som en eventuell skytt kunde ha lämnat efter sig, men där fanns ingenting. Hon stack handen under den lösa brädan i väggen, grävde i den trånga gömman tills hon kände plasten under fingrarna. Förvåningen att det faktiskt låg kvar. Andäktigt lirkade hon loss plastpåsarna. De hade varit blå en gång i tiden, det var hon säker på, men färgen hade runnit bort med åren. Andlöst vecklade hon ut plasten och drog fram skatten som gömde sig där. De gamla sedlarna hade krusat sig och missfärgats, smält ihop med varandra så att de inte längre gick att räkna. En häftig snyftning drog genom henne och hon lät sedelbunten falla tillbaka i påsarna och sköt tillbaka dem bakom brädan. Ville inte minnas.

De murkna brädorna knarrade oroväckande medan hon kröp fram till skottgluggen. Ett nytt regn föll över myren, landade i mossan med dova viskningar. När hon var yngre hade han lovat henne att hon skulle få lära sig jaga, varje höst när han drog till skogs hade han sjungit samma visa, att nästa år skulle hon minsann få följa med. Men nästa år kom och gick utan att hon ens fick nudda bössan.

*

Älgen på väggen stirrade på henne genom rökslingorna, den tycktes le i mjugg. Gardinerna var fördragna men solen läckte ändå in i rummet och avslöjade dammet och deras bleka vinterkroppar. Johnnys hand på hennes höft, lätt som en fjäder vilade den där. Det hade varit fridfullt, om det inte vore för att han envisades med att prata om Vidar. Fyllde stunden med den döde mannens vålnad.

– Hur går det med utredningen, ville han veta. Har du hört nåt nytt?

– Polisen säger bara att det går framåt, men jag vet inte vad det betyder.

– De har ingen misstänkt?

– Inte som de berättar för mig.

– Det spekuleras hejvilt på sågen. Det är som en bikupa i fikarummet.

– Jag kan tänka mig det.

Hon vilade handen på hans bröst, fingrarna i det sträva håret. Hans hjärta slog hårt därunder.

– Det pratas mycket om dig, sa han försiktigt.

– Vad säger de då?

– Att det är du som har mest att vinna på det här.

Hon drog åt sig handen, stirrade på älghuvudet några sekunder innan hon reste sig och började leta efter kläderna. Höll en arm framför kroppen för att skyla sig. Ibland kunde hon känna änkans närvaro i rummet, den härskna lukten av ålderdom som fortfarande satt i väggarna. Hon visste att det pratades, det hade det alltid gjort. Så länge hon kunde minnas hade snacket gått om Lilla Livegen Björnlund och hennes gnidne farsa.

– Du blev väl inte arg? Jag säger bara vad jag hört.

– Folk är fulla av skit, jag bryr mig inte vad de säger.

– Gå inte, snälla.

Hon hittade tröjan och drog den hastigt över huvudet. Jackan hängde över byrån och i innerfickan gömde sig Vidars glasögonbågar. Hon kände det vassa stålet mot bröstet när hon drog upp dragkedjan. Mannen i sängen tände en ny cigarett, ögonen svarta och stirriga i glöden. Långsamt gick hon fram till hans nattduksbord, böjde sig fram och lyfte upp en av fimparna ur askkoppen och synade den.

– Vad gör du?

– Vet du hur man jagar?

– Nä, borde jag det?

– Du har aldrig hållit i ett gevär?

– Jag har gjort lumpen, men det börjar vara längesen nu.

– Kan du skjuta eller inte?

– Kan och kan, han log, man är väl inte alldeles hopplös.

Hon lät fimpen falla tillbaka i askkoppen och sträckte sig efter jeansen. De hängde löst över höfterna, hon hade rasat i vikt de senaste åren. Allting hade börjat rinna ifrån henne, till och med den egna kroppen. Hundarna började skälla därute medan hon klädde sig. En bil kom körande uppe på vägen, hon smög fram till fönstret och spanade genom persiennerna.

– Det är polisen.

Johnny fick bråttom att fimpa cigaretten och rafsa åt sig kläderna, drog överkastet över de skrynkliga lakanen och fördjupningarna i madrassen som deras kroppar lämnat efter sig. Snart började otåliga knackningar vibrera genom det gamla rucklet. Liv stod och tryckte i skuggan av älghuvudet.

– Jag vill inte att de ska se mig. Inte här.

Johnny försvann ut i hallen och kom snart tillbaka med hennes skor.

– Ta fönstervägen, viskade han och drog igen sovrumsdörren.

Hon hörde hur de klev in i hallen, en kvinnlig stämma fyllde huset. De ville prata lite, sa hon, om grannen Björnlund och det fruktansvärda som hänt i byn. Johnny bjöd in dem i köket, stolsben skrapade mot golvet och vattnet spolade i kranen. Liv kröp in under gardinen och lossade på fönsterhaken. Döda flugor låg och spretade med benen mellan de två glasen och skir spindelväv full med svarta kryp fastnade i hennes jacka och hår. Solen hade gått ner och skogen stod och väntade bara ett par kliv bort med sin dunkla famn. Hon hävde ena benet över kanten och sedan det andra, Johnnys hundar nosade ivrigt efter hennes skor där de hängde i luften. När hon släppte taget och började springa kom de efter, jagade henne långt ut på myren där hon snavade i vätan och blev liggande. Hon knep ihop ögonen och lät kylan sippra in genom tygerna. Stanken från hundarnas käftar fick henne att blotta de egna tänderna som en uppmaning att de skulle göra slut på henne, slita henne i stycken och låta henne sugas upp av mossan och myrens svarta vatten. Men de bara lämnade henne där, sjunkande i dyn.

*

En röd Ford hade stått parkerad vid bensinpumparna en bra stund utan att tanka. Föraren gjorde heller ingen ansats att kliva ut. Liam höll bilen under uppsikt medan kunderna kom och gick, med ens nojig att den hade med Gabriel att göra, eller snuten. Föraren doldes irriterande nog bakom en av pumparna, vilket fick fantasin att skena fritt, trots att han visste att civilare brukade glida omkring i Volvo V70 av nyare årgång, och han noterade varken extra backljus eller synliga antenner. Ingenting som tydde på att det var snuten. Tvärtom, kärran var rätt risig. Det var mer troligt att den tillhörde någon förlorare som Gabriel gled runt med. Någon som skulle fylla Liams plats bakom ratten.

Efterjobbsruschen kom och gick, och när kön äntligen krympt var den röda bilen borta. Liam försökte ruska av sig paranoian. När arbetspasset var över fyllde han en mugg med kaffe och stack in huvudet på kontoret för att säga hejdå åt Niila innan han försvann ut genom lagret. Lampan ovanför lagerdörren hade brunnit ut och han lyste med mobiltelefonen för att inte behöva kliva ut i totalmörker, ifall Gabriel skulle stå därute och trycka i skuggorna.

Men det var inte Gabriel som väntade på honom den här gången, det var den röda Forden. Lagerdörren slog igen med en ljudlig skräll bakom honom och han kunde inte dra sig tillbaka in i butiken, även om han hade velat. Kaffet skvalpade i muggen och han stod med ryggen mot dörren och såg hur en smutsblond kvinna klev ur bilen och log mot honom. Hon hade en röd kappa och röda läppar som färgade av sig på tänderna.

– Liam Lilja?

– Vem är det som frågar?

Tankarna rusade medan hon närmade sig. Hon verkade för oseriös för att vara snut, och samtidigt för välordnad för att gå Gabriels ärenden.

– Malin Sigurdsdotter, sa hon, journalist på *Norran*.

Journalist, det borde han ha fattat. Niila hade varnat honom för alla gamar som skulle flockas runt Livs olycka. Säg ingenting, hade han sagt, det viktigaste nu är att Liv och grabben får lugn och ro.

Malin Sigurdsdotter drog handen ur handsken och räckte fram den för att hälsa, knep åt om hans fingrar och skakade kraftfullt, leendet stort och rött. Liam undrade om han borde le tillbaka, om han i alla fall borde låtsas tillmötesgående, eller om det var säkrast att bara vända ryggen till. Han drog åt sig handen, tog en klunk av kaffet och började gå mot sin egen bil, ville inte att hon skulle se oron som börjat sjuda i kroppen.

Hon travade efter honom, frågade om jobbet, om stämningen bland kollegorna, om Liv.

– Jag har inget att säga. Jag är ny här. Jag vet ingenting om nånting.

Varligt gled han ner på förarsätet och satte muggen i kopphållaren. Journalisten lutade sig in genom den öppna dörren, ville inte låta honom åka.

– Det sägs att Liv Björnlund blivit uppsagd i samband med mordet på hennes far, och att du har anställts i hennes ställe, stämmer det?

Liam frustade.

– Nej, det stämmer inte.

Han började dra igen dörren, tvingade henne till reträtt, kände irritationen bränna ända ut i fingrarna när han drog igång motorn och greppade ratten. Han backade ut utan att se på journalisten, låtsades att hon inte fanns. En olustig känsla följde honom hela vägen hem. Alla verkade tro att han hade tagit Livs plats, och det störde honom. Kanske för att det låg en sanning i det.

*

Liv sprang genom skogen. Trädens rötter lade krokben för henne om och om igen och hon föll hårt i den våta marken, bara för att kravla sig upp igen och fortsätta springa. Kunde inte komma fram fort nog. Hunden skällde någonstans i mörkret, ett uppmanande ståndskall som annars bara hördes under jakten. När hon nådde Björngården stod en polisbil parkerad intill garaget. Genom fönstret skymtade hon Simons blonda huvud och Hassans breda gestalt. Det verkade som om polisen hade invaderat varenda stuga i byn. Tanken att bara vända och springa därifrån ilade genom henne, men det var för sent, och hon hade ingenstans att ta vägen. Ingenstans att gömma sig.

Deras skratt mötte henne när hon klev in i hallen. Hassans skor stod prydligt uppställda på hallmattan, hånfullt blanka och skinande intill hennes egna slitna kängor. De satt i doften av kokkaffe med ett kakfat mellan sig och hade det inte varit för polisuniformen hade det sett ut som en vanlig fika vänner emellan. Hon blev stående i dörröppningen, såg förskräckelsen i deras blickar när de fick syn på henne.

– Vad har du gjort? sa Simon. Du ser ju fan inte klok ut.

Hon blev medveten om sina blöta kläder, händerna som var svarta av jord.

– Jag genade över myren, bara.

Hon såg på Hassan.

– Vad gör du här? Rösten hård, nästan fientlig, men Hassan bara log.

– Jag förstår att ni börjar bli less på mig, sa han. Men jag är faktiskt här med lite goda nyheter. Jag berättade just för Simon att vi nyligen gjort ganska stora framsteg i utredningen. Jag kan tyvärr inte gå in på några detaljer, allt jag kan säga är att vi säkrat viktig bevisning kring brunnen där Vidar hittades, och jag är övertygad om att vi snart kommer ha svaren vi söker.

Liv klappade sig över jackbröstet, kände de vassa kanterna av Vidars glasögon som gömde sig under tyget, tvekade.

– Jag hittade nåt ute på myren som kanske kan vara av vikt för utredningen.

– Jaså? Berätta.

– Jag snubblade över pappas glasögon. De låg bara ett stenkast från älgtornet. Han var blind utan glasögonen, han gick ingenstans utan dem, aldrig nånsin.

Varligt tog hon glasögonen ur jackfickan och gick fram och gav dem åt Hassan. De gamla repade bågarna blänkte i ljuset.

– Jag tror det var där han sköts, fortsatte hon, ute på myren. Serudia har antytt samma sak, fast jag förstod det inte då. Hon sa att hon hittade pappas blodiga mössa där hjortronen växer.

Hassan halade fram ett par tunna blå plasthandskar ur fickan som han tog på sig innan han lyfte glasögonen mot ansiktet och studerade dem noga.

– Kan du visa mig var du hittade dem?

– Jag tror det. De låg på södra sidan av älgtornet.

– Och du är säker på att det är Vidars?

Både Liv och Simon nickade, det rådde ingen tvekan. De satt stumt och betraktade Hassan medan han varsamt lade de sargade glasögonen i en papperspåse som han märkte med dagens datum. Det var en underlig upplevelse att se Vidars ägodelar hanteras på det viset, förpackade som dåligt inslagna presenter. Sakerna tappade sin kraft utan honom, blev mindre verkliga.

VÅREN 2003

Barnet är en exotisk blomma som växer i mörkret mellan dem. Våren anländer med en ny hoppfullhet och fyller de tysta rummen med ett sällsamt ljus. Fadern och flickan står över barnet, letar efter sig själva i det skrynklade ansiktet, uppfyllda av den rena vita skräcken som bara kärleken för med sig.

De många resorna till vårdcentralen får oron att spira i henne. Flickan bär pojken mot sin späda axel, känner hur han växer sig större och tyngre för varje dag. Han äter och sover och gråter och griper efter henne med sina starka små nypor. Ändå står hon över honom varje morgon och betraktar den mjuka växande kroppen, smeker den fjuniga hjässan och letar i de uttryckslösa ögonen efter tecken på monstret som gömmer sig därinne. Övertygelsen om att han bär på någon osynlig sjukdom river i henne. För hon vet att någonting är fel, han är inte som andra barn. Han borde aldrig någonsin ha blivit till.

– Det är inget fel på pojken, säger fadern. Det kan vem som helst se.

Men på väg till vårdcentralen är nacken alltjämt våt av svett trots att frosten fortfarande gnistrar i träden om morgonen. Fadern väntar, som alltid, på parkeringen medan hon går in genom portarna med barnet i famnen. Hans blick bränner i ryggen när de tunga dörrarna slår igen efter henne. En skarp sol följer dem in i väntrummet och sticker i ögonen när de sitter framför läkaren. Flickan sitter långt ut på stolen och ser hur de väger och mäter den lille. En gloria av vårljus kring den spröda hjässan och läkaren talar med ett leende i rösten.

– Vilken vacker liten gosse.

Han växer precis som han ska, där finns ingenting att anmärka på. Om läkaren skymtar monstret så ger hon inte sken av det. Istället är det flickan hon oroar sig för.

– Visst har du nån som hjälper dig? Det är viktigt att du också får vila emellanåt.

– Jag reder mig.

– Och pojkens pappa? Du har fortfarande inga tankar om vem han är?

– Nej, jag känner honom inte.

Lögnen är en stor varm filt som hon lindar kring sig själv och barnet. En kraftig väv av självbevarelse så att ingen kan komma åt dem. Och på parkeringen sitter fadern med ansiktet i händerna och vaggar fram och tillbaka.

Morgonen var ljus och levande när hon rörde sig genom byn. Hon tog en snårig omväg förbi Serudias hus för att slippa stöta ihop med den gamla, hon kunde höra fåglarna skräna lång väg medan hon pulsade genom granriset.

Karl-Eriks hus låg på en höjd, gården var ärvd i generationer, men till skillnad från Björngården hade den tagits väl om hand. Kåken lyste bjärt röd mellan granarna. Vaga minnen från barndomen då hon suttit i ett solvarmt kök och doppat mandelkubbar i kaffet medan Vidar och Karl-Erik utbytte ord på baksidan. Det var så Vidar hade kallat det. Till och med när Karl-Erik kastat en flaska efter honom så att han blev tvungen att fly nerför backen hade han sagt att de bara bytt några ord. Men ju äldre hon blev desto mer hade han varnat henne för Karl-Erik, sagt att han inte var vid sina sinnens fulla bruk och att han hade en tendens att tappa huvudet runt kvinnfolk. *Det är inte för inte som han blitt en gammpojk.*

Karl-Eriks ansikte såg svullet ut i dagsljuset, den grå huden täckt av stora svarta porer.

– Jasså är det du, Liv. Kom in, kom in.

Huset var i ännu bättre skick invändigt, med renoverat kök och nya golv som fick henne att röra sig försiktigt i strumplästen och tala med låg röst som om hon befann sig i kyrkan. Karl-Erik ställde fram en fransk press på bordet mellan dem och frågade om hon skulle ha mjölk. När han dök in bakom kylskåpsdörren hörde hon hur han drack djupa klunkar av något som gömde sig därbakom.

– Du kanske vill ha nåt starkare?

– Tack, men kaffe duger gott.

Hennes ögon vandrade över väggarna, fastnade på en grupp tavlor som hängde ovanför kökssoffan. Döda träd i svart blyerts som sträckte sina kala grenar mot en suddig molntung himmel. Varje teckning tycktes föreställa samma träd, bara från olika vinklar. Rönnen där Kristina hängt sig. Insikten fick olusten att ila nerför ryggen.

Karl-Erik sprättade en öl, ljudet fick henne att hoppa till.

– Hur är det med dig och Simon?

– Jo. Vi reder oss.

– Polisen är här var och varannan dag och ska ställa frågor. Men de verkar aldrig komma nånvart. Eller du kanske vet mer än vad jag gör?

Liv skakade på huvudet, tänkte på myren och Vidars glasögon, men ville inget säga om det hon visste. Inte till Karl-Erik.

– Det är förjävligt, sa han. Att ni som stod Vidar närmast inte får veta nåt. Det är tamejfan skandal.

Han drack av ölen, kvävde en rap. Hans slöa rörelser vittnade om att det inte var dagens första öl. De tårstinna ögonen grävde i henne, fick henne att vilja springa därifrån.

– Jag har aldrig förstått varför du blivit kvar hos Vidar, sa han. Jag trodde alltid att du skulle dra ut i världen. Eller i alla fall skaffa dig nåt eget.

Hon ångrade att hon inte tackat ja till något starkare, om det var sådana frågor han skulle ställa. Hans köksbord såg lika nytt ut som golvet, träet blankt och fritt från repor. Inga skavanker att fästa blicken vid.

– Jag är här för att jag vill prata om dig och pappa, sa hon. Bråket mellan er.

Karl-Erik knycklade den tomma ölburken i handen och tog en ny från kylen. Kinderna ovanför skägget lyste röda.

– Man ska inte tala illa om de döda, men jag säger samma sak till dig som jag redan sagt till polisen: jag sörjer inte att Vidar är borta, snarare tvärtom. Äntligen kan man andas fritt i den här byn. Hade jag vetat vem som låg bakom hade jag gett han en klapp på ryggen.

Ilskan flammade upp i henne, het och oväntad, fick tröjan att klibba över ryggen. De döda träden på väggarna tycktes röra sig, gäckade henne.

– Varför säger du så?

– Vänta här.

Karl-Erik försvann in i ett angränsande rum, hon hörde hur han började dra ut lådor och slamra med prylar. Hennes blick föll på en kniv som låg på diskbänken – den hade en slida i mörkt läder och renhornsskaft med gravyr och var svindlande lik kniven Vidar brukade bära i sitt bälte. Hon reste sig för att ta en närmre titt, lät fingertopparna glida över hantverket medan hon lyssnade efter Karl-Erik. Drog kniven ur slidan och höll upp den i ljuset. Ett obehag blommade i henne medan hon granskade de utsökta detaljerna.

När Karl-Erik återvände höll hon fram kniven, pekade på honom med bladet.

– Det här ser ut som pappas kniv.

Karl-Erik stödde sig mot dörrkarmen, kisade på både henne och kniven.

– Den där kniven har jag haft sen jag var pojk. Det var en gåva från farbror Henrik. Han brukade slöjda knivar åt både Vidar och mig så det är möjligt att farsan din ägde nåt liknande. Men den där kniven är min, det har du mitt ord på.

Han hade ett fotoalbum under armen som han varsamt lade på bordet.

– Kom och sätt dig, sa han. Ta dig en titt bland de här gamla bilderna så kommer du förstå både ett och annat.

Motvilligt lade hon ifrån sig kniven och satte sig. När hon inte gjorde någon ansats att öppna albumet ställde han sig bakom henne och började bläddra i pärmarna med skakiga händer. Det var fyllt av gamla foton från en tid då Karl-Eriks långsmala kinder kantades av polisonger. Han log så mycket att hon knappt kände igen honom, men kvinnan på bilderna gick det inte att ta miste på. Håret som olja och blicken som fick allting att stanna inuti henne. Samma blick som hon mötte i spegeln varje morgon.

Det tog ett tag innan hon förstod. Karl-Eriks arm runt Kristina, deras huvuden tätt ihop. På en av bilderna badade de nakna medan solen sjönk på andra sidan sjön, på en annan stod de på längdskidor iförda matchande mössor och vinterjackor. De var så unga båda två, i Simons ålder, bara barn. På några av fotona fanns andra människor, men den enda hon kände igen var Vidar, han satt i utkanten och log och skrattade, ung han också. Och det var inte han som hade armen om Kristina.

Hon såg på Karl-Erik, hans läppar som ett blödande sår djupt inne i skägget.

– Du och mamma var tillsammans?

– Kristina var min första stora kärlek. Den enda kvinna jag nånsin älskat.

Hans röst var alldeles nykter när han sa det, klar och stadig. Ansiktet strålade av smärtan.

– Men vad hände?

– Du vet mycket väl vad som hände. Vidar tog'na ifrån mig. Och sen rämnade världen.

– Pappa, kan du göra en fiskbensfläta?

– Fisk… vadå för nåt?

– Fiskbensfläta. Det är en sån där tjock fläta som ser ut som ett fiskben.

– Det låter konstigt.

– De är jättejättesvåra att göra, men Jamilas mamma kan göra såna för hon är frisör.

– Jag kan säkert lära mig.

Vanja log åt honom från baksätet.

– Jamila säger att mammor är bättre än pappor på att fixa hår, men jag sa till henne att det är inte sant för min pappa kan göra alla frisyrer som finns på hela Youtube.

Liam skrattade medan han svängde in på grusvägen som ledde upp till deras gård.

– Jag kan försöka i alla fall.

Stoltheten i hennes röst rörde om något i honom. Det var en känsla han aldrig skulle vänja sig vid, att det fanns någon i världen som trodde så mycket på honom, som bara såg det goda.

Han lade inte märke till polisbilen förrän det var för sent. Den stod parkerad på morsans uppfart och hundarna var som tokiga bakom gallret. Det var så sällan de fick besök att ingen av dem var vana, allra minst hundarna. Han övervägde att göra en U-sväng och försvinna ut på stora vägen igen, men han visste att det var för sent, de hade redan sett honom.

Vanja knackade fingret mot bilrutan.

– Polisen är här.

– Jag ser det.

– Tror du att de letar efter Gabriel?

– Jag vet inte, vi får gå in och höra.

Han var matt i knäna när han gick runt bilen och knäppte loss Vanja. Kanske kände hon av hans rädsla för hon hade blivit alldeles tyst och insisterade på att få rida på hans rygg. Hennes små armar klamrade hårt runt halsen på honom och han ville inget hellre än att springa in i snåren med henne och försvinna.

Rädslan så stark att han mådde illa när han klev över tröskeln. Det var över nu, han kände det, alla hans misstag hade hunnit ikapp honom. Försöken att skapa en normal tillvaro skulle inte rädda någon av dem, han hade väntat för länge. De skulle ta Vanja ifrån honom, han skulle inte få vara hennes pappa längre. Någon annan skulle bära henne i sina armar och fläta hennes hår och fyllas av hennes skratt. Någon som förtjänade det.

Blodet rusade i kroppen, gjorde honom yr. Men vad som än hände fick han inte bryta ihop, fick inte skrämma Vanja. Han skulle be morsan att ta henne till ett annat rum innan de grep honom, så att hon slapp se vem hennes pappa egentligen var.

Morsan mötte dem i hallen. Hennes hår luktade saffran när hon kramade dem till sig.

– Han har varit här i över en timme, viskade hon, men han vägrar säga vad det rör sig om.

Hassan satt på farsans stol och drack te ur ett guldkantat glas som morsan hade köpt i Marrakech. Hon hade åkt dit efter farsans begravning i ett försenat försök att hitta sig själv. Liam lutade sig mot dörrkarmen, Vanja hängde fortfarande på hans rygg, storögd och tyst med sin kind mot hans.

– Där är du ju, sa Hassan. Jag var nära att ge upp hoppet.

– Vad vill du?

– Just nu vill jag veta vad det är för liten apa du har på ryggen?

Vanja lutade sig över Liams axel.

– Jag är ingen apa.

– Nähä, vem är du då?

– Jag är Vanja.

– Vanja? Hassan gjorde stora ögon. Sist jag såg dig var du så här liten.

Han måttade ett osynligt spädbarn med händerna.

– Känner du mig?

– Nej, men jag känner din pappa. Ibland när han blir lite för busig är det jag som får åka ut och säga till honom på skarpen.

Hassan blinkade åt Vanja. Liam ställde varsamt ner henne på golvet och frågade om hon ville gå ut en stund och titta till hundarna. Hon snörpte misstänksamt på munnen och gav både Liam och Hassan långa blickar innan hon till sist följde med morsan ut till hundgården.

Liam väntade tills ytterdörren slog igen efter dem innan han vände sig mot polismannen. Han inbillade sig att det var ett gott tecken att det bara var Hassan. Hade de tänkt gripa honom skulle de varit fler.

– Där har du nåt att vara stolt över, sa Hassan.

– Vad är det du vill?

– Sätt dig, så får vi prata.

Liam rörde sig motvilligt över golvet, slog sig ner vid bordet utan att ta av sig jackan trots att luften därinne var söt och kvalmig. Hassan skedade rikligt med socker i teet, såg på Liam med en blick som inte avslöjade något.

– Fan, sa han, du ser ut som en ny människa. Det är knappt att man känner igen dig.

– Är det därför du är här? För att kommentera mitt utseende.

– Du ser fräsch ut bara, och det glädjer mig. Det märks att du tagit dig i kragen.

– Jag försöker.

Han såg Vanja och morsan genom fönstret. Grinden till hundgården gnisslade och vinden lekte i deras hår medan de vadade genom de ivriga hundkropparna. Snart skulle de tvingas besöka honom också bakom ett galler. Tanken smärtade.

– Jag hörde att du börjat jobba på macken.

– Det stämmer.

– Niila säger att du jobbar Liv Björnlunds skift?

Liam kände stolen försvinna under sig när han hörde hennes namn. Sprickorna i marken djupnade.

– Bara tills allt har lugnat sig för henne.

– Känner ni varann sen tidigare, du och Liv?

– Jag har handlat av henne bara, inte mer än så.

– Har hon sagt nåt till dig om sin pappas död?

– Bara att han blev mördad.

Hassan sög i sig teet. En bergkristall låg på bordet mellan dem och fångade ljuset. Liam visste att morsan hade lagt den där i ett försök att skydda honom. Synen var trösterik, även om han inte trodde ett dugg på hennes stenar.

– Hon har inte sagt nåt annat?

Det gick upp för Liam att det inte var honom Hassan var ute efter, det var Liv. Det var inte bara folket i byarna som trodde att hon låg bakom Vidars död, polisen gjorde också det. Han lyfte bergkristallen från bordet och kramade den i handen, kände lättnaden strömma genom honom.

– Hon frågade mig häromdan om jag trodde att det är hon som har gjort det.

– Gjort vad?

– Du vet, dödat sin egen farsa.

– Och vad sa du?

– Jag sa att hon borde åka hem och vila.

Hassans blick brände skinnet.

– Så du tror inte att Liv Björnlund har nånting med sin fars död att göra?

Kristallen åt sig in i handflatan, det här var hans chans. Han visste vad Gabriel skulle ha gjort om det varit han som suttit där – han skulle ha tagit tillfället i akt att spy misstankar över henne tills han var blå i ansiktet. Samvetet kom aldrig i vägen när det gällde att rädda sitt eget skinn.

Vanjas skratt trängde sig in genom fönstret, Liam kände huden spricka under stenen.

– Liv Björnlund är jävligt underlig, sa han, men hon är ingen mördare.

*

De körde mot kusten och Simon satt intill henne på sätet med blicken i telefonen. Det var advokat Ljuslinder som hade ringt och bett dem komma för att gå igenom Vidars testamente. Liv hade inte ens vetat att det fanns ett testamente. Nyheten skakade om henne, oron för vad Vidars sista vilja skulle vara, om det var ännu ett försök att komma åt henne.

De lämnade de vindstilla skogarna bakom sig och körde tills de kunde se himlen spegla sig i havet. Simons hår hade vuxit så långt att han kunde dra tillbaka det i en liten svans i nacken, vilket blottade ett rött märke under örat som hon inte hade sett förut. Hon insåg att det var spåren av Felicias läppar. Hon hade märkt honom, så där som unga människor gjorde när de trodde att de älskade. Det där barnsliga behovet av att lämna avtryck, att försöka rista in sig hos varandra som med ett knivblad mot barken. Det var inte kärlek, men det kunde hon inte säga. Det var sådant som bara livet kunde avslöja.

Och egentligen var hon ju glad, att han äntligen hade någon. Den mjuke ensamme pojken med hängande huvud var inte

där längre. Han som kastade boll mot en vägg på rasterna
för att inget av de andra barnen ville leka med honom. Han
som alltid suttit längst fram i bussen så att chauffören kunde
ingripa ifall någon gav sig på honom. Han som önskade sig
Barbiedockor och My Little Ponies i julklapp för att kunna
ge dem till flickorna. Flickorna som ibland var snälla, snällare
än pojkarna. De gjorde halsband åt honom som han fick
gömma under tröjan när han kom hem för att Vidar inte
skulle se. Men det gjorde han förstås ändå, till slut. Vidar
hade sträckt fram handen och slitit sönder halsbanden så
att köksgolvet förvandlades till ett hav av skimrande pärlor.
Liv mindes fortfarande det fruktansvärda ljudet av en värld
som gick i kras.

– Är du ledsen? frågade hon.

Han nickade och såg ut genom fönstret, bort från henne.
Hon såg hur han torkade sig om ögonen, ville inte att hon
skulle se gråten.

Staden lyste i vårsolen, människorna knäppte upp jackorna
och grimaserade med sina vinterbleka ansikten. Älven rann
som en väldig ådra genom alltihop, kantad av björkarnas
gröna skimmer. Liv gled genom rondellerna och korsningarna
med vita knogar, hon var inte van vid trafiken, bilarna tycktes
komma från alla håll.

– Är *du* ledsen? frågade Simon när de äntligen parkerat.

Hon hade tagit med sig Vidars pipa och nu satt hon och
fyllde den med tobak med fumliga fingrar.

– Det är klart att jag är ledsen.

– Men det syns inte på dig. Du gråter inte.

– Jag kan inte gråta, jag tror att jag glömt hur man gör.

– Jag har aldrig sett dig gråta i hela mitt liv.

Hon log. Det var så mycket han inte sett, så mycket han inte
visste. Om henne och nätterna i främmande bilar. Gruset som

ett regn mot underredet medan männens händer trevade över hennes hud. Befrielsen när de trängde in i henne med tungor och kön. Och sedan tomheten när det var över. På hemvägen var det alltid Vidar som satt bakom ratten och vägrade se på henne. Det var då gråten kom. Bara då. Hon smekte sin pojkes hår, den stubbiga kinden.

– Mina tårar försvann när jag fick dig.

De var tidiga. Mötet skulle ske klockan tio och klockan var inte ens halv ännu. Liv gick ut och lutade sig mot huven, tände pipan och smackade med läpparna medan hon sög in röken så som Vidar brukade göra. Minnena satt som en tyngd över bröstet, hon såg honom överallt. Hans förvridna händer på köksbordet om morgnarna, det var samma händer som släppt taget om pakethållaren när hon skulle lära sig cykla. Inte förrän hon närmade sig stora vägen märkte hon att han inte längre sprang bakom henne – att han bara var en prick långt borta, och upptäckten fick cykeln att börja vingla och snart låg hon i gruset med skrapade knän och känslan av sveket svidande bakom ögonen. Hans blick över glasögonkanten när han betraktade henne. Vi ska hålla ihop, du och jag, hade han sagt. Lämnar vi varann går det åt helvete.

Simon kom ut och ställde sig intill henne. När han sträckte sig efter pipan protesterade hon inte. Deras axlar snuddade vid varandra medan de stod där och blåste rökringar mot de blänkande hustaken och ingen av dem grät.

Inne på advokatens kontor kändes det som om alla stirrade på dem. Livs kängor gungade osäkert över den fläckiga mattan när Ljuslinder visade in dem på sitt kontor. Han hade läckande ögon och fuktiga händer, hjässan kal och svettblank. Näshåret sträckte sig mot överläppen när han talade, smälte ihop med den buskiga mustaschen. Kontoret var dammigt och stank av rutten frukt.

– Jag beklagar verkligen det som har hänt. Vidar var en bra karl. Det är förfärligt detta. *Förfärligt.*

Ett moln av bananflugor yrde över papperskorgen och stal hennes uppmärksamhet medan Ljuslinder slickade fingrarna och bläddrade i sina papper. Han hade känt Vidar i över tjugo år och det hade varit en sann ära att ha fått arbeta åt en sådan karismatisk man, sa han. Liv satt långt ut på stolen och försökte avgöra om han menade allvar eller om det bara var ett försök att ställa sig in. Det förvånade henne att Vidar till slut hade valt att lita på advokater och banker, istället för sina egna, men hon förstod att det hade med kontroll att göra. Han hade sett till att få sista ordet, vad som än hände.

Ljuslinder sköt ett papper över bordet, hans fingrar lämnade fuktiga spår i kanten. Den nasala stämman malde genom rummet. Vidars testamente hade skrivits samma år som Simon föddes och var absolut ingenting märkvärdigt eller ovanligt.

– Vidar ville bara försäkra sig om att hans barnbarn också skulle få ärva vid hans bortgång. Utan ett testamente är det ju barnen som ärver först, och hela summan hade således tillfallit dig, Liv. Men Vidars önskan var att ni skulle ärva hälften var och således dela lika på allt som han lämnade efter sig. I hans ögon var detta en mer rättvis fördelning.

Liv såg på sin pojke och kände lättnaden fylla bröstet, hon hörde sig själv skratta till. Hon hade väntat sig någonting helt annat, någonting elakt och utstuderat, ett sista försök att kontrollera henne. Vad som helst, men inte detta.

Simon såg vilsen ut, han klippte stumt med de stora ögonen medan Ljuslinder redogjorde för detaljerna. Beloppen lät vulgära i advokatens mun, ofattbara. Belopp som kunde förändra allt. Liv hade svårt att ta in orden, hon såg bara näshåren och bananflugorna och Vidars skugga som svävade över alltihop. Hon såg honom vanka i månskenet med armarna om den nyfödde pojken, en hand kupad som en sköld över den fjuniga hjässan. Förstulna blickar på henne som om han var rädd att hon skulle ta barnet ifrån honom. Han hade älskat pojken från första stund, långt innan hon själv kunde förmå sig att göra det.

Hon körde för fort på vägen hem, struntade i fartkamerornas blixtar och revorna i viltstängslet. Molnen rusade över himlen och vårvindarna fick skogshavet att storma omkring dem. Den gamla Volvon krängde över den spruckna vägen.

– Nu kan vi köpa ny bil, sa Simon.

– Vi kan köpa nytt allting.

Tanken borde ha glatt henne, vetskapen om att den snåla tillvaron de levt med Vidar äntligen var över. Nu behövde de inte oroa sig för någonting mer, vare sig bilen eller motorsågen eller det förfallna huset. Världen låg öppen, alla beslut var deras. Ändå kunde hon inte slappna av, ett tryck över bröstkorgen när hon tänkte på den nya friheten. Den tedde sig så främmande, nästan hotfull. Kanske kände Simon samma sak för han satt med blicken långt in i skogen och tuggade på kinderna.

– Jag vill göra nåt bra för pengarna, sa han.

– Som vadå?

– Jag vill hjälpa Felicias familj. De är på väg att förlora allt, korna och hela rubbet. Och banken vill inte ge dem några nya lån. Får de inte hjälp från nån så är det kört.

Vinden slet bilen närmre diket, Livs händer värkte runt ratten. Hon hörde Vidars trasiga stämma i huvudet, kände protesterna välla upp inom sig.

– Jag tycker inte att du ska blanda dig i Modigs affärer.

– Varför inte?

– Det är fint av dig att vilja hjälpa, men ni är så unga, och det är aldrig bra att blanda in pengar i sina relationer. Det kan bara sluta illa.

– Ursäkta, men vad vet du om relationer? Du har väl aldrig haft nåt riktigt förhållande. Inte vad jag har sett i alla fall.

Det nedlåtande tonfallet påminde om Vidar, den svarta blicken likaså. Det slog henne att döden inte spelade någon roll. Inte så länge den gamle levde kvar i dem.

*

Liv vaknade av att Simon hoppade rep. Husets hjärta slog hårdare än någonsin. Ljuset bakom gardinerna skvallrade om värme och pånyttfödelse och hon visste med ens att det var dags. Ivern så stark att hon inte hann bry sig om kläder, i bara sovtröjan gick hon ut i vedboden och hämtade bensindunken. Slarvigt och ursinnigt dränkte hon Vidars saker, de gamla slitna plaggen såg inte mycket ut för världen där de låg blöta och väntade på att hon skulle släppa tändstickan över dem. Elden föddes med ett ilsket fräsande. Morgonen var vindstilla och lågorna växte sig höga och glupska. Hon inbillade sig att röken var fylld av honom när den steg mot himlen, samma lukt som ur hans såriga strupe när han böjde sig över henne. Det sprakade och knastrade och hon hörde inte att Simon närmade sig, plötsligt stod han bara där, svettig och andfådd. Hon var rädd att han skulle protestera, att han skulle gråta så som han gjort i bårhuset när allting blev för verkligt. Men han bara stod alldeles stilla intill henne och betraktade den flammande elden.

– Jag har tänkt sälja gården innan sommaren, sa hon.

– Varför det?

– För att vi är fria nu, vi behöver inte vara här längre.

De var tvungna att skrika för att överrösta lågorna.

– Men jag vill vara här, sa Simon. Jag vill inte sälja.

– Du har ju alltid sagt att du vill flytta till en stad.

– Det var förut, när morfar var här. När han bestämde. Nu är det vi som bestämmer.

Längre hann de inte förrän polisbilarna kom körande på vägen. Varken sirener eller blåljus, men de körde fort. Alldeles för fort. Liv vred huvudet efter dem när de passerade deras infart och fortsatte djupare in i byn. En molande känsla bredde ut sig i magen.

– Vart tror du de är på väg? frågade Simon.

– Jag vet inte. Vi får vänta och se.

– Jag springer över till Felicia och ser om de vet nåt.

Liv stod kvar vid elden och såg honom försvinna in i skogen, hon ville ropa efter honom att stanna men fick inte orden ur sig. Ensamheten skrämde henne, det var då Vidar kom tillbaka, hans skugga rörde sig i ögonvrån som om ingenting hade hänt. Som om han fortfarande var i livet.

Hon gick tillbaka in i köket och satte sig i fönstret och såg lågorna sträcka sig mot himlen. Hunden låg vid hennes fötter och varje gång den spetsade öronen drog hjärtat igång. Hon satt som Vidar brukade sitta, nersjunken bakom gardinen, med blicken mot vägen och elden. En smygande känsla av att vara iakttagen kom över henne, samma känsla som när hon stod bakom kassan på macken med allas ögon på sig. Hon inbillade sig att någon stod därute, med kroppen begravd i skogen och hennes huvud i kikarsiktet.

Det dröjde en god stund innan poliserna kom tillbaka. De körde saktare nu, ändå kunde hon inte se vem som satt bakom ratten, om det var Hassan. Hon höll andan när de passerade bommen, rädd att de skulle svänga upp till henne, men de kröp bara vidare längs vägen och försvann bakom krönet.

Kort därefter körde Karl-Erik fram till bommen och tutade åt henne. Nybilen blänkte som en lax i solskenet när hon gick för att släppa in honom. Han gjorde en klumpig sväng förbi den brinnande elden och rev upp djupa fåror i gruset när han bromsade in framför farstubron. Kastade nervösa blickar omkring sig när han klev ur, nästan som om han väntade sig att bli påhoppad, blicken dröjde vid den rykande högen.

– Jag tror bestämt att polisen körde iväg med eran hyresgäst.

– Jaså?

– Jag körde förbi dem nyss, det var två polisbilar, och Johnny Westberg satt i baksätet på den ena och såg olycklig ut.

Liv kisade neråt vägen, försökte dölja upproret inom henne.

– Det vet jag inget om.

– Vad bränner du här?

– Lite av pappas saker, bara.

Karl-Erik nickade som om han förstod. Hon kunde skymta Vidar i hans ansikte, släktskapet stod skrivet i de trötta fårorna. Han smög en ådrig näve innanför jackan och hennes första tanke var att han skulle dra fram en plunta och ta sig en klunk, så där som hon sett honom göra när deras vägar korsades ute i skogen, som om blotta åsynen av en annan människa drev honom till spriten. Men istället drog han fram ett armband som han räckte henne. Ett svart läderband med flätad tenntråd och en renhornsknapp som kändes sval mot huden.

– Det var Kristinas. Jag vet inte om det är din storlek, men det spelar ingen roll, det är du som ska ha det.

Lädret var mjukt och väl använt, tenntråden missfärgad av tiden, men hantverket var utsökt. Utan ett ord satte hon det runt handleden och lät Karl-Erik fästa knappen. Hon såg att han också hade stelheten i händerna, fast inte lika illa som Vidar haft. Armbandet passade nätt och jämnt. Hon kunde känna sin egen puls dunka därunder.

– Vars har du pojken din?

– Han är hos Modigs.

Karl-Erik spottade i marken.

– Jag har förstått att Douglas har satt klorna i honom.

– Vad menar du?

– Douglas springer omkring och skryter om att de ska ta över hela byn, hans flicka och din pojke. Han beter sig som han vunnit på Lotto ända sen Vidar dog.

Liv lade en hand över armbandet. Kände värmen från elden och drog den fräna röken djupt ner i lungorna, försökte att inte tänka på Johnny i polisbilen, eller Douglas tunga arm runt hennes pojke, de övergivna glasögonen på myren… allting snurrade för fort. Hon hörde Vidars förmaningar vibrera genom henne: *Den dagen du litar på en annan människa är dagen du förlorar dig själv.*

*

Hon rastade hunden innan hon låste in den i tomheten och gav sig av genom snåren. Kvällssolen brann över stigen men hon behövde inte ljuset för att hitta. Byn ruvade stilla omkring henne, bara lukten från Modigs kor som letade sig ut över myren tillsammans med några spridda hundskall, annars inga tecken på liv.

Änkan Johanssons hus stod övergivet intill myren. Alla lampor var släckta och inga hundar kom henne till mötes när hon rörde sig över grusgången. Det enda som hördes var ljudet av plast som piskade i vinden och när hon kom närmre såg hon att de hade fäst polistejp för dörren och hängt upp en skylt som informerade om att området var avspärrat. Liv sträckte en hand över tejpen och kände på dörren. Den var låst, för första gången sedan Johnny flyttat in var den låst.

Hon ställde sig vid köksfönstret och lyste in i mörkret med mobiltelefonens ficklampa. Allting såg ut som vanligt därinne: övergiven disk på bänken, på bordet ett par nerbrunna stearinljus och en ask med tändstickor. Änkans broderade verk stirrade tillbaka på henne från väggarna. Hon gick runt huset och kikade in i sovrummet där älghuvudet hängde och väntade på henne som om ingenting hade hänt. Täcket låg korvat på golvet som om han hade slitits ur sömnen när polisen kom. Hon släckte ficklampan och kramade den mot bröstet, ville inte se något mer.

Hon satt i det nersläckta köket när Simon kom hem. Han hade Felicia med sig, deras röster var uppspelta medan de stampade våren av skorna och hängde upp jackorna. När de kom in i köket kunde hon se i deras ansikten att någonting oerhört hade hänt och hon kunde inte hejda dem från att berätta, trots att hon ville. Hon var inte säker på att hon orkade höra.

– Polisen har gripit Johnny Westberg, sa Simon. Vi såg när de förde bort honom.

– Vi frågade vad han gjort, men de ville inte säga, inflikade Felicia.

– Det är han, eller hur? Det är han som har dödat morfar. Simon var röd i ansiktet och små skimrande spottloskor följde med orden. Liv kunde bara skaka på huvudet.

– Jag tycker inte vi ska dra några förhastade slutsatser innan vi vet mer.

– Du är kär i honom, eller hur? Det är därför du försvarar honom!

– Jag försvarar ingen. Men vi kan ju inte döma nån förrän vi vet vad som har hänt.

Simon slog handen i väggen, hårt så att det blev ett hål. Han såg förskräckt på förödelsen, sedan på henne, innan han sprang uppför trappan och försvann in på sitt rum. Felicia blinkade stumt mot Liv innan hon fann sig och skyndade efter. Liv stod kvar och kände ensamheten fylla ådrorna, bara den svarta öppningen i väggen som gapade mot henne.

SOMMAREN 2003

Barnet sover i hennes armar. Hon skyler det nätta ansiktet med sin lusekofta för att skydda honom från solen och vinden och de förbipasserande bilarna. En skör grönska lutar sig över grusvägen och doften av sommar hänger i den svala luften. Det är tidigt men solen brinner stadigt över det dammiga gruset och blänker i bilarnas fönster så att hon inte ser vem det är som sitter bakom ratten. Hon står i diket med barnet i famnen medan de passerar en efter en. En väska fylld med blöjor hänger över axeln och remmen äter sig sakta in i huden. Armarna värker av barnets tyngd. Han växer fort, de ljusa barnaögonen ser mer och mer för varje dag. Hon måste skynda sig, tiden har redan börjat rinna ifrån dem.

En svart bil uppe på krönet, huven blänker som olja i solskenet. Flickan med barnet tar ett djupt andetag och kliver ut i vägen, höjer den fria handen högt i luften och ler så att kinderna värker. Inte förrän bilen saktar ner ser hon att det är en kvinna som kör. Hon drar åt sig handen men det är redan för sent, kvinnan har stannat och vevat ner rutan och synar henne över solglasögonens bågar.

– Vart vill du åka?

Flickan vilar handen över barnets fjuniga nacke. Hon brukar undvika kvinnorna, de ser för mycket, deras ögon tränger sig in överallt. De är inte som männen, som bara ser vad de vill och som fastnar i sina egna fantasier. Kvinnorna håller sig till verkligheten.

– In till Arvidsjaur, bara.

– Du har dragit på dig mer än du kan bära, ser jag. Hoppa in så skjutsar jag dig!

Kvinnans hår är rödvinsfärgat och hänger i vassa flikar runt ansiktet som tycks vibrera av nyfikenhet när flickan till sist öppnar dörren och sjunker ner på sätet. Kvinnan tar av sig solglasögonen och gläntar på koftan, betraktar förundrat det sovande barnet.

– Oj, oj, oj, viskar hon. Vem har vi här?

– Jag fick tyvärr inte med mig bilbarnstolen.

– Då ska jag köra försiktigt, med så dyrbar last.

Kvinnan bjuder på chokladkola och kaffe i termos. Det doftar gudomligt men flickan är rädd för att spilla på barnet och vill ingenting ha. Hon kramar den mjuka sovande kroppen mot bröstet och håller ögonen stint på vägen medan kvinnan synar henne.

– Var vill ni kliva av nånstans?

– Du kan släppa av oss där det passar.

Solen växer på himlen och ger grönskan en övernaturlig lyster. Flickan pekar på allt det vackra för att undkomma frågorna, det är ett slags superkraft hon utvecklat under åren, att slingra sig förbi människornas nyfikenhet och alla fallgropar de försöker gräva åt henne. Kvinnan ler inte längre, chokladkolan buktar under kinden.

– Slår han dig? frågar hon plötsligt. Är du i fara för ditt liv?

– Det är ingen som slår mig.

– Det är fredag idag, polisen har öppet till tre.

– Jaså.

– Vad tror du om att jag släpper av dig där? Så kan de hjälpa er till rätta.

Flickans hjärta slår så hårt i bröstet att hon är rädd att det ska väcka barnet. Hon biter ett hål i kinden och känner blodsmaken fylla munnen. Det här är sista gången hon liftar med en kvinna. När de passerar kyrkan har hon den fria handen på dörrhandtaget. Hade det inte varit för barnet hade hon öppnat den och sprungit, men nu tvekar hon, rädd att göra honom illa. Det är ju för hans skull hon är här, för att han inte ska komma till skada.

Sommaren har invaderat gatorna, folk överallt och luften dallrar av soldrucken asfalt och sorglöshet. Flickan betraktar dem hungrigt, människorna, deras leenden och solbrända ben. Kvinnan parkerar utanför en låg röd byggnad och smeker barnets sovande kind med ett finger.

– Jag följer med er in.

– Det behövs inte.

Kvickt tar hon barnet och väskan och kliver ur bilen. Hon går långsamt mot de stängda dörrarna och vänder sig inte om förrän hon har en fot på trappan. Kvinnan vinkar åt henne innan hon lägger i växeln och kör därifrån. Det förvånar henne att hon ger sig av så snabbt, att hon inte envisas. En skylt med orden *Kommer strax* hänger på dörren och när hon känner på handtaget är det låst. Lättnaden känns i benen och hon sjunker ner på trappsteget och blir sittande. Barnets mun vaknar först och letar efter henne. Hon sitter där på polisens trappa med ögonen slutna mot solen och ger barnet bröstet. Plötsligt är hon mycket trött.

Vinden för med sig en stank av död. Björkarna som omger polishuset rasslar när hon reser sig och följer stanken runt knuten. Tre sopsäckar står på rad i skuggan, en svärm av flugor yr kring den svarta plasten. Med en hand över barnets huvud lutar hon sig fram och gläntar på den första säcken. Ett renhuvud stirrar upp på henne, flugor kravlar över de oseende ögonen och en bit av tungan har letat sig ut ur den livlösa munnen. Flickan ryggar tillbaka och skyler barnet med koftan, ett läte undslipper henne som studsar vidare mellan träden.

– Renstölder, säger en röst intill henne.

En ung polisman med kvisslor på hakan har närmat sig från ingenstans. Hon kramar barnet tätare intill sig.

– Men vem gör så?

– Ja du, det händer mycket galenskap när hatet får styra.

Han har en påse snabbmat i händerna och håret i nacken är fuktigt. Uniformen ser varm ut. Flickan håller andan, bara barnet som jollrar och flugornas surr över de döda djurkropparna. De stympade renarna sänder en varning genom henne, en kall rysning nerför ryggraden.

– Kan jag hjälpa dig med nåt? frågar polisen. Är du här för att göra en anmälan?

Han gör en gest åt henne att hon ska följa efter, in på stationen. Flickan spanar efter en flyktväg medan han låser upp dörren. Barnet rapar upp en sträng av varm mjölk över hennes axel och hon betraktar den rödblanka polisnacken och försöker få fatt i tankarna. Det är svårare att ljuga för män i uniform, de är tränade att lukta sig fram till sanningen, och sanningen är farlig, den får hon aldrig berätta. Då tar de barnet ifrån henne.

Mannen i uniformen håller upp dörren åt henne, en mörk fettfläck blommar över påsen han har i handen. Hon kliver in i den svala luften, lukten av död har satt sig i näsborrarna. Hon ler stort för att dölja rädslan som bultar och vrider sig i henne.

– Jag vill inte göra nån anmälan, jag skulle bara behöva låna telefonen och ringa till min pappa. Det verkar som att vi tappat bort varann.

Polismannen lutar sig fram mot barnet och skrynklar ansiktet i en grimas.

– Självklart får du göra det. Pappor är viktiga, de får man inte slarva bort.

När Hassan kom till gården låg Vidars saker i en förkolnad hög. Han var ensam och det var hon tacksam för. Hon hade inte sovit en blund och huvudet var tungt av sömnlösheten.

– Vad har du bränt här?

– Några av pappas gamla grejer bara.

Han blinkade mot kolbitarna.

– Är inte det lite drastiskt? Du vet att det finns secondhand, va?

– Det var bara skräp, inget som skulle gå att sälja.

– Det finns folk som köper allting.

– Pappa skulle inte ha velat att nån sprang omkring med hans saker. Då skulle han hellre se dem brinna.

Golvet knarrade under honom när han klev in i hallen och hunden hukade i sitt hörn med öronen mot huvudet. Liv undrade om det var uniformen eller den stora manskroppen som skrämde den, eller om den kände av situationens allvar. Hassan hukade en bit ifrån och sträckte fram handen, väntade tålmodigt tills den vågade sig fram.

– Ska du ha kaffe?

– Gärna.

Hon gick ut i köket och skedade kaffe i pannan utan att hålla räkningen, medan hon väntade på att han skulle säga något. Men han dröjde sig kvar på golvet och kliade och gjorde sig till för hunden, pratade till den med en ljus och fjantig röst som hon kanske skulle ha skrattat åt om allt vore som vanligt.

Senare, när de satt mitt emot varandra vid bordet, sökte sig hans blick hela tiden till kolhögen därute, som om det var den som satt på svaren.

– Jag hoppas du sparat några minnessaker i alla fall.

– Jag har minnen så det räcker och blir över.

Han log glädjelöst.

– Hur är det med dig?

– Jag lever.

– Och Simon, hur hanterar han allt det här?

– Han har det ganska tufft, men han springer mest till flick-vännen. Han är där nu.

– Felicia Modig?

– Mm.

Hon undrade hur han visste att Simon och Felicia var till-sammans, om det var Simon som berättat, eller om det var något han snokat reda på med andra medel. Förmodligen visste han allt om dem vid det här laget, allt skvaller som folk i byarna hade att bjuda på.

– Jag har förstått att du också har ett förhållande i byn, sa Hassan, att du är tillsammans med Johnny Westberg?

– Tillsammans och tillsammans, vi ligger med varann ibland.

Ansiktet fattade eld när han granskade henne, hon klarade inte av att se på honom.

– Enligt honom är det visst mer än så, han säger att ni har umgåtts sedan i höstas och att han är förälskad i dig.

– Det får stå för honom.

– Hur skulle du beskriva er relation?

– Som jag just gjorde, vi ligger med varann ibland. Något annat har det aldrig varit och jag förstår inte vad polisen har med det att göra.

Hassan sjönk tillbaka på stolen, hans blick grävde i hen-ne, letade efter något. Hon sträckte sig efter Vidars pipa och tobakspåsen som låg på fönsterbrädet, behövde någonstans att göra av händerna.

– Johnny Westberg häktades igår, sa Hassan.

– Jag hörde det.

– Han är misstänkt på sannolika skäl för mordet på din pappa, vilket är den högre misstankegraden. Bevisningen mot honom är mycket stark.

Löstobaken gled henne ur fingrarna och regnade ner i det orörda kaffet. Bilder av Johnny sköljde över henne, ärret på hans hals som lyste i dunklet, svärtan i hans ögon när han sa att det inte var rätt, hur hon fick smyga för sin egen pappa. Den plötsliga bekännelsen att Vidar hade försökt vräka honom bara någon dag innan allt hände. Ångesten i hans röst skar i henne. Hon såg Vidars kropp på bårhuset, de mjuka vita fingrarna, pannan som blivit alldeles slät. Hon försökte se det framför sig: Johnny som sköt honom, som slängde den livlösa gamla kroppen i brunnen. Tanken fick henne att kväljas. Hon kramade pipan i handen, kunde inte förmå sig att tända den. Hassan vägrade att ta blicken ifrån henne, han letade efter något i hennes ansikte, någon känsloyttring som kunde leda honom vidare.

– Än så länge nekar han. Men han har också berättat att Vidar inte tyckte om honom och att ni fick smyga med er relation. Han säger att du sprang hem till honom om nätterna efter att Vidar somnat, att ni smög omkring som två tonåringar.

– Pappa tyckte inte om nån förutom sina egna, förutom Simon och mig.

– Johnny hävdar att du var hos honom natten när Vidar mördades?

Pipan i hennes hand rörde sig i takt med pulsen. Det var sant, hon hade varit hemma hos Johnny en kort stund. Hon stannade aldrig längre än ett par timmar, rädslan för Vidar var för stark, oron att han skulle upptäcka dem. Kanske hade han gjort det, upptäckt dem, kanske hade han kommit efter henne och väntat tills hon gett sig av därifrån innan han gav sig tillkänna. För sitt inre kunde hon se hur de två männen drabbade samman i månskenet. Tanken fyllde henne med kyla.

– Jag var där ett par timmar bara.

– Vid vilken tidpunkt?

– Mellan midnatt och två, kanske lite kortare. Jag stannade aldrig länge.

– Varför har du inte nämnt nåt om detta tidigare?

– Jag trodde inte att det hade nån betydelse.

Hassan såg på henne som om de inte längre kände varandra.

– Kan du berätta hur ni träffades, du och Johnny?

– Det var i höstas. Han kom till gården och skulle ha nyckeln till änkan Johanssons hus. Jag vet inte vilket datum det var, men första snön hade redan fallit, det är jag säker på. Vi hälsade bara på varann, det var pappa som skötte allt det praktiska.

– Ni hade inte haft nån kontakt innan, via nätet eller så?

– Nej. Det var pappa som skötte allt det där. Han ville hyra ut huset istället för att sälja, tyckte det var säkrare så. Men jag vet inte hur han fick tag på Johnny, allt han sa till mig var att han äntligen hittat nån som ville bo i änkan Johanssons hus. Kort därefter stod Johnny på trappan och skulle ha nyckeln. Jag hade aldrig sett honom tidigare.

– När inledde ni er sexuella relation?

– Inte långt därefter.

– Vem var det som tog initiativet?

Hon såg ut på skogen som böljade i vårvinden.

– En kväll sprang jag förbi änkans hus och såg honom sitta där. Han såg så ensam ut i det gamla rucklet. Jag frågade om han hade nåt kaffe att bjuda på och det hade han. Det var så det började.

Det var sant alltihop, ändå kände hon sig som en lögnare. Kanske var det chocken, att ingenting längre gick att förstå, en grå dimma i huvudet. Hon kände ju inte Johnny, inte på riktigt. Alla hans försök att komma nära hade hon avstyrt. Och det hade frustrerat honom. Han hade aldrig visat några tecken på våldsamhet, men hon hade skymtat besvikelsen varje gång hon lämnade honom för att springa hem till sitt, trots att han bönade och bad om att hon skulle stanna. En mörk skugga hade fallit över hans ansikte varje gång de skulle skiljas åt. Och hon tänkte att alltihop var hennes fel, att det var hon som borde ha varit mer försiktig. Ända sedan hon var gammal nog att lyssna hade Vidar varnat henne för världen därute, för odjuren som strök omkring runt deras marker och bara väntade på att få slå till. Gav man sig i slang med dem var man farligt ute.

En uppgivenhet i Hassans ansikte, han hade inte heller rört sitt kaffe.

– Jag har förstått att du har ärvt en hel del pengar efter din pappa.

– Det kan man säga.

– Pratade ni nånsin om pengar, du och Johnny?

Hon ruskade på huvudet, lät håret falla fram över kinderna. Hon pratade aldrig om pengar med någon, inte om hon kunde undvika det, sanningen var att blotta ordet fick halsen att snöra ihop sig. Pengar var det onda och fula som byggde murar mellan människor, som tog vettet ifrån dem. Hon kunde fortfarande höra Vidars varningar, pessimismen han präntat in i henne sedan barnsben. *Pengar är den främsta orsaken till att folk har ihjäl varann*, brukade han säga. *Våra rikedomar ska du aldrig nånsin nämna, hjortronet mitt. Inte om livet är dig kärt.*

Liam kunde se de lekande barnen genom fönstret, det såg ut som om de dansade, Vanja mitt i en ring av barn, snurrade varv efter varv så att den gula kjolen formade ett paraply runt midjan. Han visste att hon skrattade trots att han inte kunde höra det. Det där smittsamma skrattet som inte ens den mest kallhjärtade jävel kunde värja sig mot. Han levde för det skrattet.

Jackan fick ligga kvar i bilen, han ville att personalen skulle se arbetsskjortan. Han bar det blå tyget stolt, som om det vore en flagga. Han ville att de skulle se att han menade allvar, att han fått ordning på sitt liv. Frågorna och bekymmersrynkorna kunde de behålla för sig själva.

Mobilen vibrerade i fickan medan han gick uppför grusgången. Säkert morsan som ville att han skulle köpa hundmat, hon kunde bli lika desperat som en pundare när det gällde hundarna. Bara en tiokilos säck till så klarar vi oss, brukade hon säga, annars måste jag ta laxen ur frysen.

Men det var inte morsan, det var Gabriel. Det lät som att han sprang, andetagen stormade i luren.

– Brorsan, du måste komma. Det är kaos!

– Jag kan inte. Jag är på förskolan.

– Jag är i växthuset. Du måste komma hit … skynda dig!

– Vad har hänt?

Men samtalet bröts innan Gabriel hann svara. Liam stod på den välkrattade grusgången utanför förskolan och försökte ringa tillbaka men möttes bara av tomma signaler. Gabriel brukade inte be om hjälp, bara ge order. Liam kände oron sprida sig i kroppen. Vanja hade fått syn på honom och slutat dansa, hon stod med pannan tryckt mot dörrens glasfönster och betraktade honom med de stora allvarsögonen. Flätan låg tjock och rufsig över den späda axeln och kinderna blossade. Liam lät mobilen glida ner i fickan och log stort och falskt medan han skyndade mot henne. Hon sköt upp dörren och mötte honom på trappan, granskade hans ansikte ett par sekunder innan hon lät sig lyftas. Hennes kind var alldeles varm mot hans.

Förskollärarna flockades omkring dem medan Vanja kämpade med ytterkläderna. Deras klistriga välvilliga leenden fick skinnet att krypa. De ville veta hur det gick på macken, om han hittat någon lägenhet. Marcus, den yngste av dem, hade en kusin i Abborrträsk som skulle sälja, ifall det var ett hus han ville ha. Mobilen vibrerade vildsint i fickan, när de äntligen var redo att gå hade Gabriel skickat två SMS. *Skynda dig,* stod det, *det är kaos!*

– Ska vi handla hundmat? frågade Vanja.

– Vi måste åka och hälsa på farbror Gabriel först.

– Har han knarkat?

– Nej nej, han behöver bara prata lite.

Vanja satt alldeles tyst medan han spände fast bältet runt henne. Det gick inte att lura henne längre, kanske hade det aldrig gått. Han bet ihop tänderna medan han körde. Egentligen borde han skita i Gabriel, låta honom klara sig själv. Men han kunde inte vända ryggen till, inte än. Det var för mycket som stod på spel. Nu när han äntligen var på väg åt rätt håll måste han hålla ett öga på Gabriel, för att försäkra sig om att han inte gjorde mer skada, att han inte sabbade allt det nya som Liam försökte bygga upp.

Våren menade allvar utanför de daskiga fönstren, det var vatten överallt, det ångade och skvätte, lämnade smutsiga hinnor över bilarna och vägskyltarna. Vanjas stövlar dinglade som gula solar över sätet.

– Farmor säger att Gabriel var jättesmart innan han började knarka, till och med smartare än du.

– Jaså?

– Hon säger att drogerna har bränt hans hjärna. Som ett tomtebloss.

Vanja spretade med fingrarna och gav ifrån sig ett svischande läte. Mobilen vibrerade på nytt i fickan, men Liam lät den vara. Det kändes som om vattnet rann igenom honom också, i kalla smutsiga strilar, det stockade sig i halsen och brände i ögonen. Hotade att kväva honom.

– Tror du det gör ont, pappa?

– Vadå?

– Att bränna hjärnan?

Liam vevade ner rutan och spottade.

– Ja, det tror jag. Det gör jätteont.

– Men varför äter man knark om det gör ont?

– För ibland gör det ännu ondare att låta bli.

*

Pappersbunten landade på bordet med en dov duns. Inkassokrav och brev från Kronofogden som skrynklats och fläckats med kaffe. Hassan knackade en knoge över raderna med siffror, bekymmersrynkorna förvandlade hans ansikte till någon annan, någon äldre och tröttare. Hon vred blicken mot tallkronorna utanför fönstret, ville inte se på papperen, ville inte veta.

Hassan sköt pappersbunten varligt över bordet, tvingade på henne verkligheten.

– Hur väl skulle du säga att du känner Johnny Westberg?

– Egentligen känner jag honom inte alls. Jag vet bara att han kommer söderifrån och att han jobbar på sågen i Glommers.

– Det slog er aldrig att göra en kreditupplysning på er nya hyresgäst?

– Det var pappa som skötte allt det där. Och jag tvivlar på att han skulle ha betalat för nåt sånt, då bildade han sig hellre en egen uppfattning.

– Hade Johnny några svårigheter med att betala hyran?

– Inte vad jag vet. Det var ju ingen stor summa heller, huset har stått tomt i över tio år. Vi var väl mest glada att nån överhuvudtaget ville bo där.

– Det var synd att ni inte begärde en kreditupplysning, för hade ni gjort det hade ni sett att Johnny Westberg har över två miljoner i skulder. Han har levt på existensminimum i snart tre år, en omständighet som tydligen har varit väldigt tuff för honom. Han har försökt ta sitt liv vid flera tillfällen. Ärret på halsen är resultatet av det senaste försöket, enligt journalen var det oerhört nära att han lyckades.

Ärret på halsen. Liv kunde känna förhöjningen under fingertopparna, den vita hudremsan som var så mycket mjukare än resten av honom. Hon hade varit nära att fråga var han fått det, men någonting hade hållit henne tillbaka. Det räckte med att skymta mörkret hos andra för att hon skulle skygga undan. Hon hade nog med sitt eget.

– Jag hade ingen aning. Vi pratade aldrig om hans förflutna.

– Det har framkommit att Johnny haft samröre med folk i den undre världen i sina försök att bli skuldfri, vilket bara har förvärrat situationen. Tydligen är det hot från dessa nya bekantskaper som drivit honom norrut. Och jag tror inte att det är en slump att han hyrde av just er. Vi har beslagtagit hans dator och funnit att han har gjort hundratals Googlesökningar angående Vidars förmögenhet både innan han flyttade till Ödesmark och efter. Allting tyder på att han hade siktet inställt på era pengar från allra första början.

Liv kunde höra Vidar skrocka inne i skuggorna. *Vad är det jag alltid har sagt? De enda du kan lita på är dina egna.*

Resten är bara tiggare och gamar. Det var det här han hade varnat henne för så länge hon kunde minnas, ondskan och girigheten som lurade på andra sidan skogen.

Hon tänkte på Johnny, på hans ansikte i skenet från cigarettglöden, sårbarheten som ibland glimtade till i den skygga blicken. Johnny hade aldrig antytt att han var i behov av pengar. Det var hon som hade sökt sig till honom i början, allting hade skett på hennes initiativ.

– Om det är pengar han är ute efter så har han dolt det väl.

– Johnny Westberg är en desperat man, sa Hassan, och desperata människor gör dumma saker. Än så länge nekar han till brott, men jag tvivlar på att han kommer klara av att hålla masken länge till.

Ett smatter av regn mot fönstret fick dem båda att hoppa till. Ett oväder hade smugit sig in över byn utan att de hade märkt det, snart fick de höja rösterna för att höra varandra.

– Om det var pengar han ville åt kunde han väl nöja sig med att råna oss? Varför skulle han ha ihjäl pappa?

– Det kanske inte var meningen. Det kan ha varit ett ödesdigert infall i stunden.

Liv vilade en knuten näve mot läpparna, ett illamående hade börjat krypa i henne. Hon tänkte på vad Johnny berättat för henne, om att Vidar sökt upp honom och bett honom flytta ut. Kanske var det startskottet på alltihop. Hon ville berätta om händelsen för Hassan, men förmådde inte. Det var så mycket inuti henne som hotade att välla fram, så mycket hon inte fick säga. Handen som en sköld för munnen, käkarna hårt sammanbitna.

Hassan lutade sig närmre, sökte hennes blick.

– Berättade du för Vidar om er relation?

– Det behövdes inte, viskade hon, han listade ut allt ändå.

– Och vad sa han när han listat ut det?

– Han sa samma sak som han alltid brukade säga när jag träffat nån.

– Och vad var det?

– Att de kommer göra mig illa.

*

Han hade svurit på att aldrig låta Vanja komma i närheten av odlingen, men någonting i Gabriels röst fick honom att göra ett undantag. Bara för den här gången.

Det var en öde sommarstuga intill en å, med igenbommade fönster och väggarna täckta av sly. Bara hjulspåren i fjolårsgräset skvallrade om att någon överhuvudtaget besökte stället. Gabriels bil stod inkörd i skogen och ytterdörren slog i blåsten, men de såg inte till honom.

– Vilket läskigt hus, sa Vanja.

– Det är lite slitet bara. Stanna här så kommer jag snart.

Vinden slet i träden och när Liam klev ur bilen var luften fylld av den omisskännliga lukten av plantorna som växte därinne. Han såg sig omkring, svepte blicken över den dallrande skogen. Det var långt till närmsta stuga, folk var bara där om somrarna, om ens då. En känsla av att någonting var fruktansvärt fel fyllde honom medan han vadade genom slyn. Odlingen hade varit hans idé, på den tiden när Vanja fortfarande var riktigt liten och han inte var redo att lägga drogerna på hyllan. Att odla sitt eget innebar att han slapp göra affärer med en massa idioter. Det var tanken, i alla fall. Tills Gabriel blandade sig i och ville göra allting i större skala så att de kunde sälja också. Det var Liam som hade gjort grovjobbet, som hade sått de första fröna och experimenterat med värmelampor och luftrenare tills allting klaffade och plantorna spirade. Det visade sig att han hade talang för det, kanske hade han ärvt morsans gröna fingrar, hennes känslighet för allt levande.

Det senaste året hade han försökt överge skiten, sagt åt Gabriel att klara sig själv, att det var för riskfyllt. Men Gabriel var duktig på att suga tillbaka honom, visste alltid vilka knappar han skulle trycka på.

När han närmade sig dörren förstod han vad som var fel. Det var för mörkt därinne, lamporna var släckta. Det lila skenet hade ersatts av tomt mörker. Han vred på huvudet och såg Vanjas uppspärrade ögon bakom bilrutan. Flätan hade hon stoppat i munnen, det var en ovana hon hade när hon blev nervös, att suga och tugga på det egna håret tills det hängde i blöta tovor. Han hade försökt skrämma henne med att hon skulle få magen full av hår och behöva opereras om hon inte lade av. Men hon hade inte slutat och han visste att det var hans fel, att det var han som skapade oro i deras tillvaro.

Gabriels skrälliga hosta inifrån stugan. Liam sköt upp dörren och klev rätt in i förödelsen.

Golvet var täckt av jord och krossat glas. Plantorna var borta, någon hade varit där och ryckt dem ur sina krukor, bara de minsta var kvar, låg i vissna högar bland bråten. Värmelamporna hade slagits sönder och plasten som hade täckt väggarna hade rivits ner och låg som svarta skinnslamsor över alltihop. Surret från fläktarna hade tystnat, de snurrade inte längre, alltihop var förstört. Som om en orkan dragit genom stugan.

Gabriel satt på huk mitt i kaoset och grävde bland bråten.

– Där är du ju, varför dröjde det så länge?

– Vad fan är det som har hänt?

– Det är Juha, jag vet att det är han. Han vill straffa oss för det som hände gubben Vidar. Minst hälften av plantorna är borta och resten kommer dö. Och varenda lampjävel är trasig, han har slagit sönder allting.

Gabriel lyfte en kruka från golvet och slungade den i väggen med sådan kraft att flera av skärvorna fastnade i det murkna träet. Liam blev stående intill dörren, försökte samla sig, räkna på hur mycket som hade gått förlorat. I sanningens namn brydde han sig inte, inte nu längre. Allt han kände var lättnad över att det inte var polisen som varit där, som stod redo att gripa dem. Själva odlingen gav han fan i, den fick gärna vara förstörd för gott.

Glasskärvor klirrade under Gabriels kängor när han rörde sig runt i rummet, han var alldeles vit i ansiktet.

– Kom, sa han, vi åker ut till Juha.

– Jag har Vanja med mig, jag kan inte åka nånstans.

– Jag glömde hur förbannat oduglig du blivit, men det spelar ingen roll. Jag fixar det på egen hand.

– Vad tänker du göra?

Gabriel sparkade på en trasig lampa så att en våg av splitter sköljde över rummet.

– Juha kommer inte kunna rulla en joint när jag är färdig med han, du ska få se. Jag ska se till att han går samma väg som gubben Björnlund.

*

Douglas Modig fyllde snapsglasen till brädden och lyfte sedan sitt eget i luften så att spriten skvalpade. Han lade den fria armen om Liv och vilade sin svettiga kind mot hennes panna medan han utbringade skålen.

– För polisen, sa han, för ett arbete väl utfört. Med Vidars mördare bakom lås och bom kan vi äntligen börja bearbeta den här fruktansvärda tragedin.

Liv såg ner på renskaven som glänste på tallriken. Fettet hade stelnat i en gul hinna. Hon hade inte klarat av att ta en enda tugga. Det hade varit ett misstag att komma hit, till Modigs hus. Det kändes som ett svek mot Vidar bara att kliva över tröskeln. Och hon tyckte inte om hur de betraktade henne, Douglas och Eva, som om hon var en gåta de gett sig fan på att lösa.

Det var för Simons skull hon kommit. Han satt på stolen mitt emot henne och han åt inte heller som han brukade, petade bara med gaffeln. Men det märktes att han var van vid att sitta där, i Modigs hus. Han svepte snapsen utan att bita av och Liv undrade hur ofta han brukade dricka sprit när han besökte Felicia, för det här var inte första gången.

– Jag tyckte att det var underligt att han inte hade nåt bohag med sig, sa Eva. När jag besökte honom i vintras satt han där omgiven av änkan Johanssons saker. Inte en möbel hade han med sig. Det såg så sorgligt ut.

– Ja, fy fan, sa Douglas. I början tyckte man synd om den jäveln. Han var dåligt förberedd för livet häruppe, flyttade hit mitt i vintern utan så mycket som en vedpinne. Vi gav ved till stackarn för att han inte skulle frysa ihjäl innan han hunnit komma iordning. Och sen får man veta att han är en kallblodig mördare. Det är så att det kryper i skinnet på en.

Liv kände den gamla klådan kittla armarna. Maten flöt ihop på tallriken framför henne, det var synd på sådant fint kött att inte äta, men hon kunde inte förmå sig att lyfta besticken. Konversationen gled hela tiden in på Johnny Westberg och hon visste att de väntade på att hon skulle säga något. När hon inte gjorde det kramade Douglas henne till sig på nytt.

– Vad har du att säga om allt det här, Liv? Jag har förstått att ni brukade umgås, du och Johnny? Att ni hade nåt ihop?

Liv sköt tallriken med den orörda renskaven ifrån sig. Sneglade på Simon.

– Nej, sa hon. Vi hade inget ihop. Jag var där ibland för att kolla till huset bara.

Douglas gav henne ett misstroget leende.

– Jag är förvånad att Vidar inte anade oråd, sa han och stack en tandpetare under läppen. Han brukade ha näsa för folk.

Han var röd om kinderna, blicken glansig av upphetsning. Som ett barn på julafton, tänkte Liv, det var så tydligt att han njöt av det här. Men om det var Vidars död som gjorde honom uppspelt eller om det var själva uppståndelsen, att det äntligen hände något i byn, var svårt att avgöra. Varje gång han lutade sig nära ville hon skrika högt.

När Eva äntligen reste sig för att plocka bort maten hade Douglas redan hällt upp nya snapsar. Liv drack en klunk och sedan ännu en, det sved skönt ända ner i magen. Hon såg att Simons hand vilade på Felicias lår under bordet.

Eva visslade medan kaffet kokade. Hon dukade fram vaniljglass och hjortronsylt och mitt i ansträngningarna log hon förtroligt mot Simon.

– Oroa dig inte, sa hon åt honom. Jag har sorbet till dig. Jag vet att du är rädd fettet.

Kanske var det moderligheten i hennes röst, eller sättet hon smekte en hand över hans hjässa, för Liv kände med ens hur luften fastnade i lungorna. Han var bara sjutton år. De borde ha frågat henne innan de bjöd honom spriten. Ett helt snapsglas fullt, och sedan två till. Sorbet istället för glass. Eva visste ingenting om hans rädslor. Det var inte fettet han var rädd för, det var Vidars hånfulla stämma vid matbordet. Kommentarerna om att han inte fick lägga ut, om att han aldrig skulle få sig ett fruntimmer om han var både ful och fet. Det var det som ringde i skallen på honom. Eva och Douglas visste ingenting om hennes pojke. Ändå betedde de sig som om han var deras.

Hela rummet stannade när Liv reste sig. Simon stirrade på henne, färgen steg i hans kinder och han gjorde en min som sa att hon måste skärpa sig, innan hon skämde ut dem.

– Jag ska gå nu, sa hon. Ni får ursäkta, men jag mår inte riktigt bra.

Douglas sträckte sina fuktiga fingrar efter henne och försökte hålla henne kvar, men Liv fick bråttom ut i hallen, hon famlade blint bland ytterkläderna, hittade skorna men Eva fick hjälpa henne med jackan, drog upp dragkedjan åt henne som om hon vore ett barn. Liv hade redan öppnat dörren, hon stod med ansiktet mot den svala natten och fyllde lungorna. Korna råmade inne i ladugården och hon vacklade ut i mörkret och ursäktade sig en sista gång innan hon drog igen dörren och skyndade därifrån. Hem till sitt eget. Hon genade genom skogen och vände sig bara om för att se om Simon följt efter henne. Men bakom henne fanns bara mörker.

SOMMAREN 2008

Barnets skratt får hennes hjärta att svälla. Pojken står i vattnet och solljuset och bländar henne med sin runda barnakropp och ansiktet som skiner av lyckan. Hans glädje smittar av sig, den kryper in under huden och blåser nytt liv i henne. Det är som att ta av sig en ögonbindel och upptäcka världen på nytt – skogen som jäser av skör grönska och trollsländornas ringar på vattnet där hennes pojke övar sina allra första simtag. Världen är vacker tack vare honom.

Hon ser inte mannen som vadar genom rallarrosorna och slår efter flugorna. Det är lukten av gödsel som når henne först och när han sätter sig intill henne är den så stark att hon måste andas genom munnen. Hon hälsar utan att ta blicken från barnet i vattnet, en skärva i rösten som vittnar om att han tränger sig på. Det här är deras paradis, deras vackra stund på jorden.

– Ska du ha en tår?

Han trollar fram kaffe i termos som han trugar på henne och en rejäl skiva kaffeost som får ligga och svettas på bänken mellan dem. En rovdjurslyster i ögonen när han ser på barnet och varje muskel i hennes kropp knyter sig och värker.

Mannen dunkar kaffeosten i koppen och flinar.

– Du har en fin grabb.

Pojken har en håv i handen som han sveper under vatten-ytan i jakt på grodyngel och abborre. Rörelsen gör honom ostadig på fötterna och han är nära att falla men återfår balansen i sista stund. Han skriker och skrattar på samma gång. Mannen intill henne skrattar också, det är omöjligt att låta bli, kaffet skvalpar över och ligger och ryker i gräset. Han ropar någonting till pojken, någonting om att han minsann behöver ett riktigt fiskespö. Det är varmt, svetten kittlar över ryggen och hon vet vad han är ute efter. Hon ser hur han skuggar ansiktet med handen och kisar hårt för att ta mått på pojken. De lockiga fjunen och barnafettet i kinderna.

– Man kan då inte säga att han är särskilt lik dig, säger han.

– Nej, och tur är väl det.

Han skrockar. Kaffet bränner i munnen, det smakar gödsel. Hon vet redan vad han ska säga härnäst, hon kan nästan höra hur orden tar form i strupen på honom.

– Vem är farsan hans?

– Det är ingen som du känner.

– Men du fattar väl att folk är nyfikna?

– Det skiter jag i.

Han drar tröjan över huvudet och torkar sig i armhålorna med den. Magen dallrar över bältet och på bringan sitter en tatuering hon inte sett tidigare, hans dotters namn inpräntat med sirliga bokstäver. Han bryter en ny bit av kaffeosten och sätter den mellan tänderna, grimaserar åt pojken som svarar med att grimasera tillbaka, som om de för ett helt eget samtal som hon inte är delaktig i.

Luften surrar av flugor, de sätter sig i svarta klungor på hans skitiga kängor och söker sig till svetten i hennes hår. Hon dricker ur kaffet och ropar på pojken att det är dags att gå hem, men han har blicken under vattnet och låtsas inte höra. Mannen lutar sig tillbaka och klappar sig över den vita utspända buken.

– Folk har till och med frågat om han är min.

– Jaha.

– Men där måste jag vara ärlig och säga som det är. Att det var flera år sen vi hade nåt ihop, så min kan han inte vara. Även om jag önskar att han vore det.

– Jag trodde inte att du sysslade med byaskvaller.

– Folk vill veta hur saker och ting hänger ihop. Det kan inte hjälpas, det är så vi är funtade.

Hon reser sig och ropar på pojken igen, han har slängt håven i gräset och står med de små knubbiga händerna kupade under vattnet. Mannen harklar sig bakom henne, envisas.

– Det är väl inte farsan din som varit på dig?

Han säger det inte alls högt, men orden tycks ändå eka över sjön.

– Fan ta dig.

Hon har hjärtat i öronen när hon skyndar till vattnet och lyfter upp pojken. Hinken med grodyngel slår mot hennes rygg när hon bär iväg med honom.

Gården låg övergiven och nersläckt, det enda som rörde sig var hunden. Den stod i slutet av sin kedja med blicken fäst på huset medan ett dovt morrande steg ur dess strupe, som om någonting farligt och främmande gömde sig därinne.

När Liv satte nyckeln i dörren upptäckte hon att den redan var öppen. På tröskeln möttes hon av en främmande lukt, någonting syrligt som fick magen att vrida sig. Hon tog skohornet från hyllan och höll det framför sig som ett vapen. Följde lukten in i köket, blicken föll på en skugga vid fönstret, på stolen som hade varit Vidars. Hon kände rädslan växa i strupen. Skohornet vibrerade framför henne när hon sträckte sig efter strömbrytaren. En främmande man uppenbarade sig i det skarpa ljuset. Liv satte två fingrar under hundens halsband för att den inte skulle gå för nära.

– Vem är du?

– Kom igen nu, Liv. Visst känner du igen mig?

Han hade grånat hår som sträckte sig nerför de seniga axlarna och förenade sig med ett flera år gammalt skägg. Det var tydligt att ansiktet hade åldrats före kroppen, huden färgad och fårad av årstiderna. Ett bekant skimmer i hans ögon som fick henne att dra efter luft.

– Juha?

– Det var inte igår.

Hon mindes hösten de hade haft tillsammans, den skuggiga rastplatsen där Juha väntade på henne medan löven regnade över plåten och vintern närmade sig. Hans hår hade varit mörkare på den tiden, huden friskare, han hade fyllt henne med sådant hopp att det värkte i bröstet när hon tänkte på det.

– Du kan inte bara klampa in i mitt hus. Du höll på skrämma livet ur mig.

– Jag hörde vad som hänt Vidar, jag beklagar sorgen.

– Det gör du inte alls.

Skymten av ett leende, men det var inte samma leende som hon lagt på minnet, det här var sorgset och fyllt av svarta gluggar. Hon släppte hunden och lät den nosa sig fram till honom. Det märktes att han hade bättre hand med djur än med människor. Hon synade paltorna han hade på sig – grön fleece och mörka täckbyxor, färgade av skog och öppna eldar. Två knivar hängde i bältet, men han verkade inte ha något annat vapen på sig.

Liv blev stående vid diskbänken, höll avståndet. Spanade efter Simon genom fönstret. Mannen vid bordet släppte henne inte med blicken. Hon utmanade honom tillbaka.

– Du sitter på pappas stol.

– Men han behöver den inte längre, eller hur?

Juha blinkade åt henne. I det svaga skenet från kökslampan kunde hon fortfarande skymta mannen som sovit med huvudet i hennes knä. En känsla av att tiden inte hade rört sig alls.

– Jag väntade på dig vid rastplatsen. En hel vinter väntade jag. Men du kom aldrig.

– Det var Vidar som sa åt mig att hålla mig borta.

– Och du lyssnade på honom?

– Han kunde vara övertygande, din far.

– Jag saknade dig.

Leendet dog bort, han slog en hand över ögonen, ett svagt

jämmer slapp ur honom. Hon stod kvar vid diskbänken, ville inte komma för nära. Näsan hade vant sig, precis som den brukade, hon kände inte längre lukten av honom. Han hade mörk jord under naglarna och i händernas fåror, som om han hade grävt sig upp ur en underjordisk håla. I snart tjugo år hade han undvikit henne, hållit sig undan, men nu satt han plötsligt här vid hennes bord, som om han hade väntat på henne också.

Sakta tittade han upp igen, fastnade med blicken på fotot av Simon som hängde på väggen.

– Är det där din grabb?

– Mm.

– Han är mer lik Vidar än dig.

– Dra åt helvete.

Juha höll upp de skitiga handflatorna i luften.

– Tro det eller ej, men jag är inte här för att bråka. Du skimrar fortfarande som en vintersjö, Liv, och det glädjer mig. Jag vet att jag är sent ute, jag borde ha kommit för längesen. Men jag är här nu och jag tror fortfarande att vi kan hjälpa varann.

– Det tvivlar jag på.

Han kastade snabba blickar på mörkret som vilade mot fönstret, som om han var rädd att någon stod därute och lyssnade. Hon hämtade flaskan med Vidars vodka och hällde upp några droppar åt dem båda. Juha drack tacksamt, spriten blänkte sig kvar på de spruckna läpparna.

– Fan, sa han. Det känns som att det var igår vi körde runt tillsammans.

Liv smuttade på spriten, ville inte säga att det kändes som en livstid för henne.

– Minns du vad jag berättade för dig om Vidar och marken? frågade Juha.

– Du sa att dina föräldrar sålde allt till pappa efter din brors död.

– Det var så det började. Ingen av dem var i skick att tänka klart när den affären gjordes. Brorsan hade knappt fått kallna i sin grav innan Vidar stod i dörren. Själv sov jag i Mercan för att ingen stod ut med att se mig. Det är fortfarande ingen som står ut med att se mig. Morsan ligger på sjukan inne i Skellefte och hon har sagt till personalen att vad som än händer får de inte släppa in mig. Hennes ende levande son.

När han väl började prata kunde han inte sluta. Liv stod vid diskbänken medan Vidars hembrända värmde upp henne inifrån, gav syre åt vreden som också pyrde därinne. En hel vinter hade hon väntat på Juha. Och nu satt han här, åldrad och sliten och uppfylld av samma oförrätter som för arton år sedan. Det slog henne att det inte bara var hon som satt fast, det fanns andra som var mycket värre däran. Hon satte ner glaset med en smäll för att få tyst på honom.

– Jag har inget med det här att göra.

Juha kom av sig, underkäken velade fram och tillbaka medan han såg på henne.

– Det är en sak till som jag inte tror att du vet nåt om.

– Vadå?

– Vi gjorde en deal med varann, jag och Vidar, efter att han kommit på oss tillsammans. Han lovade att jag skulle få bo kvar i norra skogen, bara jag höll mig borta från dig skulle jag få bo kvar. I snart tjugo år har han hållit sitt löfte, men i mars fick jag ett brev från skogsbolaget.

Han tog ett papper ur innerfickan som han långsamt vecklade ut.

– De ska hugga ner allt. De vill ha bort mig innan midsommar.

Hans ansikte ryckte av sinnesrörelse när han såg på Liv, som om han var på väg att brista ut i gråt eller skrik eller någonting ännu värre. Synen fick ilskan att växa i henne. Så det var därför han övergivit henne. Ett simpelt löfte från Vidar hade varit allt som krävdes.

– Jag har ingenting med pappas affärer att göra. Det vet du.

– Men du har ärvt hans pengar, eller hur?

– Är det därför du är här, för att du vill ha pengar?

Han grimaserade som om orden gjorde ont, det rann ur ögonen på honom. I sorgen blev han mer lik den unge mannen han varit, mannen hon älskat som en bror. Hon hade trott på honom den hösten, satt sitt hopp till hans ensamhet som var så lik hennes. Men han hade valt marken före henne.

– Jag vill bara ha tillbaka det som tagits ifrån mig, sa han. Och jag vet att du kan hjälpa mig.

– Det tvivlar jag på.

Han torkade munnen med handryggen, blicken flackade över väggarna, hade svårt att möta hennes.

– Polisen har fel man. Jag vet vem som hade ihjäl Vidar, och det var inte den där fattiglappen som de skriver om i tidningarna.

– Hur kan du veta det?

– Jag är en ensam man, Liv. Jag lever inte bland människorna längre. De enda som vill ha med mig att göra är småtjuvar och annat löst folk, om sanningen ska fram. Den oälskade skaran som lever i skuggorna, precis som jag. Vi har koll på allt som sker i mörkret, vare sig vi vill eller inte. Det är vår förbannelse.

Han pekade ett finger mot natten därute.

– Jag vet vem som dödade Vidar, fortsatte han, och det var inte den där sol-och-våraren ni hyr ut åt. Polisen har fel man.

– Du kanske borde prata med polisen istället för mig.

– Jag skiter i polisen, det är dig jag vill hjälpa, förstår du inte det? Jag har tänkt på dig ofta under årens lopp, Liv, det ska du veta. Och du förtjänar sanningen, om inte annat. Allt jag vill ha är marken som Vidar lovat mig, så ska jag ge dig namnet på den skyldige.

Liv kramade diskbänken så hårt att det värkte i fingrarna.

– Jag kan inte ge dig nån mark, det vet du också. Pappa har redan sålt alltihop.

– Ge mig slantarna han fick för norra skogen. Så är vi kvitt.

Juha satte en cigarett i mungipan, tände den utan att fråga om det var okej. Röken seglade ur både näsan och mungiporna medan han väntade på att hon skulle säga något. När hon inte gjorde det knackade han ett otåligt finger i bordet.

– Ställ allt till rätta, Liv. Det är det enda jag begär. Sen har du din fars mördare på ett fat.

*

Liam stod intill containern och rökte, försökte manövrera en av kvällstidningarna i blåsten. Feta rubriker på varenda löpsedel om fyrtiotvååringen som satt häktad för mordet på miljonären från Ödesmark. Mannen beskrevs som en ensamvarg med stora spelskulder. Det spekulerades att det var drömmen om en nystart som drivit honom norrut och att det var gubben Björnlunds pengar som fått honom att välja just Ödesmark. Vidar Björnlund hade figurerat på listor över länets rikaste män under 2000-talet, något som den misstänkte mannen ska ha varit väl medveten om. Fyrtiotvååringen hade hyrt ett hus direkt av Björnlunds och fått jobb på sågen i Glommersträsk. Kollegorna meddelade att han var ganska tystlåten av sig, höll sig mest för sig själv, men annars var det inget fel på honom, han hade skött sitt jobb. Polisen var fortfarande förtegen om motivet för mordet, men allting tydde på att det handlade om pengar.

– Du ska inte tro på allt som skrivs.

Rösten kom från ingenstans. När Liam sänkte tidningen stod hon bara där, blek och hålögd, med någonting beslutsamt kring munnen.

– Det gör jag inte heller.

Liv sträckte sig efter hans cigarett, förde den till sina egna läppar och tog ett hårt bloss utan att släppa honom med blicken. Liam vek ihop tidningen och sköt in den i armhålan. Han tände en ny cigg, i ett försök att hålla avståndet mellan dem. Kikade på klockan, hans rast var nästan över. Niila skulle sticka ut huvudet vilken minut som helst och fråga var han höll hus.

– Polisen har fel man, sa hon.

– Det skulle inte alls förvåna mig.

Ett svagt leende drog över hennes ansikte, hon stod för nära, de fick vrida sina huvuden för att inte andas rök på varandra. När dörren slogs upp och Niila uppenbarade sig ryggade de ifrån varandra som om de ertappats med något.

Liam ställde sig bakom kassan och såg hur Liv och Niila försvann in på kontoret. Han vecklade omsorgsfullt ut tidningen och lade tillbaka den i stället. Kunderna siktade in sig på tidningarna så fort de kom genom dörrarna. Rubrikerna om Ödesmark viktigare än både mjölken och snuset. De stod där och bläddrade och hummade medan Liam höll ett öga på kontorsdörren. Kroppen kunde inte slappna av när hon var i närheten, han trampade cirklar bakom kassan som ett inhägnat djur och käkarna låste sig när kunderna försökte prata med honom. Han såg den döde mannen i deras ansikten. Undrade vad hon hade menat med att polisen hade fel man, undrade vad hon egentligen visste.

När hon äntligen kom ut från kontoret slängde hon bara en kort nick åt hans håll innan hon försvann genom lagerdörren.

Oron sjöng i kroppen. Det var något med sättet hon såg på honom som fick allting att rasa, som om hon kunde se rätt igenom masken han försökte gömma sig bakom. Niila kom ut från kontoret, ställde sig nära Liam och talade med låg röst.

– Vi måste hålla ett öga på henne, sa han, jag är rädd att hon börjat tappa förståndet.

– Vad menar du?

– Hon säger att det är hon själv som ska leta rätt på sin fars mördare.

*

Nästa gång han tog rast var hon fortfarande kvar. Liam hann bara skjuta upp lagerdörren och tända ciggen innan hon stod där igen, i skuggorna, nästan som om hon väntat på honom.

– Min bil vill inte starta, har du kablar?

Först förstod han inte vad hon sa, han bara stirrade som ett fån på hennes läppar. Kanske hade han väntat sig något annat, något fruktansvärt. Varje gång hon stod framför honom kändes det som att allt var över.

Han ruskade på sig.

– Klart jag har kablar.

Han behövde inte flytta bilen, hennes misshandlade gamla kärra stod parkerad intill hans. Han hämtade startkablarna från bagageluckan och öppnade huven. Hon ställde sig intill och strök sig över håret med en fladdrig hand som gjorde honom nervös.

– Den här kärran har sett sina bästa dar, sa han.

– Jag ska köpa ny bil. Jag har bara inte kommit mig för.

– Du har annat att tänka på.

– Pappa sa alltid att köpa ny bil är som att torka sig i skitan med pengarna.

Det lät lustigt när hon sa det, som om hon härmade sin pappa. Liam frustade till och när han sneglade på henne under huven såg han att hon också log. Leendet fick blodet att lugna sig i kroppen på honom. Tunga moln bredde ut sig över deras huvuden och hon lyste med ficklampan medan han fäste kablarna.

– Vet du vem Juha Bjerke är? frågade hon plötsligt.

Liam fumlade med batteriklämman.

– Ensamvargen i norra skogen? Alla vet väl vem han är.

– Han kom till mig igår.

– Jaså?

– Han säger att polisen har fel man. Han säger att han vet vem som mördade pappa.

– Det var som fan.

– Fast han vill ha betalt för att berätta.

Liam rätade sakta på sig. Det brusade i huvudet.

– Du kan starta motorn nu.

Hon släckte ficklampan och satte sig i skrothögen, bildörren trilskade lite, ville inte stänga, men på tredje försöket gick dörren igen, och när hon till sist vred om nyckeln rev motorn igång och han såg hur hon log genom det smutsiga fönstret och han log tillbaka trots att hjärtat slog så att han knappt kunde andas. Hon vevade ner rutan och tackade och han samlade ihop kablarna och höll dem hårt mot bröstet.

– Juha Bjerke är galen, sa han, hans utsagor skulle jag inte ge mycket för.

*

Det var sent, men Gabriel svarade på första signalen. Mörkret var hans vakna tid.

– Det har hänt en grej, sa Liam.

– Jaha?

– Det är vår vän i skogen. Jag tror han är på väg att snacka.

En stunds tjock tystnad innan Gabriel svor till.

– Jag kommer.

Liam kunde inte sitta stilla medan han väntade, han vankade i snäva cirklar i det trånga utrymmet, stannade då och då i fönstret och spanade neråt vägen. Skymtade hundarnas skuggor nere i hundgården. Vanja låg djupt inlindad i sömnen med en av de mindre hundarna intill sig, en trasslig liten sak som lyfte på huvudet och betraktade honom med vaksamma ögon när han rörde sig runt i rummet.

Han såg ljuset mellan granarna innan han hörde bilen, klev ut på trappan så tyst han kunde och lämnade Vanja i sömnen och värmen. Hundsvansarna piskade ivriga applåder mot gallret när Gabriel svängde in på uppfarten. En lampa tändes i stora huset och Liam kunde se morsans nyfikna ögon bakom blommorna. Hon var som hundarna, vaksam och redo. Ingenting undgick henne.

Stor uppståndelse bröt ut när Gabriel klev ur bilen. Liam röt åt hundarna att de skulle vara tysta, rädd att de skulle slita Vanja ur sömnen. De satte sig i den noppiga tygsoffan som stod djupt försjunken i det slumrande gräset. Det var farsan som hade släpat ut soffan ur vardagsrummet när cancern kom. Den första sjukdomsvintern hade den begravts under snön, men så fort vårvintern anlände hade han skottat fram den och lagt renfällar över sittdynorna och grävt en grop för elden. Sedan hade han suttit där tills han dog.

Gabriel drog upp kragen för ansiktet och hostade ner i tröjan för att kväva ljudet av de skrällande lungorna. En söt haschdoft dunstade från det orangea fleecetyget.

– Jag träffade Jennifer igår, sa han. Hon frågade efter dig.

– Jaså.

– Jag visade några bilder på Vanja, hur stor hon blivit, men det skulle jag inte ha gjort. Hon blev helt tokig, började skrika och slita sig i håret. Slet loss stora hårklumpar.

– Jag trodde hon var i Stockholm.

– Hon är tillbaka. Hon ville köpa av mig, men jag skickade iväg henne. Jag sa att jag inte säljer till henne mer.

Liam spottade i gräset. Grusvägen ringlade som en silvrig orm i månljuset, han väntade sig nästan att Jennifer skulle komma gående i mörkret, med de färglösa ögonen och den stora Vanjamagen framför sig. Det var fortfarande så han såg henne, gravid med deras barn. Graviditeten hade inte varit planerad och de hade inte tänkt behålla barnet, men Jennifer hade missat alla sina tider på vårdcentralen och snart kunde man se magen och känna barnet röra sig därinne och Liam hade aldrig varit så skräckslagen i hela sitt liv som den sommaren innan Vanja föddes. Han hade inte varit nykter en enda dag, det hade rädslan sett till. Och Jennifer var ännu värre, hon smög med både tabletter och hembränt. Hon kom inte hem på nätterna trots att kroppen var så otymplig att hon vaggade fram. När datumet närmade sig hade Liam sparkat sönder tre lägenhetsdörrar i jakt på henne. Det slutade med att de grep honom. Natten när Vanja föddes tillbringade han i arresten, ensam med en polisman som bryggde kaffe och bjöd på smuggelcigaretter. Liam hade vankat i det fönsterlösa rummet och förkunnat att de inte skulle få ett barn, utan ett monster, för ingen av dem kunde hålla sig ren och vad det än var som växte i Jennifer så hade det aldrig fått någon riktig chans. När han släpptes på morgonen hade morsan stått där, alldeles gråtskrynklig och förkunnat att han blivit pappa till en liten flicka. En alldeles perfekt liten flicka.

Han sneglade mot garageporten, för att försäkra sig om att Vanja inte stod där och lyssnade.

– Jennifer vet vad som gäller: bara hon blir ren får hon träffa Vanja hur mycket hon vill. Då kommer jag inte stå i vägen för henne.

– Hon kommer aldrig bli ren. Du skulle ha sett förödelsen, hela hallen full med hår, det såg ut som när två katter varit i luven på varann.

Gabriel skrockade. De kunde se morsan i fönstret, hon hade tänt ett ljus och lågan fladdrade när hon rörde sig bakom gardinen.

– Du ville snacka om Juha? sa Gabriel. Vad har han gjort nu?

Liam tvekade, det var alltid en risk att berätta saker för Gabriel. Han var en marionett i trådarna på sitt eget känsloliv, styrd av impulserna och ilskan som ständigt låg under huden och pyrde. Men han var tvungen att berätta, innan allt blev värre.

– Han har åkt hem till Vidar Björnlunds dotter och sagt att polisen har fel man. Han säger att han vet vem som verkligen mördade Vidar.

– Han skyller på oss?

– Han har inte sagt nåt än, han vill ha betalt för att snacka.

Gabriels tänder nötte mot varandra, glöden från hans cigarett irrade som en eldfluga i mörkret.

– För att bo i en koja är han förbannat pengakåt.

– Hon har inte betalat honom än, men det märks att hon är nyfiken. Hon vill rädda pojkvännen, han med skulderna.

– Snubben som sitter häktad är hennes pojkvän?

– De säger det.

Gabriel skrockade hest.

– Du behöver inte oroa dig, jag har redan tagit hand om Juha. Kommer därifrån nu.

Han höll upp en hand framför Liams ansikte, visade ett par blodiga knogar. Mörkret dolde skicket resten av honom befann sig i, men han lyste med mobiltelefonen så att Liam kunde se de färska blodfläckarna som bredde ut sig över hans kläder och armar, långt upp i ansiktet. Det såg ut som om han slaktat ett djur.

– Vad fan har du gjort?

– Jag sa ju att jag skulle ta hand om Juha. Jag tog en tur till norra skogen för att hämta plantorna och ta ett litet snack med vår ensamma varg. Han kommer inte besvära oss mer.

SOMMAREN 2009

Barnet blir äldre och tankarna på att ge sig av får inte längre plats. Vårarna och somrarna har kommit och gått men flickan går inte längre längs vägen med tummen i vädret. Männen i bilarna blir till skuggspel i hennes minne, hon ser dem ibland, i mörkret som sänker sig över byn, men hon tror inte längre att de kan rädda henne.

Det är fadern som sitter bakom ratten nu, han skjutsar henne till samhället och mackens neonljus där hon står mitt bland människorna, dag efter dag, nästan som om hon hör hemma där. Det var mackens ägare Niila som erbjöd henne jobbet, en vinter när hon stod med Simon på höften och väntade på att Vidar skulle fylla tanken därute. Kanske tyckte han synd om henne där hon stod, så ung med ett eget barn att ta hand om.

– Vi skulle behöva lite nytt blod här i butiken, sa han, om du är intresserad.

Först stod hon alldeles stilla som om hon inte hörde honom, men sedan fick hon bråttom att säga ja, innan fadern hann lägga sig i. När han klev in genom dörrarna hade de redan hunnit skaka hand, hon och Niila.

Nu står hon på scenen under lysrörens skärpa och ler mot människornas nyfikenhet. De betalar för sin bensin och sin mjölk och titt som tätt smyger de in sina frågor i kallpratet. Deras ögon skimrar och läpparna krusar sig när de frågar om barnet. De synar pojkens ansikte i sömmarna när han besöker flickan på jobbet och står med sin hand i hennes. Människorna letar efter svaren i de vackra barnadragen. Det är konstigt, säger de, det är som att pojken kom från ingenstans. Man kan tro att han föll från himlen som en ängel.

Hon glömmer bort sedelbunten som ligger och möglar mellan älgtornets sköra brädor. Lögnen håller henne kvar, den svarta. Kärleken till barnet större än drömmarna hon en gång hade. Fadern sitter på sin stol i köket och ser allting innan det har hänt. Han går före in i skogen och visar pojken allt det som en dag ska bli hans.

Lämnar ni mig går jag i sjön, säger han med jämna mellanrum och hoten och kärleken blir till en väv som omsluter dem. Håller dem fast. Byn ett svart sugande hål som aldrig ska släppa dem ifrån sig. Varje morgon samma utsikt från fönstret på andra våningen, den svarta rönnen och skogsmuren. Utanför dörren rinner den röda mattan, navelsträngen som leder till pojkens rum. Nu är hon inte längre ensam med fadern, ska aldrig bli.

Det var många år sedan hon umgåtts med Juha Bjerke, men minnena brann fortfarande starka i henne. Den vilda lukten och frihetskänslan i blodet. Hon hade bara sett hans svultna boning vid ett tillfälle, men det var något med rädslan som stärkte minnena och hon lät dem leda henne in i svartskogen. Den magra vägen vred sig genom obygden, förbi bortglömda gårdar som stod och gapade efter henne med sina tomma fönster. Kvällssolen brann i backspegeln och skogens skuggor sträckte sig efter bilen och precis när hon var på väg att ge upp och vända om låg timmerstugan där, fastkilad mellan tallarna, precis som hon kom ihåg den. Hans bil stod också där, hon kunde fortfarande känna det sträva sätet kittla mot låren och doften av marijuana. Hennes röst som bönade och bad om att få försvinna.

Hon försökte att inte titta på djurkropparna som hängde från träden, men kunde inte undgå de gnisslande repen och flugornas dova dans kring döden. Två rådjurshudar satt uppsträckta mellan tallarna som väldiga vingar i mörkret, och hon kunde höra bäckvattnet viska inne i snåren. Ändå var hon inte rädd när hon närmade sig Juhas boning, hon hade redan stått öga mot öga med hans galenskap och hon visste att han inte ville henne illa.

En försynt knackning på dörren som möttes av gälla hundskall, men ingen Juha. Till slut bankade hon med hela näven så att kraniet ovanför dörren vibrerade i sina fästen.

– Juha, ropade hon. Det är jag, Liv Björnlund. Jag har pengar med mig!

Sedelbunten låg och skavde innanför jackan, mer pengar än hon någonsin burit i hela sitt liv. Hon hade inte förmått sig att röra en krona av förmögenheten, trots allt de behövde – ny bil, nytt tak, nya liv. Pengarna skrämde henne, den plötsliga friheten hade en förlamande effekt, hon kom sig inte för någonting. Inte förrän nu, när hon plötsligt stod utanför Juha Bjerkes hus, villig att betala för att få namnet på sin fars mördare. Kanske var det en fåfäng tanke, men hon inbillade sig att bara hon fick veta sanningen skulle mardrömmen ta slut och livet börja.

Hon kände på dörren, den gled långsamt upp. Hunden väntade därinne, en raggig varglikmande sak som inte lät sig klappas och som följde henne med lystna ögon när hon klev in i stugan. Varm ovädrad luft slog emot henne och hon kände lukten av mannen långt innan hon fick syn på honom. Grått dagsljus föll in genom dörren och avslöjade de enkla trämöblerna som utgjorde dystra skepnader i dunklet. Jakttroféer tronade överallt: horn, kranium och skinnfällar. Det var som att kliva rakt in i en benkammare, en plats dekorerad av död.

Juha låg på en brits allra längst in i stugan, ett magert bylte som varken rörde sig eller talade. Hade det inte varit för den omisskännliga lukten hade han gått henne förbi.

– Juha, det är jag, Liv. Är du vaken?

Hon fick inte så mycket som en suck till svar.

– Lever du?

Hon lät dörren stå på glänt medan hon tog ett par försiktiga steg in i rummet. Friska vindpustar rörde om bland bråten, aska och barr och döda löv yrde kring hennes stövlar. Stugan var som en förlängning av skogen själv, mer en koja än ett riktigt hem.

Antingen var han död eller så var det en fälla. En man som levde i vildmarken skulle aldrig sova så hårt att världen försvann omkring honom. Det hade han inte råd med.

En dov protest steg ur hundens hals när hon närmade sig britsen, men den höll avståndet. Hon ropade hans namn igen. En svart rädsla bredde ut sig i bröstet när han inte svarade. Inte förrän hon stod alldeles över honom hörde hon att han andades. En kväljande blodlukt steg från honom, söt och järnrik. Minnen från slakten sköljde över henne, den hårda hinnan över Vidars ögon när han skar genom djurkroppen och den varma ångan som dunstade från den färska öppningen.

Hon lade försiktigt sin hand på Juhas axel och han jämrade sig under hennes beröring. Det förvridna ansiktet glänste av levrat blod och skägget hängde i trassliga klutar nerför bröstet. Hans hand kom från ingenstans och knöt sig fast runt hennes handled med en kraft som vittnade om att livet fortfarande rörde sig i honom. Rösten en tunn viskning.

– Han försökte ha ihjäl mig.

– Vem försökte ha ihjäl dig?

– Djävulen själv, är jag rädd.

Liv sneglade mot ytterdörren.

– Är han kvar?

– Jag hörde honom köra iväg. När han inte fick nåt motstånd var det inte lika kul längre. Då trodde han att det var över.

Juha släppte taget om Liv och försökte häva sig upp, men ansträngningen utlöste en våldsam hosta som fick honom att falla tillbaka mot fällarna. Det lät som om någonting hade lossnat inuti honom. Liv såg sig om i rummet, om hon ville ha fatt i sanningen måste hon först hjälpa Juha Bjerke.

– Du måste till sjukhus.

– Så fan heller. Då dör jag hellre på fläcken.

Han grimaserade och pekade på en flaska som stod på spiselhällen.

– Ge mig en sup bara, så ska du se att jag reder mig.

– Dina sår måste tvättas.

– I helvete heller, ge mig bara flaskan.

Hon struntade i hans protester, lämnade honom i stugan och letade sig ner till bäcken för att hämta färskt vatten att rengöra såren med. I brist på annat rev hon en bit av sin egen tröja för att badda honom med. Försiktigt och med mycket möda fick hon av hans kläder, fleecetröjan och brynjan och de noppiga långkalsongerna. Smärtan fick svetten att rinna nerför bålen på honom, ändå försökte han göra sig lustig.

– Det var väl det här du kom för att se.

Hon tvättade bort ett lager av smuts och blottade blåmärkena som gömde sig därunder. En svullnad över bringan som fick honom att yla när hon rörde vid den. Ansiktet var ändå värst, han hade såriga jack över både ögonbrynet och läppen och blod hade levrat sig över kinderna och hakan och långt ner på halsen. Det fjällade av sig som näver när hon smekte med trasan. Hunden satt bredvid och envisades med att slicka den sargade kroppen med samma ömsinta iver som om det vore fosterhinnan på en valp. Liv lät den hållas för det märktes att Juha mådde gott av det. Djuret hade en lugnande effekt på honom.

När han var någorlunda ren hällde hon upp några droppar hembränt i en plastmugg och gav honom, och rullade en joint med klumpiga fingrar som hon satte mellan hans läppar. När han svept spriten och tagit ett par djupa rosslande bloss var han stark nog att häva sig upp i sittande. Liv gläntade på jackan och gav honom en skymt av sedelbunten.

– Berätta vad du vet om pappas mördare, så är de dina.

– Jag vill inte ha dina pengar längre.

Han saknade flera tänder i överkäken och tungan slirade runt i munnen när han talade. Liv drog igen jackan, adrenalinet och den kvava luften fick henne att må illa.

– Jag vill bekänna mina synder, sa Juha. Det är det enda jag vill.

Någonting i hans röst fick blodet att kallna. Liv gick bort till ytterdörren, satte ansiktet i glipan och andades in doften av annalkande regn. Han verkade inte vara helt vid sina sinnen. Hon undrade om han hade fått ett slag i huvudet, kanske en hjärnskakning.

– Jag vill bara veta vad som har hänt med pappa.

– Det är en lång och sorglig historia, är jag rädd. Och den kommer stanna mellan oss, för nån polis tänker jag inte prata med. Det här berättar jag bara för dig.

– Ut med det då.

Juha nickade, tog sats.

– Allt började med brevet från skogsbolaget. Jag fick en chock när beskedet kom, att jag ska drivas bort från mina marker efter alla dessa år, samma marker som brorsan vilar i. Det är förbannat svårsmält. Vidar lovade dyrt och heligt att jag skulle få bli kvar, bara jag höll tassarna från dig skulle inget förändras. Det var så han sa. Men när jag sökte upp honom i våras skrattade han mig rätt upp i ansiktet och sa att det inte var han som bestämde. I slutändan var hans löften vatten värda.

En hostattack tog honom i besittning, Liv stod kvar vid dörren och betraktade den bräckliga manskroppen som riste i dunklet, kände rädslan växa i bröstet.

– Det var du som hade ihjäl honom, eller hur? Det var du som dödade pappa.

– Hade jag haft modet att dräpa Vidar hade jag gjort det för längesen, men jag är alldeles för feg för såna hjältedåd. Jag har redan ett människoliv på mitt samvete, och det är mer än jag kan leva med.

– Men du säger ju att du har synder att bekänna.

Hakan och skägget blänkte av slemmet han hostat upp. Han lyfte tröjan från golvet och torkade ansiktet med den, knep ihop ögonen för att samla sig.

– Det finns två bröder, sa han till sist. Den ene är en odugling och den andre är en djävul, de brukar komma med röka och kaffe, så jag slipper köra in till samhället och leta efter saker och ting. Sånt är bekvämt för en enstöring som mig. Dessutom är de unga och spänstiga och hungriga på livet, till skillnad från en annan. Det var därför jag tog beslutet att skicka dem på Vidar, så fort beskedet om skogen kom. Det var mitt sätt att utkräva hämnd en gång för alla.

Liv vacklade till.

– Du bad dem ha ihjäl honom?

Juha tog ett sugande bloss på jointen och viftade avvärjande med handen.

– Nej, för helvete. Det var aldrig meningen att han skulle stryka med. De skulle bara plocka på sig lite av pengarna som Vidar lurat till sig under årens lopp. Pengarna som bara låg och skräpade i det där gamla rucklet ni kallar för hem. Pengar som tillhör mig och alla andra stackare han lurat. Vidar har skott sig på andras olycka länge nog, nu var det hans tur att smaka på sin egen jävla medicin.

Liv kramade dörrkarmen, en våg av hetta över ansiktet trots att hon hade kalluften i ryggen.

– Men jag borde ha vetat bättre, fortsatte Juha, än att lita på de där två. Han som jag kallar för oduglingen slant på avtryckaren och hade ihjäl Vidar. Och nu har de bestämt sig för att jag ska gå samma väg eftersom jag vet för mycket. Men mig tar man inte kål på så lätt.

– Vad heter de här bröderna?

Juha tvekade länge, ögonlocken så tunga att hon knappt kunde skymta blicken.

– Lilja är namnet, sa han till sist. Liam och Gabriel. Familjen har en gård i Kallbodan. Deras pappa dog i kräftan och mamman är nån slags hippie som samlar på hundar. Du kan inte missa huset, det är byrackor överallt.

– Liam? Sa du Liam?

– Ja, vadå, känner du han, eller?

Liv svalde. Tankarna rusade. Liam på macken. Den trasige killen som drömde om ett hus. Som knappt kunde se henne i ögonen. Med en snabb rörelse tog hon sedelbunten ur fickan och höll fram den åt Juha, men han bara skakade på huvudet.

– Jag vill inte ha dina pengar. Ställ allt till rätta, bara. Det är det enda jag vill.

Hon tvekade. Sedlarna skavde mot huden. Med en hastig rörelse sträckte hon ut handen och lade pengarna på bordet innan hon slank ut genom dörren och lämnade honom.

*

Grusvägen rann som en orolig bäck genom skogen. Ett ljudlöst regn bredde ut sitt glänsande filter över världen. Vidars såriga stämma ringde genom henne medan hon körde, varnade och förmanade. Skuggan av hans belåtna leende skymtade i den smutsiga vindrutan och hon slog på torkarna för att bli kvitt honom. Han hade inte nämnt något om att han sålt norra skogen, att Juha skulle drivas från sina marker efter alla år. Juha var ingen lögnare, om han sa att Liam och hans bror hade kommit till Ödesmark för att råna dem så var det sanningen. Hon hade känt på sig att det var någonting underligt med Liam redan den första gången hon såg honom bakom kassan på macken. Oron som ryckte i hans ansikte när han såg på henne och kroppen som stelnade så fort hon var i närheten, som om han beredde sig på strid. Det var ingen slump att han sökt sig till macken, till henne. Allting var en del i någonting större, någonting hon inte förstod men som Vidar hade varnat henne för långt innan han dog.

Hon hörde hundarna innan hon såg huset. Det var en enslig kåk i samma sorgliga skick som Björngården. En hundgård löpte längs långsidan av tomten och hon kunde se de ivriga skuggorna trängas bakom gallret. När hon stannade bilen hade fingrarna stelnat runt ratten. Lukten av Juha satt fortfarande i näsan och när hon tittade ner på sina kläder såg hon att de var fläckade av hans blod. Hon vred backspegeln och upptäckte att hon hade röda strimmor i ansiktet också, en urtida krigsmålning stirrade tillbaka på henne. Hon vätte fingrarna och försökte gnugga bort det värsta. Ögonen sprängfyllda av rädsla. Hon försökte att inte tänka alltför mycket, bara göra, låta instinkten styra. En röst inuti henne sa att hon borde ringa till Hassan, informera honom om vad hon var på väg att göra. Men han skulle bara avråda henne, det visste hon. I ett av fönstren hade ett ansikte uppenbarat sig, en kvinna med burrigt hår och någonting vilt i blicken. Liv klev ur bilen med blodet dånande i huvudet. Hundskallen förföljde henne uppför grusgången och nådde sitt klimax när hon satte knogarna mot dörren.

Det var kvinnan som öppnade, hon hade en lång klänning som svepte i golvet och ett tatuerat öga mellan nyckelbenen som stirrade tillbaka på Liv.

– Kan jag hjälpa dig med nåt?

Hon var inte mycket äldre än Liv, men åren hade satt sig i bistra veck kring munnen och gav henne ett slitet uttryck. Liv sträckte fram en hand och presenterade sig.

– Jag skulle vilja prata med dina söner.

– Är du från polisen?

– Jag jobbar på OKQ8, tillsammans med Liam.

– Har han gjort nåt dumt?

– Jag skulle vilja prata med honom bara.

Kvinnan hade ett halsband av blänkande stenar som hon virade runt handen, hårt, så att fingrarna vitnade. Hon nickade mot en byggnad som låg tvärs över gården.

– Liam hittar du i garaget.

Liv vände sig om, skymtade en sliten soffa som stod nersjunken i slyn. Ett ensamt fönster lyste ovanför, men hon såg inga människor.

– Tack, sa hon, men kvinnan hade redan dragit igen dörren.

Hundskallen steg åter mot himlen när hon passerade. Lystna rovdjursögon följde henne genom gallret, det var som att röra sig genom en fängelsekorridor, antastad av hungriga ögonpar.

Utanför garaget blev hon stående. En orange skylt med blixtar och orden *Keep out* stirrade tillbaka på henne. Hon hörde röster därinne, ett ljust barnaskratt som fick henne att ta handen från kniven. Varningsskylten dallrade på sin spik när hon knackade. En liten flicka öppnade, hon hade en tjock fläta över axeln och nyfikna ögon.

– Vem är du?

Liv famlade efter orden, överrumplad av barnet. Hon knöt armarna framför kroppen för att dölja de blodiga kläderna.

– Är din pappa hemma?

Liam satt inne i dunklet, ansiktet lyste av chocken att se henne där. Han såg yngre ut utan arbetsskjortan, överkroppen drunknade i en mörk huvtröja och han såg mer ut som en storebror än en pappa, någon som bara lekte vuxen.

– Vad gör du här?

Kanske var det något i hans röst, för flickan kilade in i

rummet och försvann bakom hans rygg. Synen förde Liv tillbaka i tiden, till polisernas mörka byxben och Vidars hand som sökte hennes under köksbordet. Den ödesdigra känslan av att tillvaron var en våris på väg att brista, två steg till och hon skulle dras ner i djupet.

– Juha Bjerke har skickat mig. Jag behöver prata med dig. Om pappa.

Hon såg att han förstod, adamsäpplet gungade när han svalde. Han lyfte upp flickan i famnen, barnet gömde ansiktet mot hans hals.

– Vanja, nu får du springa över till farmor en stund, så vi vuxna får prata.

Flickan satt upp i hans knä, kinderna var röda som äpplen.

– Ska jag be farmor sätta på kaffe?

– Det får du gärna göra.

– Och värma bullar?

– Om hon har några.

Han följde flickan till dörren och de stod och såg efter henne när hon sprang över till stora huset. Liams andetag kom i snabba stötar. Liv blev medveten om kniven igen, hon knöt fingrarna runt skaftet, beredd att sätta bladet mot hans hals ifall det skulle behövas. Han gjorde en gest in i rummet.

– Vill du ha nåt att dricka? Jag har både öl och saft.

– Tack, jag vill inget ha.

Hon blev stående med ryggen mot dörren medan han klev runt i rummet. Han tog en öl ur kylen och sjönk ner vid bordet, den runda bordsskivan var belamrad med kritor och papper. Konstverk i olika stadier av färdighet. *Vanja ♥ pappa* stod det med darrande bokstäver på ett av dem. Liam nickade mot bordet.

– Kom in och sätt dig.

– Jag står bra här.

Hon vågade sig inte in i rummet, hennes ögon på honom som om han när som helst skulle gå till anfall. En hand bakom ryggen skvallrade om att hon gömde ett vapen av något slag, en pistol, eller en kniv. Det skrämde honom inte.

– Du sökte jobb på macken för att du ville komma åt mig, sa hon.

– Jag sökte jobb för att jag ville börja ett nytt liv.

– Jag såg er bil ute på vägen den där natten.

Hennes hår hängde i våta strimmor framför ansiktet och hon hade mörka fläckar på kläderna, som om hon krälat i lera. Eller blod. Hennes blick grävde sig in under huden, fick skammen att klia i honom. Liam sprättade ölen och tog en djup klunk.

– Jag vet inte vad du pratar om.

– Kom igen, Juha har redan berättat allt. Och jag såg er, pappa såg er också. Han sa att det strök vargar kring huset, men det var er han menade. Han kom på er och det var därför ni dödade honom.

Det började sticka i fingrarna, ölburken brände i handen. Hade Gabriel varit där hade han kastat den på henne, han hade vält hela bordet och skrikit att hon inte visste vad hon snackade om. Satt en hand runt hennes hals och lyft upp henne i luften så att tårna inte längre nådde golvet. Liam hade kanske gjort samma sak för inte alls längesedan, på den tiden när han lät impulserna styra. Men nu blev han sittande så stilla han kunde medan ölen och oron bubblade i magen.

– Juha är bra på att väva historier.

– Det är du också tydligen. Både Niila och jag trodde på din lilla snyfthistoria om att börja ett nytt liv, vi svalde den med hull och hår. Jag tyckte till och med synd om dig första gången jag såg dig på macken. Du verkade så vilsen, så osäker. Nu förstår jag varför.

– Jag har ingenting med din farsas död att göra.

Han såg henne rakt i ögonen, rösten lugn och stadig, van efter ett helt liv av lögner. Kanske kunde han övertyga henne om att allt det här var ett misstag, innan det var för sent.

Hennes ansikte orörligt som en dockas, avslöjade ingenting. Högerhanden fortfarande bakom ryggen, den andra på dörr-handtaget, men hennes bröstkorg hävde sig som om hon redan sprang. Liam undrade om hon hade ringt polisen, om de var på väg till gården nu. Kanske hade de redan plockat Gabriel, kanske satt han och drog sin hopsydda version för dem i ett förhörsrum någonstans. Vad som än hände skulle ord stå mot ord. Det enda han kunde göra var att övertyga dem, övertyga henne.

Liv tog ett steg in i rummet, hennes mod imponerade på honom, att hon kommit ensam.

– En oskyldig man sitter häktad, sa hon, och jag kommer inte ge mig förrän jag vet vad som verkligen hände.

Liam drack upp ölen, öppnade en ny medan hjärnan arbeta-de. Vanjas teckningar låg på bordet och vädjade åt honom: en sol med strålar som sträckte sig ända ner till gräset, människor med enorma leenden och fjärilar med stjärnbeströdda vingar. Mitt i alltihop hennes namn, *Vanja* ♥ *pappa*.

Det brände bakom ögonlocken. Kvinnan framför honom var också någons dotter. En död mans dotter. En enorm trött-het sköljde över honom när han såg på henne, varje muskel i kroppen gav upp, slutade kämpa. Han klarade inte av att ljuga längre, orkade inte.

– Jag var där, sa han till sist.

– Va?

– Det var inte jag som sköt honom, men jag såg honom falla. Jag var där.

Orden började rinna ur honom utan att han kunde hejda sig. Liv stod andlös medan han beskrev hur de hade parkerat vid sjön, hur de stått bland granskuggorna och betraktat det snåla ljuset från deras fönster, deras rörelser inne i rucklet. Han beskrev hur de hade bidat sin tid, för att göra allting rätt. Ändå hade de avvikit från planen när de följde Vidar in i skogen. Det hade varit Gabriels idé. Egentligen hade de kommit för sent, solen låg redan i startgroparna och natten var nästan över. Han berättade hur de hade delat på sig, hur han tappat bort Gabriel. Öronen hettade medan han berättade, munhålan så torr att orden klistrade sig. Han drack av ölen och undvek att se på henne medan han beskrev skogen och myren, allting med ens så tydligt framför honom: Den vattenstinna marken som rodnade i gryningen, dimman som klängde kring träden. Gamlingens kropp som svajade som ett vindpinat träd över den mjuka jorden sekunderna innan han föll. Den stumma chocken när skotten avlossades, en oändlig tystnad innan fåglarna fyllde himlen.

– Det var inte meningen att någon skulle dö. Det var inte därför vi var där. Men nånting gick jävligt snett därute. Min bror, han gör saker ibland, utan att tänka.

Gråten ströp till om halsen, orden fastnade i varandra, han svalde och svalde och någonting i hennes ögon skrämde honom. Vanjas teckningar fladdrade till när hon närmade sig bordet.

– Så det var din bror som gjorde det?

– Jag trodde det först, men nu är jag inte lika säker längre. Jag tror det var nån annan därute den morgonen, nån som var där för att döda honom.

Liam skymtade kniven i hennes hand, de vita fingrarna runt skaftet. Hennes rädsla speglade hans egen. Han försökte att inte tänka på polisen, på vad som skulle hända härnäst. Försökte bara ge henne sanningen.

– Jag har en grej jag vill visa dig.

Utan att vänta på svar reste han sig och hämtade datorn, händerna skälvde när han knappade in lösenordet och öppnade den gömda mappen med bilderna. Gabriel skulle ha ihjäl honom om han fick veta, men det spelade ingen roll nu. Ingenting spelade någon roll. Liam oroade sig varken för brodern eller polisen, det enda han visste var att allt som han hållit inom sig måste få komma ut. Bördan skulle ta död på honom annars.

Han vred skärmen så att hon kunde se. Ett svischande läte när hon drog kniven ur slidan. Långsamt gick hon fram till bordet, hon luktade regn och svett och det droppade ur hennes hår. Liam drack av ölen och låtsades inte se kniven, i själva verket hade han den hela tiden i ögonvrån, redo att vrida den ur hennes händer om det skulle behövas.

Han hörde hur hon rev efter luft när han öppnade bilderna. Hennes hem flimrade förbi på skärmen, det ensamma fönstret och dörrarna, de svarta öppningarna i skogen där stigarna löpte. När han kom till bilden av den gamle mannen började hennes kropp att skaka.

– Jag vet inte hur han hamnade i den där brunnen, sa Liam, för han sköts på myren.

– Jag vet, sa hon och rösten satt långt inne. Jag vet var han dog.

De såg Vidars bräckliga kropp böjd som i bön över marken, händerna som rev i den våta jorden.

– Han grävde efter nåt därute, sa Liam, men jag vet inte vad det var.

– Han har tappat glasögonen, viskade hon, det är dem han letar efter.

Liam satte pilen på det vänstra hörnet och zoomade in. Studerade de suddiga granarna och den gryningsvarma himlen som om det vore första gången. Han pekade med en nagel på skärmen.

– Gabriel satt nånstans på andra sidan. Jag vet inte säkert.

Han flyttade fingret till den ljusa skuggan som svävade bland träden.

– Jag kanske inbillar mig, men det ser ut som om det var nån annan därute. Nån i blå jacka. Ser du?

Liv lutade sig närmre skärmen, hon hade fingrarna pressade mot munnen, ansiktet så vitt att det skrämde honom. Han reste sig ur stolen och försökte få henne att sätta sig, innan hon svimmade, men hon slog ifrån sig, kom farligt nära att rispa honom med kniven. Hennes blick hela tiden på skärmen, på de osäkra konturerna och den blå skuggan, som från en jacka eller en tröja som inte hörde hemma i barrens grönska. Det kunde vara en synvilla, men ju längre han tittade, desto säkrare blev han på att det faktiskt var någon där.

– Jag ser ingenting, sa hon och rätade på sig.

Liam kände besvikelsen som en tyngd i magen.

– Ser du inte att det skulle kunna vara en människa? En människa med blå jacka.

Men hon såg inte. Skakade bara på huvudet och började dra sig bort från honom, skyndade till dörren, regnet dånade mot taket och det ensamma fönstret och hon drog upp huvan för att skyla sig. Den tunna kroppen drunknade i det glatta tyget. Liam hajade till. Hade han inte haft bilden framför sig hade han inte lagt märke till det, men nu var likheten så uppenbar att den skrek åt honom. Han såg från skärmen till Livs jackrygg och tillbaka igen. Den blå färgen stack i ögonen.

*

Regnet samlade sig i blanka dödsfällor på vägen. Hon körde fort, trots att bilen kanade farligt i kurvorna och vindrutetorkarna inte hann med. Ovädret så tjockt att hon inte längre kunde skilja himlen från skogen, allting flöt samman, en mörk tunnel utan slut. Gråten riste genom henne, salta strängar nerför kinderna och hakan. Hon såg aldrig skylten som ledde in till byn, visste bara att den fanns där. En osynlig tråd löpte mellan henne och barndomshemmet och hindrade henne från att köra vilse. Hindrade henne från att ta sig därifrån. Vägen hade fyllts av lera som klumpade sig runt däcken. I skenet från helljusen föll regnet i vita spjut från himlen, en krigsförklaring mot allt som vågade sig ut. Hon förväntade sig inga möten, inga människor. Det var därför hon kom så farligt nära att köra på honom.

Han gick mitt i vägen med kroppen böjd mot stormen och hon nitade så tvärt att leran träffade honom i ansiktet. Hon slog av helljusen så han skulle se att det var hon, torkade gråten ur ansiktet med den våta jackan för att han inte skulle märka hur det stod till, hur nära avgrunden hon befann sig. När han gled in på passagerarsätet slog hon armarna om honom, dränkte sina egna kläder i det kalla vattnet som rann ur hans, kände hur han huttrade. Hon tog hundfilten från baksätet och lade den om honom. Han var fortfarande hennes barn, hennes pojke, ingen skulle få ta honom ifrån henne.

– Vad gör du härute?

– Jag och Felicia har bråkat, jag ville inte vara kvar där längre.

Hon startade bilen och fortsatte nerför byavägen, hjärtat sprängde i bröstet och när hon nådde bommen och vägen som ledde upp till Björngården valde hon att köra vidare. Simon var rastlös på sätet, andades tjock imma på fönstret.

– Vad gör du? Du missade ju infarten.

– Vi kan väl köra en bit.

– Nu? Det spöregnar ju!

– Jag vill prata med dig lite.

Han gjorde en min, men sa inte emot. När de kom tillbaka ut på stora vägen hade regnet lugnat sig och hon kunde skymta skylten och stenbumlingen vid diket där hon hade stått hukad om somrarna och väntat på den perfekta bilen. Den som skulle svepa med henne därifrån.

– Vad bråkade ni om?

– Va?

– Du och Felicia?

– Jag vet inte.

– Du vet inte?

– Jag vill inte prata om det.

Liv sneglade på honom, han verkade mer arg än ledsen. Det var regnvatten som rann nerför kinderna på honom, inte tårar. En plötslig hoppfullhet slog ut sina vingar i bröstet. Det här var deras chans att ge sig av, den allra sista. Det var hon som satt bakom ratten nu.

– När jag var yngre brukade jag lifta längs den här vägen, har jag berättat det? Jag ville bort till varje pris, jag brydde mig inte ens om vem det var som plockade upp mig, så desperat var jag.

– Varför kom du tillbaka då? Om du så gärna ville bort.

– Pappa hittade mig alltid. Det spelade ingen roll hur långt jag åkte, han satt alltid där i Volvon och väntade. Sen kom du. Och då ville jag inte försvinna längre.

Simon drog ett finger över rutan, ritade en cirkel i imman.

– Det är farligt att lifta. Du kunde ha dött.

Samma mästrande ton som Vidar brukade hålla sig med. Hon undrade om han var medveten om hur lika de var, mer och mer för varje dag, och hur det skrämde henne. Hon sväng-

de in på en parkeringsficka och snodde runt, tillbaka mot
Ödesmark med beslutsamheten bultande i bröstet.

– När vi kommer hem vill jag att du packar en väska.
– Varför det? Vart ska vi?
– Vi ska bort härifrån. En gång för alla.

*

Hon tände pipan och betraktade sin egen spegelbild i det
svarta fönstret. Natten jäste därute, men än fanns det gott
om tid. Liam skulle inte skicka polisen efter henne, han hade
för mycket att förlora. Bilder av Johnny i häktet flöt förbi på
näthinnan, men hon silade röken mellan tänderna och mota-
de bort dem. Friheten krävde sina offer, sitt blod.

Simons rörelser på övervåningen fick huset att vibrera i sina
fästen, han smällde i dörrar och spolade i toaletten, men han
kom inte ner, inte förrän hon ropade.

– Har du packat?
– Jag har inte tänkt åka nånstans.
– Du har inget val. Säger jag åt dig att packa så packar du.

Kanske hörde han på henne att hon menade allvar, för han
kom släntrande nerför trappan. Håret var fortfarande fuktigt
och han hade pyjamasbyxor på sig som en tydlig markering
att han skulle stanna hemma. Han stirrade på hennes väska
som tronade på bordet, några klädombyten bara, det allra
nödvändigaste. Resten skulle hon lämna.

– Det är mitt i natten, kan vi inte vänta tills det blir ljust?
– Vi har inte tid att vänta.
– Varför så bråttom?

Hans skugga sträckte sig tvärs över rummet, tornade över
henne. Hon insåg att han skrämde henne, hon var rädd för
sin egen son. Pulsen syntes på hans hals, oron som rörde sig

i honom. Hon nickade mot stolen där jackan hängde, det blå tyget lyste i dunklet.

– Sätt dig, uppmanade hon.

Motvilligt drog han ut stolen. Han vilade huvudet i händerna, knöt fingrarna runt håret som om han var i färd med att slita ut det med rötterna. Under de nya lagren av muskler och manlighet skymtade hon fortfarande sin pojke, han blev tydligare nu, med de darrande läpparna och gråten i rösten.

– Jag fattar inte varför vi måste åka. Vi är fria nu. Morfar är borta.

– Ta på dig jackan.

– Va?

– Jackan som hänger på stolen bakom dig, ta på dig den.

Han lyfte blicken och såg rakt på henne, ögonen vita av rädsla. Sakta och utan att ta blicken ifrån henne lyfte han jackan från stolen och satte armarna i den. Den var liten på honom, tyget stramade över axlarna och ärmarna nådde inte handlederna. Det slitna plagget tycktes krama luften ur honom, andningen blev kort och ansträngd.

– Nöjd nu?

Hon ruskade på huvudet.

– Jag vill veta vad du gjorde i min jacka den där morgonen när pappa sköts.

Han gömde ansiktet i händerna, försvann in i sig själv en lång stund innan han började berätta.

De gamla händerna tränger sig in i sömnen. Stela klor som griper efter honom, sträva och otåliga under täcket. Rummet är tjockt av mörker och morfaderns andedräkt, det dröjer innan han kan urskilja det åldrade ansiktet.

– Vad gör du, morfar?

– Res på dig, pojk. Det är bråttom nu.

Han har geväret med sig, pojken ser den svarta pipan och ryggar tillbaka mot kuddarna. Han får för sig att morfadern tänker skjuta honom, att det slagit slint en gång för alla, att det är över nu. Han vill ropa på sin mamma men morfadern ser vad han tänker och slår en stel näve för munnen på honom. Fingrarna luktar krut.

– Vargarna stryker omkring därute, nu är det dags att knäppa de jävlarna.

– Det är ju mitt i natten.

– Solen reser sig vilken minut som helst. Kom nu!

Morfadern räcker över geväret, hans odugliga händer kan inte hålla vapnet ordentligt längre, än mindre skjuta. Pojken förstår att det är därför han blir väckt i vargtimmen, för att han ska agera bödel. Han vill protestera, men det är någonting i morfaderns röst som får honom att lyda. Den låter inte trasig längre, rösten, blodtörsten tycks ha en läkande effekt på honom. Morfadern står i fönstret och kisar ut genom en

glipa i persiennen medan pojken klär sig. Lungorna visslar·
när han andas.

Han smyger före pojken nerför trappan, de stela lederna
knakar ikapp med de slitna golvplankorna. De har åldrats
tillsammans, morfadern och huset, deras glansdagar är länge-
sedan förbi. Nere i hallen tvekar pojken, han knyter skorna
med långsamma fingrar, både sina egna och morfaderns, sedan
står han länge och låtsas leta efter mössan. Han hör vinden
klösa längs väggarna och gruvar sig för mörkret och kylan på
andra sidan. Till sist sliter han sin mammas jacka från kro-
ken, den är varmast. Morfadern blir otålig, han föser pojken
framför sig som om han vore ett olydigt djur.

Kallvinden slår emot honom som en käftsmäll när han öpp-
nar dörren. En blodstrimma skymtar på himlen i öster, men
dagen känns långt borta. Morfar pekar neråt sjön.

– Du tar östra sidan, så tar jag västra. Sen sammanstrålar
vi på myren.

Hans klonäve klappar geväret med brysk ömhet.

– Nu ska du inte tveka, hör du det? Skjut för att döda.

Det är det sista han säger innan han försvinner. Pojken
stänger dörren efter honom, smyger genom huset, till altan-
dörren på baksidan och låter den glida upp så tyst han förmår
innan han kliver ut i kylan. Det är inte första gången de delar
på sig, morfadern tycker om att ha ögon på flera ställen sam-
tidigt. Vinden sliter i pojken när han smyger mot brynet och
han lyssnar efter ljud som skaver, som inte passar in, men allt
han hör är trädens viskningar och hunden som står i hallen
och gnyr efter dem. Morfadern brukar aldrig lämna hunden,
han måste verkligen tro att det finns varg därute som kan slita
hunden i stycken om de inte är försiktiga. Pojken sneglar upp
mot sin mammas fönster innan han går, de vita gardinerna
rör sig som vålnader i dunklet. Han vet hur hon sover, med

ansiktet mot dörren och kniven under madrassen. Hennes hemligheter förföljer honom in i snåren.

Det bor ett monster inuti honom, det syns inte utanpå, men folk anar det ändå. Han brukar stå framför spegeln och titta sig själv djupt i ögonen och om han står där tillräckligt länge kan han se monstret glimra till. Folk brukar alltid säga att han är morfar upp i dagen, nästan som om de vill jävlas med honom. Han inbillar sig att de vet hur det ligger till. När han var yngre tyckte han om när de sa att de var lika, då fick orden honom att växa, men det var innan han förstod hur mörk världen är, vad människor kan göra mot varandra.

En mjölkig dimma svävar mellan granarna och allt han hör är sitt eget blod som dånar i huvudet. Han känner hur monstret rör på sig, hur det vill ut. Fingrarna vilar stela runt geväret och armarna värker under dess tyngd. Gryningen fyller skogen, granarna sträcker sig efter honom, de slår och river, men smärtan driver på honom, den eggar monstret.

Han hinner före. Myren brer ut sig som ett köttigt ångande sår i det spröda ljuset. Han klafsar längs kanten och spanar efter morfadern på andra sidan, men han är inte där ännu. Åldern har satt sig som tyngder kring de stela lederna och gjort honom seg och långsam. Egentligen behöver de inte göra som han säger längre. Han sa det till sin mamma i julas, när hon smög julklapparna till honom på morgonen, att morfar var för gammal för att styra över deras liv. Nu kunde de göra som de ville. Men hon bara log det där leendet som betyder att han ska vara tyst, för morfar hör allting även när man viskar eller formar orden med läpparna. Han svävar över dem som en allsmäktig gud, en djävul, och trots att han åldras mitt framför ögonen på dem tvivlar de på att han någonsin kommer att dö.

Älgtornet tar form mellan träden. En ensam snödriva klamrar sig kvar i skuggan av det murkna träet. Han hänger geväret över axeln och sträcker sig efter stegen. Pinnarna är fuktiga och ömsar lav, skorna glider farligt över den glatta ytan. Tanken är oskyldig först, han ska bara hålla utkik efter morfadern. Det är inte förrän han sitter där, med gevärspipan i öppningen, som han förstår att det är nu han har sin chans. Att bli fri.

Insikten vibrerar genom kroppen. Det är svårt att hålla geväret stilla. Han har solen i ryggen när morfadern kliver ut på myren. Han rör sig klumpigt, som ett skadeskjutet djur därnere bland riset. Det är en barmhärtighetshandling pojken är på väg att utföra, det är lidandet han ska ta död på, morfaderns och deras. Han ser hur morfadern faller på knä, ser hur han böjer sig över den våta marken. Han har tappat glasögonen, ögonen bara svarta skåror när han äntligen reser sig och vänder ansiktet mot ljuset, mot pojken.

Pojken har tänkt tanken så många gånger, att allting vore bättre om morfadern fick dö. Om de fick bli fria. Allting kommer bli så mycket enklare då, när han är borta, när han inte styr vartenda steg de tar.

Kulan träffar honom med sådan kraft att han slungas bakåt. Himlen fylls av svarta fåglar och det tjuter i öronen när pojken tar sikte på nytt. Det är morfadern som har lärt honom skjuta och han skulle ha varit stolt över honom om det inte var han som låg där och sprattlade som en fisk i mossan. Det ser inte verkligt ut, allting sker som i en dröm. Genom öppningen ser han hur morfaderns kropp stillnar och börjar sjunka ner i jorden, marken försöker dra honom till sig, vill skynda att begrava honom. Det flimrar för ögonen.

Pojken hänger geväret över ryggen och glider vårdslöst nerför stegen. Står ett ögonblick och betraktar det orörliga byltet ute på myren, försöker förstå att det är morfadern som ligger där. Så tycker han sig höra röster, vargarnas ylande. De jagar efter honom. Han vänder och börjar springa, springer allt han orkar tillbaka till gården. Han gömmer vapnet i vedboden och smyger uppför trappan till sitt rum. Mammans dörr är fortfarande stängd, och plötsligt längtar han in dit, till henne. Han vill storma in till henne och berätta allt. Det är över nu, ska han säga, och hon kommer förstå precis vad han menar. Hon kommer lyfta täcket och göra plats för honom, stryka fingertopparna över hans ögonlock som när han var liten och viska att det inte finns något monster inuti honom längre. De har jagat det på flykten.

Men han vågar inte. Gångjärnen ylar när han smyger in till sitt. Han tar av sig de kallvåta kläderna och kryper djupt ner under täcket och ligger där med blicken mot taket. Försöker inbilla sig att allt var en dröm, men hjärtat vill inte lugna sig, det går inte att lura kroppen. Tiden sträcker ut sig. Rummet ljusnar omkring honom, skiftar färg. Han hör att mamman vaknar, hör hennes sömniga steg nerför trappan. Solen skiner stark genom persiennerna och hon ropar på morfadern det första hon gör och ensamheten i hennes röst når ända upp till pojken. Han pressar händerna för öronen och blundar. Låtsas som ingenting.

Gården och de bekanta rummen kändes med ens främmande. En stumhet i bröstet som fick henne att famla efter känslorna, någonting måste hon ju känna. Simons ögon sökte hennes, hans röst var hes efter bekännelsen, kroppen vilade slak och utmattad över bordsskivan. Liv strök fingrarna genom hans fuktiga hår. Han vände bort blicken.

– Du skickade mig till skolan men jag gick inte dit. Jag sprang tillbaka till myren och såg honom ligga där. Korparna hade redan gett sig på honom, när jag kom fram hade han inga ögon kvar.

Han svajade på stolen, månskenet föll över hans blodlösa ansikte, Liv blev rädd att han skulle falla ihop, svimma. Hon gick runt bordet och lyfte honom varsamt ur stolen, ledde in honom i vardagsrummet och hjälpte honom att lägga sig på soffan. Själv blev hon sittande på golvet intill hans huvud, strök hans bleka kinder och försökte kväva illamåendet som steg i halsen. Hon ville inte höra mer.

– Du borde vila.

Men han fortsatte, orden gick inte att hejda när han väl hade börjat.

– Jag vet inte varför jag gjorde det, jag vet bara att jag var tvungen.

Han knöt fingrarna runt hennes handled och drog henne tätt intill sig. Den vilda blicken påminde om Vidars.

– Han ville att jag skulle bli som du, mamma. Och det går inte. Jag kommer aldrig bli som du.

Hon vilade sitt ansikte mot hans bröst, hörde hjärtats kraftiga slag därinne. Hennes pojke. Någonting rörde sig inuti honom, hon kände det. Någonting vilt och främmande hade tagit hans kropp i besittning, någonting hon bara anat under årens lopp men som nu kommit upp till ytan. Rummet ljusnade sakta, snart skulle de se varandra alldeles tydligt. Snart gick det inte att gömma sig längre.

– Det är mitt fel att Johnny sitter häktad, sa han.

– Det är det inte alls. Det är polisens fel.

– Nej, det är mitt. Det var jag som satte dit honom.

– Vad menar du?

– Jag låtsades gå till skolan morgonen efter, som jag sa, men jag hamnade hos änkan Johansson. Jag stod i snåren och såg Johnny åka till sågen, det var då jag bestämde mig: jag hämtade geväret ur vedboden och gömde det i hans källare. Dörren stod öppen, så det var bara att kliva in. Jag rengjorde geväret så att det inte skulle ha mina avtryck, sen lämnade jag det där tillsammans med resten av hylsorna. Morfar brydde sig aldrig om att registrera vapnen, jag visste att jag inte behövde oroa mig för det. Geväret kunde lika gärna ha tillhört änkan Johansson. Eller Johnny. Det behövde inte vara vårat.

Hans hud kändes febrig under hennes fingrar. Hon ville att han skulle sluta prata, ville hyssja honom. Orden gjorde dem sjuka båda två, hans röst var nästan borta, ändå envisades han:

– Minns du inbrottet på skolan förra julen?

Hon nickade.

– Tjuvarna hade lämnat fimpar efter sig, det var så polisen fick fast dem. Deras DNA på fimparna. Det var så jag fick idén. Jag tog ett par fimpar ur Johnnys askkopp och stoppade dem i en plastpåse. Nyckeln till fyrhjulingen hängde i hans hall. Det var den jag använde för att flytta morfar. Jag hade tänkt köra honom långt bort, kanske ända till stråbruket, men jag var rädd att nån skulle se mig, jag kom inte längre än till grannbyn. Till brunnen. Sen lämnade jag Johnnys fimpar på platsen. Det var så jag satte dit honom.

Det blev för mycket, Liv staplade ut i badrummet. Kräktes häftigt i det rostiga handfatet. Efteråt blev hon stående med blicken i den spruckna spegeln. Hon kände inte igen sitt eget ansikte. När hon kom tillbaka till vardagsrummet hade morgonen letat sig in i rummet, ett sjukligt ljus vilade över Simons slutna ögonlock.

Hon satt i fåtöljen intill sin sovande pojke tills solen vällde in i rummet. Hon gick ut i köket och kokade kaffe, men när den rykande koppen stod på bordet kunde hon inte dricka ur den. Hon såg inte längre Vidar i skuggorna, hörde inte heller hans röst. Hennes undermedvetna hade äntligen accepterat det faktum att han var död.

Hon lyfte in väskorna i bilen. Det nyvakna gräset hade förvandlats till ett hav av maskrosor. Den röda bensindunken i garaget stirrade tillbaka på henne. Hon såg på huset, de törstiga gamla brädorna, hon kunde redan se hur de vek sig över varandra i lågorna, kunde höra jämret när allting rasade. Hon bar dunken fram till husväggen. Axeln värkte när hon kikade in på sitt sovande barn. Under hela hans korta liv hade hon undrat var monstret gömde sig. Det hade aldrig synts på honom. Varenda läkare hade bedyrat att han var en fullt frisk liten pojke. Han hade följt alla kurvor, växt och frodats som han skulle. Om det fanns något ont som rörde sig i honom gick det inte att se med blotta ögat.

Hon skruvade locket av bensindunken och höll andan för ångorna. Det brusade i huvudet, gick inte att få ordning på tankarna. Hon skulle bränna ner huset och köra sin son i säkerhet. Ta på sig skulden och bekräfta bybornas misstankar. Det var ju hennes jacka på fotot, det var hon som aldrig klarat att bryta sig loss från Vidar. Simon var bara en pojke, ett barn.

Hon blev sittande intill bensindunken med ansiktet mot solen. Hur mycket hon än ville kunde hon inte förmå sig att tända på. Bakom ögonlocken var det Simons ansikte hon såg, en liten Simon med runda kinder och hela kroppen full av skratt. Det var hennes fel, det var hon som hade misslyckats, som hade fyllt honom med sina demoner och tagit skrattet ifrån honom. Insikten smög sig sakta på henne: elden erbjöd ingen lösning, och inte lögnen heller. Lögnen erbjöd bara ännu ett fängelse. Om hon tog på sig skulden skulle Simon aldrig någonsin bli fri. Lögnen skulle följa honom som en kall skugga genom livet, med åren skulle den växa sig så stor och tung att han inte längre skulle orka bära den. Det var så med de mörkaste hemligheterna, hon visste det, att de sakta förgjorde en inifrån, tills det bara var skärvor kvar. Det enda som kunde rädda honom var sanningen. Om han någonsin skulle ha en chans att leva måste hon låta honom sona sitt brott. Annars skulle han aldrig bli människa.

Fåglarna skrek efter henne när hon gick tillbaka in i huset. Hon kunde höra Simons sovande andetag från vardagsrummet medan hon slog numret, läpparna tätt mot luren när hon viskade: Kom så fort du kan. Vi behöver hjälp.

Det dröjde nästan en timme innan Hassan parkerade i gruset utanför. Synen av polisbilen framför huset var lika overklig nu som den där morgonen när han kom för att meddela att Vidar var död. Hon väntade tills han stod på farstubron, sedan gick hon för att väcka Simon. Hon smekte en tumme över hans ögonlock och såg dem fladdra till innan han vaknade till liv.

– Hassan är här.

Han hävde sig upp.

– Varför det?

– Det är dags att vi berättar sanningen nu.

Hon hade trott att han skulle bli arg, att han skulle knuffa henne ifrån sig och ta sikte på dörren. Springa ner till sin källare och ta skydd bland träningssakerna. Men han slog bara armarna om henne, kramade henne hårt och hungrigt som han inte gjort sedan han var liten. Hon kände hur rädslan vibrerade genom honom. Hassan ropade på dem genom ytterdörren.

Det var Simon som öppnade. Han gick ut på bron och sträckte fram händerna mot polismannen, blottade de grova handlederna.

– Det är mig du letar efter.

*

Polishuset såg ut precis som det gjorde den dagen då hon hade stått på trappan och väntat med Simon i famnen. Hon stod med händerna mot det solvarma teglet, huvudet nerböjt, hon hade varit tvungen att gå ut för att kunna andas. Bara maskrosorna vilade sig mot husväggen, där fanns inga svarta plastsäckar längre, inga döda renar.

– Du gjorde rätt som ringde.

Hassans hand mellan skuldrorna, hon hade inte hört honom komma. Han strök henne över ryggen, hennes ben skakade, det var en ansträngning bara att stå upprätt.

– Det borde vara jag som sitter därinne.

– Varför säger du så?

– Jag borde ha skyddat honom, gett honom en framtid. Istället lät jag honom växa upp i Ödesmark med Vidar, trots att jag vet vad det gör med en människa.

– Du kunde aldrig ha vetat att det skulle sluta så här.

Hon stödde sig på honom när de gick tillbaka in. Hon svepte en blick över parkeringen som för att försäkra sig om att Vidar inte fortfarande satt där och väntade på att få köra hem dem till Ödesmark.

Hassan satte varsamt ner henne på en stol i korridoren.

– Lämna mig inte.

– Jag ska inte lämna dig, jag ska bara hämta kaffe.

De andra poliserna vågade hon inte titta på. Deras uniformer gnisslade genom de blanka korridorerna. Lysrören sved som vintersol i ögonen. Hassan satte en rykande mugg i hennes hand, sedan stod han intill henne och avledde tankarna med sitt småprat. Hon fick vänta utanför medan Simon lämnade sitt erkännande. När han kom ut hade de satt handfängsel på honom. Han skulle skjutsas till staden där häktet låg och när de stod framför varandra för att säga hejdå såg hon att hans ögon var ljusa av lättnad. Det var bara hon som grät. Hon lade armarna om hans hals och han pressade kinden hårt mot hennes, han hade inga armar att krama henne med.

Sommaren sprakade över byn, luften tung av grönska och solvarm skog. Liv satt på farstutrappan med nyckeln i handen och väntade. Solen brände ansiktet och bromsarna surrade runt henne på jakt efter blod, men hon ville inte vistas i det tomma urholkade huset. Inte en minut till. Tystnaden därinne hade varit nära att kväva henne, hon kom hela tiden på sig själv med att lyssna efter Simons hopprep mot källargolvet och den gamles hasande steg uppför trappan. Att den ene var död och den andre bakom lås och bom spelade ingen roll, de levde ändå innanför dessa väggar, gav henne ingen ro.

Hon hade berättat det för Simon när han ringde.

– Jag hör dig fortfarande slå på slagpåsen om morgnarna.

– Sälj rucklet, uppmanade han.

– Jag ska.

– Det är du som sitter bakom ratten nu. Glöm inte det.

Det var så mycket liv omkring honom, skratt och rop, att hon ibland inbillade sig att han redan var i staden och väntade på henne. Staden där ingen visste deras namn.

Johnny hade försökt ta henne med sig därifrån. Kort efter att polisen släppt honom hade han stått utanför hennes dörr och uppmanat henne att packa en väska. Hon hade trott att han skulle vara arg på henne, för vad Simon hade gjort, för alla dygnen i häktet, men han hade bara slutit henne i sina armar och sagt att han skulle ta henne med sig. Bort från allt som de inte ville minnas. Och hon hade varit farligt nära att följa efter, trots att han inte gick att lita på. Det hade verkat så enkelt, att bara sjunka ner på passagerarsätet och låta någon annan styra medan de främmande vägarna bredde ut sig framför henne. Men hon visste att det var fel, det var inte så det skulle gå till. Om hon skulle ta sig därifrån måste hon göra det för egen maskin.

Äntligen hörde hon bilen i gruset. Ett dammoln reste sig mellan granarna och snart såg hon honom. Han hade svarta solglasögon och flickan i baksätet, de log och vinkade båda två. Hon reste sig på ömmande ben och gick dem till mötes. Flickan hade rester av glass kring munnen, läpparna alldeles mörka av choklad. I handen hade hon en karta med färgprover som hon höll upp mot den flagande husväggen, blågröna nyanser som lyste ikapp med himlen.

Liam sköt upp glasögonen på hjässan, ögonen var trötta därunder, men de glimrade till när hon räckte honom nyckeln.

– Det här känns inte rätt, sa han.

– Vadå?

– Att du inte ska ha betalt.

Hon slog ifrån sig.

– Jag borde betala dig för att ta över skiten.

– Titta pappa, den här färgen blir jättefin!

Flickan höll upp färgkartan som en solfjäder och pekade på en av rutorna, en sval turkos färg.

– Ja, den var fin, sa Liam.

Han hade nyckeln i handen men tvekade sig ändå kvar i gruset. Liv tog några steg mot bilen, ivrig att komma därifrån.

– Om det är nåt så är det bara att ringa, du har mitt nummer.

– Jag läste att han kommer få ett kort straff, på grund av åldern. Och omständigheterna.

Hon hejdade sig, skammen brände ikapp med solen. Bromsarna drogs till hennes svettiga hud och hon slog förtvivlat efter dem.

– Jag hoppas det, sa hon. Jag vet inte vad tidningarna skriver, men han är inget monster. Han är bara en pojke.

– Det finns inga monster, sa flickan. Det finns bara människor.

Hon hade hans ögon, stora och ljusa. Hon fläktade sig med färgkartan och bligade nyfiket upp på Liv.

– Vad har du gjort på halsen?

Liv lade fingrarna över den ärrade huden, hon hade glömt bort sig i värmen, hade bara på sig ett tunt linne som inte dolde något.

– Jag brukade klia mig jättemycket, så mycket att jag fick ärr.

Flickan grimaserade.

– Det måste ha gjort jätteont.

– Det gjorde ont. Men nu mår jag bättre, nu kliar det inte längre.

De log mot varandra. Liam vilade händerna på flickans axlar, hon hade svårt att stå stilla, det spratt och ryckte i den växande kroppen. Liv kastade en sista blick på barndomshemmet, dröjde vid den solkiga köksgardinen där Vidar brukade sitta och kisa ut mot byn, nu fanns där bara stillhet och frid.

De vinkade efter henne när hon körde därifrån. Hon såg i backspegeln hur de vände och gick mot Björngården, flickans fläta en sträng av guld i solljuset. En annan flicka och en annan pappa, en helt ny historia som långsamt skulle måla över den gamla. Med norrskenets färger.

FÖRFATTARENS TACK

Helena Ljungström, min förläggare, och Anna Andersson, min redaktör, tack för ert tålamod, entusiasm och förmåga att locka fram det allra, allra bästa i mitt skrivande. Det är en sann glädje att få jobba med er. Stort tack även till Martin Ahlström, Göran Wiberg, Thérèse Cederblad, Bo Bergman och alla på Albert Bonniers Förlag.

Julia Angelin, min agent, tack för ditt fantastiska engagemang och gedigna arbete med mina böcker. Stort tack även till Marilinn Klevhamre, Anna Carlander, Josephine Oxelheim och resten av stjärnorna på Salomonsson Agency. Ni får drömmar att bli verklighet.

Niklas Natt och Dag, varmaste tack för din läsning av mitt manus och för dina insikter som du delat med dig och som varit ovärderliga under arbetets gång. Det är en ära att få kalla dig min vän.

Daniel Svärd, tack för att du gav mig chansen att följa din läsupplevelse av mitt manus, kapitel för kapitel. Det gav mig möjligheten att se texten med helt nya ögon.

Kenneth Vikström, tack för att du så generöst delat med dig av din kunskap kring polisens arbete. Din hjälp har varit otroligt värdefull under processens gång.

Robert Jackson, my husband, for always believing in me. I love you.

www.alskapocket.se

ISBN 978-91-0-018636-4
© Stina Jackson 2020
Utgiven enligt avtal med Salomonsson Agency
Första svenska utgåva Albert Bonniers Förlag 2020
OMSLAG Miroslav Sokcic
OMSLAGSFOTO Depositphotos
TRYCK ScandBook UAB, Litauen 2020